刘甚甫

著

四川文艺出版社

图书在版编目（CIP）数据

鬼门/刘甚甫著. —成都：四川文艺出版社，
2021.9
ISBN 978-7-5411-6088-2

Ⅰ. ①鬼… Ⅱ. ①刘… Ⅲ. ①长篇小说－中国－当代
Ⅳ. ①I247.5

中国版本图书馆 CIP 数据核字（2021）第 150664 号

GUI MEN

鬼门

刘甚甫　著

出 品 人　张庆宁
责任编辑　苟婉莹
封面设计　叶　茂
内文设计　史小燕
责任校对　蓝　海
责任印制　崔　娜

出版发行　四川文艺出版社（成都市槐树街 2 号）
网　　址　www. scwys. com
电　　话　028-86259287（发行部）　　028-86259303（编辑部）
传　　真　028-86259306

邮购地址　成都市槐树街 2 号四川文艺出版社邮购部　610031
排　　版　四川胜翔数码印务设计有限公司
印　　刷　成都市锦慧彩印有限公司
成品尺寸　169mm×239mm　　开　本　16 开
印　　张　15.75　　　　　　　字　数　220 千
版　　次　2021 年 9 月第一版　印　次　2021 年 9 月第一次印刷
书　　号　ISBN 978-7-5411-6088-2
定　　价　58.00 元

目录

第一章　剐　刑

一

天气极好，日光如摔破的柿子，到处涸漫，霜色里便有一层惨烈的清红，比往日更为肃杀。一场奇异得近乎古怪的剐刑即将开始，刽子手杨本朴将一口烧酒噗一声喷上刀身。酒在刀刃上游走、散漫、滴落，犹如一声冷笑。

那是一把还算锋利的小刀，刀刃湿淋淋一片，像一句难以置信的实话。大盗李二麻子被绑在一棵已近枯死的老柿子树上，头上罩着一条黑布袋。前来观刑的男女老少黑压压一片，不免有些熙熙攘攘。监刑官是南江知县王存儒，王存儒坐在一把枣木椅上，两只手始终藏在衣袖里，似乎他一出手，接受剐刑的将不止李二麻子一人。

那是一件质地上乘的貂皮大氅，太阳照上去，每根毛都一一发亮，泛着一层厚实的紫光，好像要燃起来。貂皮配七品官帽，似比那件五蟒四爪、外加鸂鶒图案的官袍更加合适，也更加威严。

县丞蒋皮蛋和典史舒猴子分站两旁，嘴里哈出一团团可疑的热气。

作为刽子手，杨本朴子承父业已经三十余年，死在他刀下的人犯不计其数。他从不像别的刽子手那样凶残，也不往头上包一条红色布巾，只把那根已经花白的辫子盘在头顶，行刑三日后，才会将辫子解开，依旧拖在脑后。凡左邻右舍，只要看见杨本朴的辫子盘上头顶，不用去县衙门口看告示，都知道要杀人了。

如果杨本朴不以刽子手的身份出现在刑场上，你一定会觉得这个白白胖胖，总是翘着兰花指的家伙非常亲切可爱。最重要的是，杨本朴说话女里女气，走起路来一摇一晃，确实有几分女人像，于是街人都叫他杨婆娘。

杨婆娘挂名狱卒之内，但从来不去牢里应差，只负责杀人，虽然杀人无数，但从未执行过剐刑，也不曾见过。一般来说，要处决人犯，典史舒猴子会派衙役到水巷子叫杨婆娘去县衙领命。但昨晚来叫杨婆娘的竟然是师爷林夫子。林夫子是汉中人，中过举，精于吏治，操一口半生不熟的西南官话。王存儒做南郑知县时，林夫子就跟在他身边做师爷。

林夫子将杨婆娘直接带到王存儒的官邸，王存儒手里握着个绛紫茶壶，正对着壶嘴吸了一口茶。见杨婆娘一摇一摆来了，便将茶壶搂在怀里，淡淡一笑说，明天杀李二麻子，已经核准，用剐刑。

剐刑？杨婆娘一愣，几乎失态。作为资深刽子手，杨婆娘当然熟知大清典律，杀人往往脱不了五刑，诸如绞死、斩首、腰斩、剥皮、凌迟之类。剐刑不书于典律，并且界限不明，以杨婆娘的理解，或与剥皮、凌迟有些类似，或者有些混淆。

王存儒似乎知道杨婆娘的疑惑，笑了笑说，先剥皮，再剐肉。

好好，杨婆娘一边答应，一边将那条狗尾似的辫子捋起来，往顶上盘。一个刽子手的秉性呼之欲出。王存儒眉头一皱，挥了挥手。林夫子赶紧带上杨婆娘离开。

杨婆娘走回街上，那些铺面基本已经关了，非常寂静，寒风一阵轻一阵紧，把一街冷月吹得悠悠忽忽。南江城很小，一声夜咳会惊动四门。此时，南江城似乎更小，只装得下自己的影子。

剐刑，咋整？先剥皮，再剐肉，问题是从哪里下刀？

杨婆娘自言自语，似乎有些不着要领。幸好家里有一本《刑事大全》，不知何人手抄，字很好，地道的馆阁体，大约不是刽子手的字。当然，拿笔的可能也是刽子手，只是杀人的方式有些不同。

照以往惯例，行刑前夜，杨婆娘会去水巷子那家名曰江春楼的酒楼里要一壶烧酒、一碟烧腊，坐在临河的窗前，对几点渔火，一窗风月，大醉一回。末了，再去敲俞二姐的门，将肉嘟嘟的俞二姐搂到那张雕花木床上，像杀人一般，把她美美折磨一番，丢下几个铜钱。然后回家，拿出那把鬼头刀仔细磨砺，磨出一片杀气，从刀刃荡开，荡过水巷子，荡满每一条街巷。

总有人会沿着杀气到这座木板房里来，把钱递给自己，说要买这把刀。当然，他们买的是痛快，希望一刀毙命，干净利落。杨婆娘会视钱多少，决定痛快的成色与质量。到底如何，拿钱的人不知道，只有杨婆娘和受刑的人知道。

但无人知道，三十多年来，到这座木板房里买刀的人已经不计其数，他们的钱都锁在几口巨大的箱子里，连同杨婆娘爹留下的，差不多已近两千贯。杨婆娘一直有个心愿，等自己再也举不起那把鬼头大刀时，他会找俞二姐摊牌，让她彻底屈服于两千贯铜钱。

从这一意义上说，自己做的是杀人生意，其本质跟城里每个商贩并无区别。

很少有人明白，杀人是个技术含量极高的活儿，要使受刑人痛快，至少需做到三个字，稳、准、狠。杨婆娘虽然手法高超绝伦，熟知一切痛快与不痛快的刀法，但从未上手过剥皮、凌迟以及剐刑之类，最多只做过几回腰斩，一般都是杀头。

所以，今晚他不会去江春楼喝酒，需把那本《刑事大全》仔细翻阅翻阅，至少需明白顺序。此外，明天用不上那把鬼头刀，需找一把小刀，好好磨一磨。

一线月光从窗纸里透进屋来，落在那张缺了半条腿的竹椅上，显得有些孤清。杨婆娘不像他爹那么幸运，他爹有妻小，这大约是刽子手的奇迹。一般来说，没有人愿意主动嫁给刽子手，他爹却颠覆了这一行的命运。

那也是一个寒月满城的夜晚，他爹也在这间屋里磨刀。其实，刽子手磨刀，并非刀不够快，而是职业需要。一把刀口雪亮的刀，不仅具有肃杀之气，更代表刽子手的脸面或质地。

当刀刃比灯光更亮时，响起了敲门声，很轻，很迟疑。他爹把鬼头刀放在肩上，似乎马上要往刑场去，不轻不重地问，哪个？

是我，姚瘸子的婆娘。

买刀的来了。他爹有些欣慰，扛着刀将门拉开，一个憔悴的女人站在门外。一缕月光从背后照来，湿漉漉的。女人似乎从河里走来。

她跪下来，带着哭腔说，姚瘸子冤枉啊……

他爹赶紧将刀放下，把她止住，有些温和地说，冤不冤与我无关，我只管砍头。

女人似乎愣了愣，收住哭腔，又说，家里被抄光了，除了我，啥也没有。你要是给他个痛快，从今晚起，我做你的女人。

他爹立即犹豫起来，似在计算一个女人与几串铜钱之间的贵贱与得失。最终，他爹算清了这笔有些糊涂的账，答应了她。女人留下来，一年后成了杨婆娘的娘。

杨婆娘找出那本《刑事大全》，勉强翻了一气，重点是剥皮与凌迟，都有法定程序，必须记下。

有一把多日不用的小刀插在小窗旁的壁缝里。小窗临河，窗下既是河岸，也聊为城墙，河水在此处汇成一方黑幽幽的深潭，故而多鱼。刽子手不是强盗，虽然都是杀人，但刽子手杀得合乎律法，也不可能像强盗那样想杀就杀，故而有很多空闲。于是杨婆娘像他爹一样，在无人可杀时，会将几枚铜钩放到河里，将钓线缚在窗棂上，每有所获。

那把小刀也是他爹留下的，一般只用来剖鱼腹、剔鱼甲。此时，杨婆娘将小刀抽出，用手指试了试刀刃，至少不钝，毕竟是刽子手的刀。但不等于不磨，磨刀是行刑杀人的第一步，也是一个刽子手应有的品质。

磨刀石在棺材底下，嵌在一块方方正正的松木上。这块磨刀石在爹手里时，露出松木的至少还有一尺，三十多年下来，已经不足三寸。杨婆娘以为，当磨刀石与松木齐平时，这碗饭可能也吃不动了。

他将磨刀石拖出来，搭在竹椅前，开始磨刀，双手控住刀叶，哗一声推出去。这声音本身如刀一样，将屋里的灯影与屋外的月华倏然割裂，似有皮开肉绽的快感。他立即将刀叶顺着磨刀石拉回来，声音带着同样的质感。但杨婆娘却忽然停下，心里升起一缕此前从未有过的惊悸。

磨刀声由此传开，但并非杀气，游入街巷的似乎也是磨刀声。他愣了愣，再次将刀叶推出去，又赶紧停止。磨刀声此起彼伏，无处不在。

怪了，咋会这样？

杨婆娘咬了咬牙，再将刀叶拉回，同样的声音四面八方响起，漫天飞扬，回荡不息。

杨婆娘惶惑不已，似乎今夜磨刀的不只是自己，知县王存儒、县丞蒋皮蛋、主簿红胡子老张、师爷林夫子、典史舒猴子，甚至包括江春楼老板秦豁子、做皮肉生意的俞二姐、酿酒的余胖子，以及城里城外、老老少少，都在磨刀！

……

此时，王存儒命令杨婆娘行刑。

杨婆娘有些生疏地割开李二麻子的棉袍，露出一片洁白的胸膛。他习惯性地试了试刀锋，不算快，虽有人为李二麻子买这把小刀，但出钱太少，这是主要原因；还有就是无处不在的磨刀声，至此还充满两耳。

既然典律上没有剐刑，他必须理解性、创造性地执行这次刑戮。他必须装得精熟此道，不能让任何人看出自己的短板。

先剥皮，再剐肉，与其说是王存儒的命令，不如说是王存儒的指望。那就先剥前胸。尖刀从喉管根部划下来，李二麻子浑身颤抖，装在黑布袋里的头不断与老柿子树磕碰。

现场鸦雀无声。

杨婆娘的手同时也在颤抖，他知道，除了手法生疏，这把剖鱼的刀实在太勉强了。

但他此刻想起的却是一身如玉的俞二姐。

二

灯光闪闪烁烁，几欲熄灭。杨婆娘犹豫一阵，不敢再磨。他想起了俞二姐，决定躲进她柔软的怀里，躲过那些无影无形，但无处不在的刀。

俞二姐的小楼同样在水巷子里，那栋小窗逸出一缕灯光。寒风和冷月把那缕灯光接住，扔在已经凝霜的另一面墙上，几乎无影无踪。

杨婆娘像一个贼，推开那道尚未落闩的门。灯光从楼上淌下来，如流水般汩汩有声。他沿着这缕灯光上楼，那架雕花木床就在灯光的源头里，俞二姐靠在床头，露出两只雪梨般的肩。

她看了看杨婆娘盘在头顶的辫子，淡淡一笑。杨婆娘像饿狗一般扑上去，钻进温暖的被窝。

他忽然觉得，有关剐刑的所有灵感和细节，可能都在俞二姐潮湿温暖的身体里。

当他像一个刽子手那样，进入俞二姐的身体时，王存儒提着一个装满酒肉的食盒，来到距县衙三里外的大牢。典史舒猴子早早候在牢门外，见王存儒来了，赶紧令牢头及狱卒退下，亲自将王存儒领到囚禁李二麻子的监号。

一条铁镣将李二麻子锁在嵌入石壁的一个铁环里，可以满号里走动，但无法挣脱。此时，蓬头垢面的李二麻子仰在乱糟糟的囚床上，两眼一眨不眨地盯着王存儒。那条一头连着石壁，一头系住手脚的铁镣，中间部分码在床上，像一堆坚硬的垃圾。

都快二更了吧，老子都等不住了！

李二麻子轻轻啐了一口，骂道，随即坐起，铁镣叮叮当当一片乱响。舒猴子赶紧上去，捧起那堆多余的铁镣，紧随李二麻子来到这张小方桌前。王存儒已经坐在桌边，正将一壶酒、两只酒杯、两双筷子、一碟烧腊、一碟香肠、一碟麻花鱼，外加一碟花生米从食盒里取出，一一摆上桌面。

王存儒笑得极其温和，像面对一个来自远方的故交。不好意思，有些杂事，来晚了。王存儒说，理了理貂皮大氅的领子。

舒猴子将铁镣堆在李二麻子身边，拿起酒壶，斟了两杯酒。王存儒指了指菜肴说，趁热，先吃点吧。

李二麻子仍然盯着王存儒，咽了口唾沫问，是断头饭？

王存儒毫不隐晦地点了点头。是砍头还是腰斩？李二麻子又问，问得轻描淡写，似乎与自己无关。

王存儒不敢看那双刀子似的眼睛，看着碟子里一条炸得酥黄的小鱼，摇了摇头说，都不是，是剐刑。

剐刑？

铁镣一阵乱响，显得出乎意料又惊惧不安。王存儒呼了口气说，我也没想到，当然也不意外，川东北各府的税银，总共三百多万两，押到南江被劫，朝廷大为震怒，下令就地执行剐刑，其实在所不免。怪我疏忽，没想到这一点，实在对不住你。

响声停下来，李二麻子双眉紧锁，似乎陷入沉思。那堆多余的铁镣堆在桌下，纹丝不动。王存儒想了想说，放心，我会告诉杨本朴，先来个痛快，然后再……

铁镣忽然响起，李二麻子抬起右手说，不用，反正都是死，何必在意死法，既然答应背锅，就该一背到底。

王存儒愣了愣，正不知如何说话，李二麻子举起酒杯，一饮而尽。王存儒赶紧饮下一杯。气氛松弛下来，舒猴子又要斟酒，王存儒朝牢门外努了努嘴，示意他出去。

舒猴子赶紧离开，远远躲去看守室里，与牢头说话。

彼此饮下第四杯，李二麻子说，只有一点，你必须答应。

王存儒忙说，没问题，无论何事我都答应。

李二麻子伸出一只肮脏的手，拈起一条小鱼喂入嘴里大嚼，有些含混地说，弄条黑布袋子，把老子头罩上，老子不想任何人看见我，也不想看见任何人！

王存儒满口答应。接下来，两人的对话格外轻松，又别开生面。

李二麻子：你给老子说句实话，那些税银被劫，到底咋回事？

王存儒：我要能说得清，何至如此？

李二麻子：常言说得好，要想人不知，除非己莫为。你让老子背锅，就不怕有一天穿帮？

王存儒：唉，朝廷限期破案，我有啥法，走一步是一步吧。

李二麻子：赃银呢，没有赃银岂能叫破案？

王存儒：这个不用你操心，我自有办法。

李二麻子：哈哈哈哈，老子怀疑，你，你们才是真正的劫匪！这米仓道上，所有的大案都是你们整的。像老子这样的，与你们相比，简直是毛贼，小巫见大巫嘛！哈哈哈哈，哈哈哈哈，笑死老子了！

王存儒：非同小可、非同小可，实在不能乱说！

李二麻子：哈哈哈哈，大盗买通小盗，给小盗定罪，一起哄骗朝廷，太他妈好笑了！

王存儒悚惧不已，李二麻子忽收住笑，都怪老子倒霉，叫你捏住软肋了。来，喝酒！

两只酒杯频频相碰，很快，一壶酒已经见底。李二麻子拖上铁镣，走向那张囚床，朝王存儒一抬手，滚吧，让老子睡个好觉！

王存儒不胜酒力，朝李二麻子拱手告辞，退出来，见牢房过道里空无一人，阴飒飒一片，似觉有些怕，于是高喊，人呢？

舒猴子如鬼影一般溜来，忙道，完了？

王存儒朝外面挥了挥手，两人一前一后走出来，停在牢门口。王存儒说，依他的，弄条黑布袋子，把头罩上。

说完，大步走出去，走入这片如水的月色里。此时，南江城及所有住在城里的人，已被月光埋葬。

第一刀，杨婆娘从颈子一路划下来，有些艰难地越过肚脐，停在肚皮尽头。李二麻子的身躯在颤动里不断扭曲，那条血淋淋的刀口，犹如一条向上逃窜的红蛇。

刀口有些歪曲，而且深浅不一。王存儒脸上一片讥刺。杨婆娘似乎有些难堪，一个刽子手的尊严已经丧失。迟疑片刻，他把刀尖伸到李二麻子腋下，准备从左至右横拉，划出一个巨大的十字。

他不知道，王存儒的心思已经从刑场游离，回到两月前的那个傍晚。

三

正值仲秋，南江城浮在一派清清淡淡的桂花香里。余胖子家的酒熟了，亲自送来两坛。余胖子的酒馨香馥郁，劲道绵软，堪称南江一绝。

任职南江以来，王存儒喝的都是余胖子的酒，几乎可以说，王存儒是通过余胖子的酒认识南江的。

但今天，王存儒无心饮酒，三百多万两输送京城的税银于米仓道上被劫，押送银车的官兵全部失踪，活不见人死不见尸。朝廷迅速发下诏令，命南江知县王存儒主查，限一月内必须破案，擒获元凶，追回税银，否则，革职问罪。

三年以前，凡东、西两川解往京城的税银都交由票号经营，但票号受不起层层勒索，尤其逐年递增的火耗，不仅无利可图，甚至可能赔本，于是不敢接招。加之近年以来，川陕一带匪盗四起，相关票号经营受阻，大多关张大吉，税银解送，只好回复当年，仍由官府押运。

案发南江境内，王存儒无可推卸，将一县事务委托主簿红胡子老张，即率县丞蒋皮蛋、典史舒猴子及捕盗衙役，前往踏勘。

第一站是南江驿，设在县城以北五里处，银车曾于驿站停留一夜。驿丞黄玉峰是陕西榆林人，一口带着黄土味的陕北话，一般人很难听懂。好在王存儒也是陕西人，并且曾知南郑，对陕北话并不陌生。

黄玉峰说，银车翌日一早离开驿站，沿官道往北，虽然逐渐陡险，但此处至米仓山，都在光天化日之下，如果有人行劫，一定有目击者。问题肯定出在米仓山，米仓山荒无人烟，道路更险，不能行车，需在关坝驿弃车马，换成挑夫运送，直到牟阳城，再装车往南郑。

黄玉峰一边说一边放屁，王存儒只好抬起袖子捂住口鼻。黄玉峰最后说，实在不好意思，昨晚红苕稀饭吃多了，那东西又甜又糯，忍不住口。

王存儒等人在甜丝丝的屁味里离开南江驿，沿官道一路访问。过桥亭，天色已晚，但此处仅有野店，并无驿站，王存儒一行只好寄宿野店里。

老板娘三十有余，三分姿色加上七分风骚，颇有些味道。王存儒把老板娘叫进客房，问银车是否在店里过夜。老板娘不免有些误解，搔首弄姿地说，过呢，那个为首的官爷出手倒是大方，只是饿久了，老娘差点起不了床。

王存儒不理她的荤儿，皱着眉头，又问银车何时进店，何时起行。老板娘叹了口气说，头天傍晚来的，第二天一早，五更吧，吆吆喝喝走了。

待老板娘退下，王存儒推开那扇小窗，举目一望，一钩新月刚出东山，一片有些拥挤的山影高高低低扑来，几欲将野店覆盖。不远处有几棵老树，黑幽幽的，月亮似乎有些害怕，不敢照上去。

古道顺河而上，到这里两岸十分狭窄，除了这家野店，再无住户。王存儒暗想，如果行劫，这里确实是个好地方。

忽然，老板娘的笑声从隔壁房里传来，听上去相当淫荡。住隔壁的是蒋皮蛋，那家伙一见老板娘就两眼发直，开口就问店里有没有皮蛋。

这家伙有个癖好，视皮蛋如命，每日三餐，必有皮蛋，故此落下个外号，无论官方民间，都叫他蒋皮蛋。

很明显，老板娘故意笑给王存儒听。正当他打算呵斥，忽听舒猴子吼道，妈的，小声点不行?!

笑声猝止，许久不见动静。整个夜里，除了时断时续的床响，再无声息。

翌日一早，王存儒等离开野店，沿河而上，正午时分来到关坝驿。关坝驿远比南江驿小，驿丞姓胡，人称胡客长。胡客长麾下只有两个驿卒，几个挑夫都是本地人，不住驿站，都住在家里。

胡客长矢口否认银车曾到过关坝驿，更不曾上过米仓山。如此说来，银车应在桥亭与关坝驿之间的某个地方被劫。但一路问来，并无任何线索。

王存儒召集蒋皮蛋、舒猴子商议，要不要上米仓山，往牟阳城去。一贯多话且精明过人的舒猴子不置一词；蒋皮蛋望了望云遮雾障的米仓山说，不用了吧，没到关坝驿，一定没上米仓山。

胡客长忽有些惶惶地说，是不是遇上鬼门了？

鬼门？

王存儒一头雾水，盯着胡客长反问。舒猴子摇了摇手说，莫听他胡扯，哪来的鬼门！

显然，胡客长冷不丁说出的这两个字，使王存儒大为惊诧，盯了眼舒猴子，又问胡客长，你说，鬼门是啥？

胡客长看了眼舒猴子，吞吞吐吐，不敢说。蒋皮蛋笑道，那是上辈人的传说，连个影子都不见，哪里有那事。

王存儒却说，到底是啥，说来听听。

蒋皮蛋遂把那个差不多早已淡忘的传说，简要说了一遍。

在米仓官道上，有个极其神秘的地方，曾有许多客商在那里失踪，钱和人自此不知踪影。但没有人知道，那个地方到底在哪里，官府曾竭尽全力侦察，一无所获。久而久之，便有了传言，说在深山密林间，有一道看不见的鬼门，凡是有钱人经过，一般都会失踪，等等。

王存儒听完这些话，冷笑道，纯属无稽之谈。

这之间，胡客长似乎怕王存儒继续盘问自己，跑去厨房，帮伙夫做饭去了。

用过午饭，沿途返回。蒋皮蛋仍然沉浸在一夜风流里，想赶到桥亭那家野店寄宿，故而一马当先，走得格外急促。

不觉已近黄昏，古道上人迹渐绝，浩浩秋风里，时有片片落叶当空飞过。四面山上已经有了一层浅黄，要不了多久，那黄会变成一片清清亮亮的红。

转过一道弯，古道将进入一个四五十步左右的洞穴，洞穴并非开凿，实属自然生成。眼看接近洞口，一个老叫花子从洞里一摇一晃出来，向蒋皮蛋伸出那只破碗，有些含混地说，官爷开恩，赏一碗稀饭钱。

蒋皮蛋两眼一瞪，走入洞里。叫花子又把破碗伸向王存儒，官爷行行好，给几个铜钱吧。

此时，舒猴子停在路旁，解开裤带小便。王存儒同样黑着脸，一手捂着鼻子，走进洞里。几个衙役绕过舒猴子，匆匆进洞。叫花子如同发泄一般，身子一晃，朝龇牙咧嘴的舒猴子撞来。舒猴子脚下一虚，往路坎下跌去。

路坎下是一块深潭，平平静静，黑幽幽一片。舒猴子魂飞魄散地大叫，哎呀，老子……

身子往潭里飘坠，恰此时，老叫花子伸出那条有弯头的拐杖，一下勾住舒猴子的腰，往上一拉，将舒猴子拉回来。

舒猴子正要破口大骂，忽听蒋皮蛋的声音从洞里传出，不用说，问题肯定出在这里！

王存儒把这个洞穴前后看了看，摇了摇头说，好几辆银车，十几个大活人，不可能。

见舒猴子一边系裤带一边进来，王存儒问，你说呢？

舒猴子似乎惊魂未定，答非所问地说，狗日的叫花子，差点把我吓死了！

王存儒微微一愣，笑得无声无息。

劫匪与税银如沉大海，了无消息。看来，只有抓个小毛贼做替罪羊，屈打成招，做成一桩糊涂案，好歹把差事了了。好在山高皇帝远，可以一手遮天。

问题是抓谁，南江城也罢，米仓道也罢，虽然不乏小毛贼，但他们来去无踪，几乎无从下手。

下人将两坛新酒抬去后院，后院里有一株芭蕉，极其葱郁，一旁有几棵桃李，外加一棵金桂和一棵蜡梅。酒一般都放在芭蕉下，那里有个砖砌的台子，两口空坛已经撤走，留下两个圆圈，清晰而饱满。下人将酒坛放好，坛底与两个圆圈完全重合，不差丝毫。王存儒满意一笑，轻轻点头。两个下人不声不响退出去。

王存儒坐在桂花树下一方石矶前，斑驳的月华透过枝叶漏下来，如曲折的芒刺，似欲将自己刺破，心里一紧，正要离开，一个人如影子一般飘来，是王新楼。王新楼作为山长，住在公山书院，一般不回来，只要回来，一定有事。

王新楼飘到王存儒面前，低声说，爹，李二麻子进城了！

王存儒霍然惊起，啥，李二麻子？

王新楼半个屁股坐上石矶，把声音压得更低，就是他，只身一人，刚刚钻进梦花楼！

无遮无拦的太阳照在王存儒脸上，十分温和。他睁开眼来，杨婆娘已经划完了第二刀，刀尖正从裂口伸入，开始剥皮。

杨婆娘惊讶地发现，在皮与肉之间，还有一层削薄的类如白纸的东西，必须将其分离，才能剥下一张像样的皮。他不知道这层白色该叫什么，于是停下来，有些困惑。

忽听王存儒说，那叫腠。君有疾在腠理，不治将恐深。出自《韩非子》，扁鹊见蔡桓公。

杨婆娘赶紧点头，暗自叹服，到底是进士出身，真是无所不知！

王存儒已经闭上两眼，再次回到两月前那个月夜。

四

王存儒赶紧叫林夫子，通知蒋皮蛋、红胡子老张和舒猴子及所有衙役，速往县衙应差。很快，王存儒换上七品顶戴，端端正正坐上正堂。蒋皮蛋等人相继而来，分两边肃立。王存儒说，劫案已有着落，系大盗李二麻子为之。刚刚接到线报，李二麻子正在梦花楼嫖宿小桃花，真是踏破铁鞋，不请自来！

于是一声令下，衙役们各带刀枪，在蒋皮蛋与舒猴子的率领下，奔向梦花楼，封街堵巷，捉拿李二麻子。

李二麻子正在小桃花房里彼此温存，舒猴子领着几个彪形大汉忽然撞开房门，几条长枪瞬间抵上浑身精光的李二麻子。小桃花吓得面无人色，扯起被子把自己紧紧捂住，直到李二麻子铁镣加身，被押出梦花楼，都没敢露头。

李二麻子只穿了条裤衩，裤子、长袍以及一把短刀，在一个衙役手里。王存儒忍不住笑了笑，有些大度地说，给他穿上，要用刑呢。

几个衙役赶紧上去，把李二麻子摁住，暂将铁镣解开，将衣裤草草套上，再把铁镣叮叮当当戴好。王存儒笑容忽收，一字一顿地说，给我打！

两个衙役高举刑杖，朝李二麻子一阵猛打。王存儒暗暗数数，打到三十下时，将手一抬。两个衙役退下，各自杵着刑杖喘气。李二麻子直起身来，铁镣一阵乱响。王存儒近乎提示地问，说，三百多万两赃银藏在哪里？

李二麻子眨了几下眼，反问，赃银？三百多万两？

似乎还在温柔乡里没醒过来，或者三百多万两银子就在眼前，伸手可得，三十刑杖不过如同一场痛快淋漓的房事，或者一次颇有收获的劫掠。

一般来说，三十刑杖足以完成屈打成招，即使碰上硬茬，最多再加十杖，那人会彻底垮下去，会把一切属于自己或不属于自己的罪名都认下来。

王存儒隐隐感到，李二麻子是那种常言所说的铜豌豆，煮不软、咬不烂、踩不扁、砸不破。依他多年的经验，这种人服软不服硬。

衙役们跃跃欲试，手里的刑杖发出无声的呐喊，只等王存儒一声令下。王存儒却出人意料地挥了挥手说，先关进班房去。

班房一般在大堂一侧，原本供当班衙役小憩，因便于过堂，往往也将人犯暂押于此。日久天长，班房成了寄押人犯的另一场所。因为此，衙役们嫌不吉利，再不去里面闲坐。

李二麻子被关进班房，王存儒遣散僚属，回到官邸，叫下人温了一壶酒，摆在桂花树下。余胖子的酒有一缕淡淡的芬芳，更像出自佳人之手，这使王存儒常常有一种迷离感，他不相信，这么好的酒与佳人无关。

但此时，明月也罢，桂香也罢，好酒也罢，他都无心体会，他一直在想，怎样找到李二麻子的软肋。

喝下一杯酒，王存儒忽然有了灵感，于是起身，走出后院，走出官邸，踩一地缤纷的月华，转过几条街巷，来到南门。南门已关，值夜的守卒躲在谯楼上喝酒。王存儒有些恼怒，吼了一声，滚出来！

两个守卒屁滚尿流下来，站在王存儒面前，不敢出声。把门开了，王存儒说。两个守卒如遇赦的钦犯一样，连连称是，争着去开门。

王存儒出南门，沿一挂石级下来，止于河岸。这条河从米仓山极深处流来，到县城以北，轻轻一荡，绕出一个大湾，恰似一个笔墨酣畅的几字；与城相对，是一座小山，酷似一个公字，于是有几水公山绕南江之说。

公山书院原本在城西，王存儒初知南江的那年冬季，一场大火把近千年的楼宇彻底焚毁，藏书、字画片纸不存。屡试不第，已经无心功名的王新楼似乎格外兴奋，四处奔走，募了一大笔钱，遂在公山之巅重建了一座公山书院，并且顺理成章地做了山长。入学的子弟都经王新楼亲自筛选，其中鱼龙混杂，不乏市井无赖，不免引起非议。王新楼召集城中耆老，于江春楼摆下酒筵，即席发表了一通冠冕堂皇的说辞，大意是：作为书院，应以开愚化人为要；若使市井之徒知书识礼、弃恶从善，也是一件功德。

这话理直气壮，无可辩驳，于是非议尽绝。

岸边有一条小舟，系在一棵老柳上。夜间无艄公摆渡，王存儒解下缆绳，上船，手持篙杆，往岸上轻轻一点，小舟剪开一路微波，滑向彼岸。

书院并未关门，也不见声息，王存儒走进门来。月色下，王新楼坐在庭院里，搂着一个白衣白裙的女子。王存儒止步门内，故意咳嗽一声。两人赶紧分开，女子如鬼魅般飘向阶沿，飘进一道门里。仓皇间，裙摆被一颗露头的门钉挂住，身子往后一顿，差点倒出门槛来，赶紧用力一拽，哧的一声，想必撕烂了裙摆。

王存儒暗暗一笑，不紧不慢过来。王新楼早已站起，身边是一张小几，几上隐约摆着一壶酒，一碟干果。

王存儒不坐，正要说话，王新楼问，怎么样？

王存儒知道，他问的是李二麻子。

你听我说，叫你的人好生访问，好歹把李二麻子的软肋找出来。王存儒的声音有些飘忽，但又格外瓷实。

王新楼想了想说，是个人都有软肋。您放心，不出十天，一定有好消息。我虽不比孟尝君，但不乏鸡鸣狗盗之徒……

王新楼喋喋不休，王存儒挥手将他打断，似乎别有所指地问，没问题吧？

王新楼也似乎别有所指地答，没问题。

此时，杨婆娘已经剥开了一张皮，那皮夺拉下来，犹如一面破破烂烂的血旗。

始终站立的舒猴子，脸上始终挂着一抹浅笑。无人知道，舒猴子人在刑场，心思也回到了那个同样的月夜。

几乎在王存儒走出城南，走下那挂石级的同时，舒猴子走出家门，走过一段正街，拐入一条小巷。小巷尽头有一座牌楼，蒋皮蛋的家就在牌楼后。他跟蒋皮蛋都是本地人，但除了公干，彼此少有往来。故而舒猴子的来访使蒋皮蛋十分惊讶，他知道，这个其貌不扬但心如明镜的家伙一定有大事。

在舒猴子眼里，中过举，已经做过三任县丞的蒋皮蛋也非等闲之辈，皮蛋不过是他的外壳，那个真实的蒋皮蛋如一枚透熟的蛋黄，深藏在蛋壳里。舒猴子今夜登门，就是想敲开蛋壳，看看那枚蛋黄的成色。

哎呀，舒典史到访，蓬荜生辉啊！

哪里、哪里，久有造访之心，唯恐唐突，又怕蒋大人拒之不见哪！

两人打着哈哈，蒋皮蛋将舒猴子领进花厅。几个皮蛋，一盘花生，一壶酒。舒猴子试探地问，关于税银被劫，蒋大人有何高见？

蒋皮蛋笑道，王大人是掌印主官，蒋某只是个不称职的僚属，不敢乱说，一切以王大人所见是从。

还记得那个老叫花子吗？舒猴子又问。

蒋皮蛋眨着眼，老叫花子？

蒋皮蛋反问一句，赶紧摇头，记不得、记不得，我这人没出息，只记得皮蛋，别的过眼就忘，都记不得了。

舒猴子淡淡一笑，正要再问，蒋皮蛋忽伸过嘴来，贴近舒猴子耳根说，当然还记得老板娘，啧啧，绝对堪称奇妙！下次有机会，舒典史不妨试试，除却巫山不是云啊！

舒猴子一定要砸开这枚皮蛋，不愿跟他说风月，于是压低声音，故作神秘地说，刚才来时，无意中看见知县大人过河去了。

蒋皮蛋朝舒猴子举了举酒杯，两人喝下一口。蒋皮蛋一边咂嘴一边说，那是去看儿子，父子情深嘛，应该。

舒猴子马上接话，公山书院招了许多浪荡子，惹出了许多闲言碎语，有人说恐怕别有用心。

蒋皮蛋看了舒猴子一眼，龇了龇牙说，公山书院并非官学，人家王新楼是山长，招什么人，不招什么人，该人家自己做主。再说了，开愚化人，当属上善之举，不该说三道四。

舒猴子不甘心，再问，前日，蒋大人在洞里说，问题肯定出在这里，不知蒋大人是否记得？

蒋皮蛋眨了眨眼，是么，我说过么？

舒猴子当然明白，不用重锤，根本敲不开这个坚硬的蛋壳，于是从袖子里取出一张叠得方方正正的纸条，缓缓展开，递给蒋皮蛋说，那个叫花子撞了我一下，我脚下一虚，往河里跌去，叫花子用拐杖将我勾回来，忽把这张纸条塞给我，风一样走了。

纸上赫然写着两个字，水，银；水在左上角，银在右下角。舒猴子接着说，我不懂这两个字的意思，特来向蒋大人讨教。

蒋皮蛋用指头弹了弹那张纸说，这个简单嘛，水嘛，银嘛，连起来就是水银嘛，哪个看不懂？舒典史拿我开心嘛！

说完，把纸条递回来。舒猴子不接，蒋皮蛋只好搁在桌上。舒猴子已经明白，他无论如何都敲不开这枚皮蛋，于是兴味索然，勉强坐了一阵，拱手告辞，故意不带走那张纸条。

蒋皮蛋偏不放过他，抓起那张纸条，几步追上来，塞回他手里。

杨婆娘已将李二麻子前胸全部剥脱，四张皮分两边垂下来，那具血肉模糊的身子，仿佛山崩之后留下的痕迹，满目疮痍，极其破败。李二麻子已不似先前那么剧烈颤抖，弧度已经很小，那颗被胸肌包住的心却跳得格外激烈，一鼓一突，犹如一只即将破壳的小鸟，但不见呻吟。

杨婆娘用自己肥胖的身子，挡住王存儒、蒋皮蛋和舒猴子，极快地朝那颗跳动的心脏插了一刀，只为昨夜有人送来的那串铜钱。李二麻子身子一阵扭动，很快平息下来，似乎已经睡去。

王存儒当然看不见这一幕，顾自暗想，真是个硬角色，可惜也有软肋。

五

三天之后，王存儒坐在书房窗下，捧读刚刚刻印的一部《尔雅义疏》，偶尔拈起一粒糖衣花生，放嘴里咀嚼。

此书是户部主事郝懿行的遗作，由高邮名士王念孙点校。王存儒的业师吴平山曾受教于王念孙门下，吴平山晚年闭门不出，花了近五年时间，亲自提刀，将这部书刻成印版，可惜尚未付印，人已亡故。王存儒联手诸位同窗，慷慨解囊，终将此书印出。

正读到忘形时，王新楼大步进来，抓起书案上那把绛紫茶壶，咕嘟咕嘟灌了一气，一抹嘴说，成了！

王存儒合上书，塞进书架，看着窗外一棵已经泛黄的银杏。一只麻雀停在树枝上，瞅着窗里。他拈起一枚花生，弹向麻雀；麻雀受惊，噗一声飞了，带起一片叶子，打着旋儿掉在窗台上。

王存儒噗一口吹去，叶子掉下窗外，回过头来，拍了拍手，看着王新楼，意思让他说。

王新楼说，您万万想不到，李二麻子有个儿子，是梦花楼小桃花替他生的。为了生下这个儿子，李二麻子每个月给鸨子二十两银子。生下来后，由鸨子找了个奶妈，就养在梦花楼里，银子加到了每月五十两。小桃花是梦花楼的头牌，李二麻子想替她赎身，鸨子要了个天价，五千两白银……

王存儒嫌王新楼啰唆，打断他问，那个孽种还在梦花楼？

当然在，都快三岁了！

王存儒点了点头说，好，很好。

傍晚，王存儒叫来林夫子，命把李二麻子带来官邸。不一时，李二麻子戴着一具长枷，拖着一条长长的铁镣，似乎拖的是一个出乎意料的结果，由两个衙役押着，随林夫子叮叮当当来了。

王存儒等在后院里，石几上有一壶酒和一碟糖衣花生，那树金桂已经开到不可收拾，仿佛一场会心的暗笑。王存儒坐在那场暗笑里，看也不看李二麻子。李二麻子似乎有些虚弱，站在不远处，铁镣声已被无处不在的桂香吞噬。林夫子招呼两个衙役退下，吩咐他们一个时辰后来把人犯带走。

片刻后，一缕月华如水一般浸到后院里来了，几棵树，两个人明朗起来。王存儒似乎等的并非李二麻子，而是这片月光，月光一来，脸上便有了一层温和，他轻描淡写地说，恭喜啊，儿子都快三岁了。

铁镣立即响了一声，响得小心而惊惶。王存儒决意点到为止，不再多说。他觉得，李二麻子应该主动一点。

铁镣声时断时续，当铁镣响过五次之后，李二麻子终于开口了，把口供拿来吧，我都认。

王存儒呼出一口气，笑得无声无息，明显很满意。因事关重大，这份供状没让林夫子代劳，由王存儒亲自动笔，花了整整半天时间，先后改了五次，绝对天衣无缝。王存儒却不忙，叫李二麻子坐下，斟了一杯酒，亲手递到李二麻子嘴边。李二麻子一脸渴望，咕地咽了一口唾沫。那酒却若即若离，不到唇边，王存儒问，知道余胖子吧？

李二麻子几乎带着哭腔说，知道、知道，他家的酒好。

王存儒点了点头，这才将酒灌入李二麻子嘴里。李二麻子紧闭嘴唇，忍了许久，才把那口酒咽下去，颇有相违已久的哀伤与惊喜。

王存儒又倒了一杯酒，握在手里，看了看被月光打湿的金桂问，儿子有没有大名？

李二麻子赶紧回答，有、有，叫李大贵。

李大贵，嗯，这名字不错。你放心，只要你签字画押，我会马上去替小桃花赎身，再在城里替李大贵买座像样的房子，让余胖子教小桃花酿酒，吃穿用度应该不成问题。

李二麻子忙问，余胖子会教她酿酒？

王存儒微微一笑说，余胖子就如同这壶酒，捏在我手里，我想喝就喝，不想喝就砸了。别的不说，仅他每年偷的酒税，按大清律法，虽不至人头落地，但办他个倾家荡产绝没问题。

铁镣响了几声，但已不再慌乱。王存儒放下酒杯，拈起一枚糖衣花生，喂进李二麻子嘴里。李二麻子把这粒花生嚼得近乎清脆，有某种崩溃感。他没想到，一粒稀松寻常的糖衣花生，到了王存儒手里，竟如此不同一般。他不知道，这是厨娘徐姐的绝技，因为糖衣花生，王存儒对这个年过三十的女仆，充满近于复杂的好感。

当然，如果你手里有余钱，不妨告诉我，我一定转交给李大贵的娘。王存儒说，把第二杯酒凑到李二麻子嘴边。李二麻子却视而不见，把一颗乱蓬蓬的头埋在长枷上，有些羞愧地说，自从上了米仓山，前后做了百十来单，都是些小商小贩，官家跟巨贾不敢下手，那是灯蛾扑火。手里虽然积了些钱，都用在小桃花和李大贵身上了，还有那个鸨子，要价越来越高，已经分文不剩了。

李二麻子吐出一口气，有点如释重负的意思。王存儒觉得有些不可思议，没想到一个横行多年的绿林好汉，竟然混得如此不堪。

愣了片刻，再把这杯酒递到李二麻子嘴边，犹如某种告慰。李二麻子还是不张嘴，看着王存儒说，如果将李大贵安排好了，让小桃花带上他来见见我。

王存儒只好把那杯酒收回，放到石几上，定定地看着李二麻子说，你走的是条绝路，迟早都是个死，这话你同意吗？

李二麻子轻轻点了点头，铁镣随之一阵轻响，表示同意。隔了许久，王存儒说，这样吧，等李大贵母子安顿好了，我帮小桃花写个条子，叫小桃花和李大贵都摁个手印，给你带来。

李二麻子想了一阵，只好答应。

第二天夜里，王存儒不声不响来到梦花楼。鸨子仰在床上吃酒，几个姑娘正替她捏肩捶腿。小厮慌慌张张跑来门口说，知县，知县大人来了！

鸨子一骨碌爬起，如同绣球一般滚下楼来，滚到王存儒面前，语无伦次地说了一气，意思是梦花楼的姑娘任选，分文不取。

王存儒两眉紧锁，只说了三个字，跟我走。

鸨子赶紧随王存儒出来，街上空无一人，打更的梆子声不知从何处响起，有些空洞。王存儒停在一栋木楼下，月光照不到这里，黑得有些不知深浅。鸨子浑身打抖，不敢看王存儒。

王存儒从腰里摘下一个钱袋，递给鸨子说，这是五十两银子，你拿着。

鸨子目瞪口呆，赶紧摇手，不不不，知县大人有何吩咐，说就是了！

拿着！王存儒将钱袋砸到鸨子怀里，钱袋掉在地上，响声极富质感，似乎梦花楼或者整个南江城猝然坍塌了。

捡起来！王存儒近乎怒吼道。鸨子赶紧捡起，捧在手里，仿佛捧着一团火。

这是小桃花的赎金，明天会有人将她母子带出梦花楼！王存儒把这话撂给鸨子，扭头便走。鸨子一直躲在黑暗里，似乎再不敢出来。

杨婆娘手里的尖刀像一支笔，李二麻子的身体如同一份考卷，在经过了最初的生疏与迟疑之后，已经变得顺畅，变得走笔如流。前胸的皮已经全部剥尽，李二麻子一动不动，或许已经死了。

到底是个老刽子手。王存儒不由暗想，但他心里更多有些怜悯，没想到李二麻子做了十几年匪徒，竟然混得这么惨，竟然被一个鸨子敲诈了好几年！

观刑的男女老少全都无声无息，人人脸上一片麻木，似乎每个人都被自己处死了。

舒猴子身在刑场，心却去了桥亭那家野店。

六

在王存儒决定让林夫子把李二麻子带到后院的那个下午，舒猴子只身出县城，沿官道一路北走，天黑时分来到桥亭。

野店里已经住了三个人，一个是布客，背了一匹蓝布和一匹印花布；一个是木匠，背篮里装着斧头、墨斗、刨子之类，上面架着两把锯子；另一个是香油贩子，挑了满满两篓子香油。

恰好店里一张桌子断了一条腿，用几匹断砖勉强支撑。老板娘与木匠讲好，把腿换了，免一顿饭钱和一夜住店费。木匠立即搭起摊子，认认真真做那条桌子腿。

老板娘的心思全在布客身上，想赚几尺印花布，做件汗衫。偏偏布客是个吝啬鬼，一味装糊涂，打死不接招。油贩子更吝啬，生怕老板娘转移目标，老早要了一碗干饭，几块泡菜，用筷子去篓子里沾了点香油，滴在泡菜上，勉强吃了，也不洗漱，早早睡了。

木匠刚把那条腿换上，舒猴子走进店来。老板娘认得是那晚叫骂的官爷，嘴轻轻一瘪，不冷不热地说，这小店，住不下大王八。

舒猴子不理她，去那张刚刚换上腿的桌边坐下，掏出一块纹银，不轻不重拍在桌上说，一碗烧酒、一碟麻花鱼，外加一碟油酥花生。

老板娘眼睛一热，盯着那块亮锃锃的银子，一笑嫣然，声色顿时温和起来，虚着两眼说，酒有的是，油酥花生也不难，麻花鱼么，河里有，可惜捞不起来。

舒猴子举头一望，望见墙上挂着一张网，便指着说，不是有网么？

老板娘回头看了看网说，有本事你自己去，哪怕网起个石头，老娘也能做成一碗香喷喷的鱼汤。

一旁咂着烟锅的木匠也在偷看那块银子，仿佛终于看清了成色，赶紧把烟灰磕掉，识趣地离开，去了那间大屋。里面是一溜能睡几十个人的通铺，布客也躺到铺上了，与油贩子挨在一起，颇有同病相怜的意思。

舒猴子站起，把那块银子塞进老板娘怀里，顺便往胸脯上掠了一把，顿觉浑身一软，魂飞魄散，心里暗骂，难怪狗日的蒋皮蛋说得那么巴心巴肠，真是个难得一见的尤物！

走，打鱼去！舒猴子一把拉起老板娘，深深浅浅往屋外去。屋外一派漆黑，月亮还躲在山后。

舒猴子停下，声音虚飘地说，没带网呢。

老板娘哧哧地笑，忽把手抽走，近乎不耐烦地说，哎呀，哪里用得着装模作样，不就是上床嘛，老娘随你的便！

说完，几步走回屋去，把自己塞回那片肉色一般的灯光里。舒猴子暗自好笑，是啊，何必转弯抹角！

吃了点饭菜，舒猴子再无任何拘束，把老板娘拽进蒋皮蛋住过的那间房里，出于某种报复或某种嫉恨，他使尽平生本事，把老板娘折磨得死去活来。

约三更时分，舒猴子拿出一张纸，把已经无法动弹的老板娘扶起，把那张纸送到她跟前说，你看看，这家伙来没来过这里？

纸上是一个男人的画像，十分逼真。老板娘看了一眼说，来过，这家伙有个怪癖，喜欢用舌头。哎哟，简直像他妈条狗！

说着闭上眼睛，似乎那条狗正在身子底下拱动，舌头像柔软的刀子一样。舒猴子将那张纸折好，揣进怀里，又问，啥时来的？

老板娘挪了挪光溜溜的身子，抬手拢了拢腮边的乱发，想了想说，比你们早来十几天，不，正好半个月。

舒猴子再问，一个人还是一伙人？

老板娘似有些不耐烦，一骨碌钻入被窝，不回答。舒猴子也钻进来，把老板娘紧紧搂住说，告诉我，大事呢。

老板娘轻轻扭了扭，像一条蛇，我一个开店的女人，你要吃要喝算我的，要占便宜也行，别的事我不管！

舒猴子捏住老板娘一只乳房，近乎哀求地说，告诉我吧，一夜夫妻百日恩嘛。

那手像一只昏鸦，绕来绕去，总算绕进巢里去了。

老板娘似乎有些悲伤，把自己再次打开，夹住舒猴子那只手，幽幽地说，一伙人，把通铺都塞满了。

舒猴子算了算，半个月，不就是银车失踪的前一天么？

似觉明白了一切，无须再问。老板娘鼻息渐重，揪住他的腮帮子说，你个瘦猴，真是个咬人的虼蚤儿！

舒猴子觉得整个世界都潮湿了，老板娘像一条河，推起一层层浪花。窗纸上已经有了一层湿淋淋的柔白，不知是河水涨上来了，还是月亮出来了。

约莫五更时分，舒猴子悄悄起来，下楼，取下墙上那张渔网，走出野店。屋外竟然下起了细雨，如一场绵延的幽梦。

已是秋雨时节，大巴山一带，将在微风细雨里朦胧好些日子，直到寒露，弥漫的云气和雨意才会被一日紧似一日的西风扫尽。

舒猴子沿着官道，模仿银车的速度，在这场起于半夜的细雨里行走。不足半个时辰，已到洞穴处，天色仍然昏暗。舒猴子停下来，往洞里望了望，似觉一缕阴风自洞口逸出，绵绵不绝，不禁打了个寒战。

呵呵，真是个行劫的好地方啊！

舒猴子暗自感叹，忽然心机一动，那个负责押送银车的官员何故五更出行？难道有意在天色昏暗时赶到这里？

天哪，这难道是一场精心策划、里应外合的阴谋？

舒猴子骇出一身冷汗，差点跌坐在地。愣了许久，天色正一点点亮开，这条河的形态逐渐明朗起来。

河在不远处绕了个大湾，并且一分为二，一股细流缓缓而来，全部汇入这片长约半里的深潭；另一股水量要大得多，直接流出去，溅起一路呜咽的涛声，像一场永无尽头的哀哭。在两股流水之间，堆出一片两头狭窄、中间宽阔的河洲，布满乱石与荒草，一片片杂生的水红花子，正泛起一片清红。可以想见，如果夏季发大水，那一面惊涛骇浪，这一面可能水波不兴。

舒猴子认定，那些税银，一定沉在水潭里，它们不会被洪水冲走，它们在等待时机。那个老叫花子一定是见证人，可惜走得太快了，一定要找到他。

舒猴子不再迟疑，下到河边，把这张渔网抖开，朝水潭里撒下去。噗一声猝响，溅起一片缭乱的水花，往四面扩散。他慢慢收网，网绳颤动起来，有鱼！

他小心翼翼地将网拖到沙岸上，网里白花花一片，水花乱飞。十几条鱼在网里挣扎。他将鱼一一取下，全部扔回水里，再把网抖开，撒入潭里。

前后撒了好几网，都有鱼。舒猴子几乎有些疑惑，有些绝望，提着湿漉漉的渔网朝上挪了几十步，再撒。网很沉，舒猴子心跳如鼓，憋足一口气，像拖着一个谜底一样，将网慢慢拖出来，拖离水面，拖到沙滩上。

网里竟然是一个人，一个死人！

舒猴子几乎失声惊叫，似觉网里那个死人是自己！他战战兢兢俯下身子，瞪大眼睛朝网里看，死鬼一手握着一条拐杖，另一手握着一只破碗。是老叫花子！

老叫花子腰里缀着一条麻绳，另一头是个铁丝网，网着一块石头。舒猴子脑子里轰一声响，一屁股坐在沙堆上。

很快，舒猴子回过神来，不能待在这里，必须离开！他使劲爬起，撒腿便跑。跑了几步，又忽然停下，折回来，咬牙把老叫花子从网里取出，用脚使劲一蹬，同那块连缀在腰间的石头一起，蹬回水里。

老叫花子在一片细腻的水纹里迅速下沉，很快沉入水底，像一个不容揭开的秘……

杨婆娘开始割肉，在左胸上割下了第一刀。那块肉似已失尽血色，有些泛白。舒猴子听得清楚，始终坐在椅子里的王存儒咽下了一口唾液。

七

舒猴子回到县城已是傍晚，那场细雨也被他带到了城里，城里似乎幽深了许多，到处一片迷蒙，好像沉在一锅冷去的粥里。

舒猴子没有回家，径直来到余胖子的小店。小店门口搭着一张又长又宽的柜台，柜台上放着两口据说上百年的酒缸，两个装着沙子的麻袋，如同两个愁眉苦脸的人，分别坐在缸口上。酒缸一侧是个油腻腻的筲箕，装着好几样色泽红亮的烧腊。柜台尽头是个足有一尺厚的木墩子，一把砍刀和一把片刀并排栽在墩子上，入木三分。柜台背后是一张方桌，已经坐了两个人，正就着一碟猪头肉喝酒。想必是两个过路的客商，夜间无聊，来此消遣。

余胖子坐在一只方凳子上，跷着一条腿，正咧嘴剔牙，头顶是一盏桐油灯，一条灯芯盘在灯盏里，如并蒂莲一般吐出两颗透明的灯花。

见舒猴子走了来，余胖子站起，到柜台边立定，往街上噗地啐了一口，笑道，舒大官人，好几天不见了。

舒猴子不接茬儿，看了看桌上坐着的两个人，眉头一皱，转身要走。余胖子忙说，莫走嘛，不就是个座位么，多简单。

说着，从柜台底下拖出一张方凳，拍了拍说，坐这里嘛，稳当得很。

舒猴子想了想，回头进来，往方凳子上坐下，指着筲箕说，一个猪蹄子，一碗酒。

余胖子从筲箕里拈出一截猪蹄，搁上木墩子，举刀痛斩。舒猴子注意到，桌上的两个人一直不往这边看，似乎见惯了大江大河，这小城的人事全不在眼里。

仅片刻，一碟斩成小块的猪蹄子和一碗酒摆在舒猴子面前。舒猴子对着这场烟似的夜雨喝下一口，咂了咂嘴，张开手指去拈猪蹄，忽见一个人撑着一把破破烂烂的油纸伞到了门口，等那伞如秘一般揭开，舒猴子不由一惊，竟是红胡子老张！

红胡子老张留着三绺长须，像被霞光透染的丝绦一般。红胡子老张不是本地人，也中过举，一直在衙门里厮混，十年前来到南江，曾给几任县令做过师爷，三年前做了主簿。因为人厚道，不多言多语，颇受王存儒信任。

红胡子老张也有些惊讶，三绺红须有些飘动，似有风吹一般。舒典史啊，好兴致啊。红胡子老张说，极快地往桌上瞥了一眼。

来来来，正好一起。舒猴子站起，四处看了看，想找到能坐的凳子。红胡子老张摇了摇手说，不用、不用，家里来客了，买点酒和烧腊。

于是要了一壶酒，一只猪耳朵，半只卤鸡。余胖子刀法之娴熟，令人眼花缭乱，片刻，鸡和猪耳朵都片成片，分别用两张高丽纸包好，再用一截粗线拴在一起，留出一个两寸长短的扣。红胡子老张朝舒猴子笑了笑说，把舒典史的都记在账上。舒猴子正要客气，红胡子老张已经提着酒壶和纸包走了，那把油纸伞夹在腋下，如同夜归的游子。

不一时，桌上两人已经酒肴俱尽，起身付钱，走了出去，始终不看舒猴子一眼。

舒猴子却一直暗暗注视两人，见他们往另一边走去，恰与红胡子老张的方向相反，片刻，已经沉没在夜雨里。从那边不远处，隐隐传来咿咿呀呀的唱腔：

　　郎在山上打一枪

　　妹在山下哭一场

　　打枪莫打比翼鸟

　　打死一个毁一双

这是本地山歌，听上去有许多古老的悲凉。舒猴子当然明白，是城北那家风雨客栈的老板娘在唱。因为那些唱不尽的割心割肠的山歌，客栈生意极好。或许，那两个家伙就住在风雨客栈里。

带着几分醉意，舒猴子在空旷的县城里乱走，不觉来到蒋皮蛋住的这条小巷，那座雨中的牌楼像一具站立的骨架，似乎今夜就要倒下去。他自然会想到那片长约半里的深潭，想到沉在潭底的老叫花子。

舒猴子认定，一切都在水里。

他毅然决定，再去蒋皮蛋家，一定要敲碎那具坚硬的外壳。

蒋皮蛋仍以几个皮蛋、一壶酒来应对居心叵测的舒猴子。舒猴子决定不再绕弯子，直接拿出两张纸，一张是老叫花子塞给自己的，另一张是人像，一起放在蒋皮蛋面前。

蒋皮蛋眨了一阵眼，一直轻轻摇头，却不去看那两张纸。舒猴子忍不住，指着两张纸说，看看吧，税银案都在上面了。

蒋皮蛋淡淡一笑，笑得有些苦，还是不看，只举起酒杯说，来，喝酒。

舒猴子拒绝举杯，似觉那枚皮蛋根本就没出现，更无从下手。他叹息一声，决定趁着酒劲，把该说的话都说出来，老叫花子死了，腰里坠了个石头，沉到那片深潭里。

照说，这话会迫使那枚皮蛋浮出来，但蒋皮蛋却纹丝不动。舒猴子只好又说，有人证实，税银失踪的前夜，王新楼带着几十个人去了……

蒋皮蛋忽将他打断，不说这事、不说这事，喝酒。

三百多万两税银哪，铤而走险也属正常。舒猴子继续说。

蒋皮蛋似乎很无奈，把酒杯放下，明显有些不高兴。舒猴子箭在弦上，不得不发——公山书院半夜失火，一定是场阴谋，人家就是要把书院弄到自己手上，借办学为名，豢养鸡鸣狗盗之徒，目的就是年年过境的税银！

蒋皮蛋两眼蒙眬地看着舒猴子，仍然轻轻摇头，等舒猴子停下，便伸出指头朝舒猴子点了点说，酒后胡言，纯属酒后胡言。还没端杯，你就醉了，不可思议，简直不可思议！

舒猴子明白，自己只是个小小的典史，即使一切都在水里，他也没有能力使其真相大白。他所以来找蒋皮蛋，就是想求得他的支持。蒋皮蛋是县丞，远比自己有权有势。但这个精于世故的家伙，太他妈能装了！

想到这里，舒猴子笑了笑，把两张纸收回，朝蒋皮蛋一拱手说，不好意思，刚在余胖子那里喝了一大碗酒，确实醉了，告辞。

蒋皮蛋把舒猴子送到牌楼下，望了望漫空而下的微雨说，整个南江都是一潭水，深得很哪。

舒猴子近乎痴愚地笑了笑，再次拱手，走入这场无边无际的雨里。很快，他走出小巷，走过这条临河的街，走上一挂石梯。石梯尽头是一道山梁，一座四合院矗在山梁上，由几棵大树环抱，那是红胡子老张的宅院。

一道紧闭的大门将一幕宽广的烟雨关在外面，夜色舒卷，犹如无数疯狂的舌头。舒猴子摸到一个大若碗口的门环，往门板上砸出几声沉闷的响。这响像一缕呼啸的寒风，刮过庭院，刮进屋去了。舒猴子等了片刻，有人提着一盏灯笼，噗嗒噗嗒到了门口，抽去门闩，将门拉开。是红胡子老张的下人，一个有些佝偻的老头儿。老头儿把灯笼举了举，声音涩涩地说，不好意思，老爷醉了，已经睡了。

舒猴子朝老头儿背后望了望，一片黑暗，不见一星儿灯烛，心里忽然一惊，想起蒋皮蛋那句话，整个南江都是一潭水，深得很哪。

遂觉那水涨上了山梁，山梁才是这潭水的最深处。

老头儿说了声抱歉，将门关上。舒猴子愣了许久，转身沿石梯下行，渐觉自己真的醉了，浑身乏力，似乎走不完这挂石梯。

走了几步，记得石梯边有几棵冬青树，树下有几块条石，搭在一张石几边，以供上下其间的人小憩，便摸过去，坐上石条。烟似的雨被冬青遮住，无声无息。蒋皮蛋的话仍在耳际环绕，像一缕吹不尽的风。

舒猴子已经有些疑惑，不明白自己到底在干啥。湿漉漉的夜气到处翻涌，南江城确乎如一潭深不可测的水。

过了许久，舒猴子正要起身，忽听山梁上响起开门声，如裂帛一般，将寒冷的雨夜撕开一条口子。一个人提着灯笼，从那条口子里挤出，踩着潮湿的石梯下来了。

舒猴子一惊，稍一犹豫，决定躲进冬青树深处，看看这个提灯笼的人究竟是谁。

那盏灯笼映着一个纸片儿似的人影，一闪一闪来到冬青树一侧，天哪，竟然是王新楼！

舒猴子目瞪口呆，差点叫出声来。王新楼停在咫尺之外，竟然往冬青树这边望了望。舒猴子屏住呼吸，心跳如鼓。还好，王新楼稍停片刻，走了。

舒猴子忽然明白，红胡子老张跟王新楼是同伙！

还想把自己的发现告诉红胡子老张，求得帮助，好险！

此时，杨婆娘又割下了李二麻子的右胸，那已经不像人肉，像一块透熟的烧腊。

八

杨婆娘驭刀如飞，割肉剔骨的手法近于炉火纯青。不到半个时辰，李二麻子的前胸已经无一丝残肉，裸出两排惨白的肋骨。

昨晚，杨婆娘以为没人来替李二麻子买刀，打算安安心心跟俞二姐好好睡个通宵。一阵狂风骤雨之后，杨婆娘精疲力竭，搂着俞二姐睡去了。

杨婆娘很快做了个梦，梦见一个到处开花的黄昏，自己走进这座小楼，俞二姐在阁楼上，坐在窗前，望着窗外。窗外有两只燕子，飞过一片片瓦顶，飞来檐下。檐下是一个刚刚做成的归巢，泥色很新，在夕阳里泛起一缕柔光。

杨婆娘停在俞二姐身后，颇为感动，咬咬牙，一把拽起俞二姐，走出小楼，走进自己家里，把那几口大箱子从床底拖出来，全部打开，两千贯钱躺在箱子里，透出缕缕芳香。俞二姐惊愕万分，说不出话来。杨婆娘说，跟了我吧，一起去乡下，买田买地修房子。

俞二姐忽然哭起来，哭得犹如暮春一般。杨婆娘手足无措，正要把她搂进怀里，忽然响起了敲门声。

杨婆娘幡然醒来，有些迷糊，俞二姐还在自己怀里，像一只温顺的小猫。敲门声又起，十分真切，也格外固执。

杨婆娘以为是个嫖客，不禁有些恼怒，高声问，哪个？

那人不答，又敲，敲得更重。杨婆娘心里有底，有钱有势的一般不会往这座小楼里来，除了王存儒、蒋皮蛋、红胡子老张、舒猴子等，自己不会把其他人放在眼里，何况老子是个即将杀人的刽子手。

他将已经醒来的俞二姐放开，翻身下床，赤条条下楼，停在门后问，老子问你是哪个？

门外那人不轻不重地答，是我。

杨婆娘心里一紧，忙问，是舒典史？

舒猴子说，把门开了，有事找你。

杨婆娘连声道歉，请舒猴子稍候，说先去穿戴整齐再开门。舒猴子说，不用，只说一句话。

杨婆娘只好将门开了一条缝，躲在门后，只露出那颗盘着辫子的头。舒猴子掏出一串铜钱，递进门缝里说，受人所托，行个方便吧。

杨婆娘大吃一惊，当然不敢接。拿着，有人托我，我只好托你。舒猴子说。

不不不，不要钱，我我我，我听您的。杨婆娘语无伦次地说。

伸进门来的那手一松，一串铜钱哐一声掉在地上。杨婆娘紧紧盯着钱，一缕暗淡的月光从门缝里照进来，那钱溅起一粒粒幽光。舒猴子的脚步已经出了水巷子，门外一片死寂。

杨婆娘怔了许久，不敢去捡那串铜钱。有人托舒猴子？咋会去找舒猴子呢？难道舒猴子跟李二麻子有啥关系？

杨婆娘不禁背心一阵阵发凉，似乎那把未曾磨利的刀子是为自己准备的。忽然，他脑子里闪出另一个疑问，舒猴子如何知道我在俞二姐这里？

这一想，已觉浑身冰冷，似有无数双眼睛藏在月光深处，一直盯着自己，自己在众目睽睽下磨刀、弃刀，走出家来，走进俞二姐的小楼；在众目睽睽下将自己剥光，又在众目睽睽下搂紧俞二姐如脂如膏的身子……

杨婆娘几乎彻底失控，正要回到阁楼，躲进俞二姐的怀里，忽然，一只白玉般的手伸进这缕微弱的月光里，将那串铜钱一把抓起。

是俞二姐，同样赤身裸体。两只乳房正对着自己，泛着一层喜悦的光华。杨婆娘一把将她抱住，似觉自己真是个婆娘，一个眼看要被人强暴的婆娘，俞二姐才是自己的男人。

恰此时，更夫敲响了梆子，夜已三更。梆子声在小城里回响，如一声声起起伏伏的叹息。

杨婆娘用小刀将李二麻子的棉袍彻底割开，露出一面早无血色的脊背。他必须忘记昨夜的一切，将背上的皮揭下来。

结在柿子树上的霜早已融化，偶有水珠滴下来，犹如一颗颗划过天空的流星。观刑的人似乎也被捅了一刀，再一次死在了杨婆娘手里，全都一动不动。

王存儒神情迷离，对眼前的一切似乎视而不见，他已回到一月前的那个上午。税银案已经审结，卷宗已经漆封，依照惯例，需将人犯押解至远在阆中的保宁府，接受复审。但王存儒深恐节外生枝，带上随从，往阆中，请知府大人来南江就地复审，理由相当充分，此去阆中好几百里，山高水险，而李二麻子的喽啰全部逃窜，不知所踪，若往阆中，或遭劫走。

知府大人深觉有理，不敢怠慢，带上僚属，随王存儒来南江，连夜复审李二麻子。问题主要集中在赃银上，李二麻子一口咬定，赃银藏在米仓山某处洞穴里，自己进城以前，与喽啰们有约，如果翌日天黑还未回山，证明已经出了意外，喽啰们将带上赃银，远走他乡，隐姓埋名，各自过日子，永不踏进南江半步。

知府大人令李二麻子说出喽啰们的姓名、籍贯，李二麻子冷笑道，不出卖同伙，这是做强盗的底线。

知府大人怒不可遏，喝令用刑。一时乱棍齐下。刑毕，李二麻子说，我招，就怕你不敢录成供词。

一旁陪审的王存儒骇得魂飞魄散，以为李二麻子要翻供。

知府大人瞅了王存儒一眼，似有所悟，叫书吏把纸笔拿到公案上来，捋起袖子冷笑道，你招，我亲笔录写。

李二麻子十分从容地说，有天下午，一个年轻人上了米仓山。手下兄弟见其可疑，把他绑了，用黑布把眼睛蒙住，带到山洞里。那人说要见李二麻子，有要事相告。

说到这里，李二麻子停住。知府大人催促道，说啊，我都记下了。

李二麻子反问，你咋不问那人姓甚名谁，从哪里来，来干啥？

知府大人点点头说，那你就先把这几个问题说清楚。

李二麻子摇摇头说，不，我不能自己审自己。

知府大人皱着眉，只好问，那人姓甚名谁？

李二麻子答，不知道。

知府大人强忍怒火，又问，从哪里来？

李二麻子答，阆中。

知府大人一惊，再问，来干啥？

李二麻子答，他说，某月某日，有三百多万两官银要从米仓道过，保宁知府特意派他来找李二麻子，劫下银车，五五分赃。

知府大人骇得心惊胆战，呆如泥塑，手一松，笔掉在地上。李二麻子笑道，你写呀，咋不写了？

王存儒早舒过那口气来，赶紧抓过那块惊堂木，猛地一拍，厉声喝道，押去大牢，严加看管！

衙役们将李二麻子拽上，拖出大堂，李二麻子把铁镣拖得山响，大笑而去。

王存儒早备下一桌上好的宴席，请知府大人赴宴。酒过三巡，知府大人说，算了，不审了，就按你递上来的卷宗，再做个复审供词提交刑部。至于赃银，就做他个追而无果，早早结案，横竖都是个死罪，也顾不得了。

一月之后，刑部批文送至保宁府，其词大致如下：

悍匪李永州，号李二麻子，聚众劫掠，某年某月某日，掳掠官银三百余万两。经县、府、刑部逐次审结，罪证确实，依典律，当论以腰斩，云云。

知府大人恨李二麻子桀骜不驯，大笔一挥，创造性地改为剐刑。

杨婆娘已经掌握了剥皮的全部要领，刀尖只在那层薄如蝉翼的腠理间行走，既不伤皮，也不伤肉。他顾自暗想，要是还有下一次，一定能剥下一张整皮。

舒猴子似乎有些惊讶，一直盯着那把游刃有余的小刀，但他的心思却停在又一个细雨如愁的夜晚。

九

一连几天，舒猴子躲在家里，对着一天阴雨喝酒。这酒喝到第四天傍晚，舒猴子想起了一个人，这人便是驿丞黄玉峰。黄玉峰世居陕西榆林，以耕读为本，却只勉强中了个秀才。尔后随同乡贩布匹入川，在米仓山遇劫，折了本钱，只好滞留南江，当街设摊，替人代写书信、状词，勉强谋生。

三年前，米仓道各驿站复设驿丞，兵部下文，委新任南江知县王存儒代为考选。黄玉峰获悉王存儒也是陕西人，有同乡之谊，于是去余胖子那里买了两斤烧腊、一壶烧酒，备下一张名帖，一并带上，去王存儒的官邸外逡巡，想找个人引见。

踟蹰半日，不见人进出，正焦躁不已，舒猴子走来。舒猴子见黄玉峰手里提着酒肉，已有几分明白。二人曾多次于街上照面，黄玉峰当然知道舒猴子身份，也不隐瞒，把自己的意思对舒猴子说了。舒猴子笑道，一壶烧酒、一块烧腊就想去见知县？你也太不把知县当知县了。

黄玉峰脸上一红，忙道，囊中羞涩，实在没啥东西遮手，只好勉强表示点心意。

于是把自己的遭遇说给舒猴子。舒猴子忽生怜悯，遂把考选内幕告诉黄玉峰。原来，王存儒初来南江，知蒋皮蛋是本地人，颇有根基，自己未到任前，由蒋皮蛋权知县事；又知考选事项也算有点油水，为笼络蒋皮蛋，遂让蒋皮蛋主持。

舒猴子想了想，干脆自己掏钱，替黄玉峰买了一百个皮蛋，加上酒肉，去见蒋皮蛋，并称早与黄玉峰熟识，请其照顾。

蒋皮蛋见了皮蛋，像见了亲娘一样，顿时喜笑颜开，又有舒猴子出面，加上这人曾中过秀才，于是一口答应。

考选下来，黄玉峰位列第一。但王存儒却以黄玉峰为陕西榆林人，又曾行走于两省之间，熟知川陕风俗为由，点选其往两省交界的米仓山为驿丞。黄玉峰曾于米仓山遭匪徒抢劫，至今心怀恐惧，于是再求舒猴子。舒猴子又找蒋皮蛋，蒋皮蛋不愿再出面，舒猴子只好咬牙去见王存儒，替黄玉峰说情。王存儒人地两生，不好驳这个面子，让黄玉峰做了南江驿驿丞。

自此，黄玉峰对舒猴子深怀感激，对王存儒暗自怀恨。

顶着一头愁思般的夜雨，舒猴子去余胖子那里买了两只卤猪头、两壶酒，出北门，来到驿站。

驿丞无品级，几乎等于编外，虽属兵部，但由知县代管，俸钱微薄，日子并不滋润，仅比替人书信、写状词略强。严格说来，官府花在驿马上的钱都比驿丞多。黄玉峰只好像别的驿丞一样，在马粮上做些手脚，图几个小钱，故而驿马往往与驿丞共患难，一般都极瘦。虽然如此，但黄玉峰手下有几个驿卒，还有十几个挑夫，也能多少揩点油水。

驿卒、挑夫大多有家有口，都愿勒紧裤带，从嘴上节省。入秋以来，红苕大量上市，售价极低。南江驿几乎三餐都是红苕稀饭，吃得人瘆心寡味，还不住放屁，此起彼伏，一片甜丝丝的臭气氤氲不息，恰如这场不见尽头的秋雨。

舒猴子提着猪头和酒前来拜访，黄玉峰大喜过望。挑夫们全都住在近处，只有五个驿卒常住驿站。舒猴子把一个猪头和一壶酒交给老卒，让驿卒们享用。

黄玉峰把伙房那张小桌子弄到自己独居的小屋里，再拿来一个钵碗，两只酒杯，切成片的猪头肉装了满满一钵。黄玉峰一边咽唾液一边放屁，舒猴子不禁大笑。黄玉峰再也忍不住，拈起一块肥肉喂进嘴里大嚼，有些含混地说，不怕舒典史笑话，整整一个月没见过油花花了！

那声音里似有许多热切的悲凉。舒猴子不再笑，指了指钵碗和酒壶说，我已经吃过了，酒也喝过了，都是你的，你随意。

黄玉峰也不客气，一阵风卷残云，酒肉去了大半，实在吃喝不动了，扯起衣袖揩了揩油光光的嘴说，舒典史有啥事尽管说，我这碗饭也是你给的，哪怕杀人放火，黄某在所不辞！

舒猴子想了想问，还记得税银案么？

惊天大案呢，岂能忘了？黄玉峰说，打了个嗝，跟着放了个屁，屁味里不仅有红苕的甜，更有猪头肉的混浊和烧酒的火热。

舒猴子掏出那两张纸，展开，放在黄玉峰面前。黄玉峰一手拿起一张，对着昏黄的灯光看了一气，看出一脸疑问。

舒猴子把两张纸拿回来，依旧叠好，揣回怀里，又问，你觉得王存儒这人如何？

黄玉峰忽有所悟，反问，那张纸上画的，莫非是王存儒的少爷？

舒猴子不答，再问，你只管实说，王存儒到底如何？

黄玉峰冷冷一笑说，当官的没一个好东西，王存儒当然不例外。

舒猴子咧嘴一笑，点了点头说，有你这话就行了。

黄玉峰见舒猴子再不说话，只好又问，舒典史到底有啥事？

舒猴子说，好事，想请你带上几个兄弟，随我去打鱼。

听那语气，似乎专门来给黄玉峰等人指出一条有吃有喝的路。

打鱼？黄玉峰差点叫起来。舒猴子笑道，驿站紧临河岸，河里鱼多，举网可得，何必顿顿吃红苕稀饭？你这是捧着金饭碗讨口嘛！

黄玉峰一拍脑袋，哎呀，真是一语惊醒梦中人哪！

于是舒猴子请黄玉峰去就近人家借几张渔网，带上几个驿卒并两个背篓，仅留那个老卒看守驿站，点上火把，去桥亭以北那片深潭打鱼。黄玉峰不解，问舒猴子，河从驿站一侧流过，为何跑那么远去打鱼？

舒猴子有些诡异地说，那里有大鱼。

黄玉峰知道，舒猴子一定别有深意，人家既不明说，自然也不必多问。

一行人举着几条火把，冒着幽梦似的夜雨，沿着古道走去。到那片深潭时，已近黎明。舒猴子指着黑幽幽的潭水说，就是这里，仔细点，一网网打，不漏过一寸。

几个驿卒开始撒网，每一网都有鱼，兴奋得大喊大叫。舒猴子自然记得老叫花子沉水处，叫上黄玉峰，去那里亲手撒了一网，拖上来，有两条大过一尺的鲤鱼。再撒一网，拖出一条大口鲇和十几尾麻花鱼。舒猴子有些慌，又撒了好几网，除了鱼，啥也没有。

舒猴子愣了一阵，让黄玉峰把驿卒都叫到这里，前前后后，一网一网地撒。水里的鱼早已惊醒，或者感到危惧，开始逃窜，激起一片片仓皇的水声。

天已大亮，驿卒们在老叫花子沉没处前后撒了上百网，网里的鱼越来越少，根本不见别的。驿卒们有些扫兴，网撒得有气无力。黄玉峰见舒猴子脸色晦暗，不无小心地问，还撒不？

舒猴子说，撒，还是那句话，不漏过一寸。等事情完了，我请兄弟们喝酒！

驿卒们从下至上，再从上至下，一网又一网撒下去，鱼几乎没有了，但有了些别的东西：有人网住一把生锈的镰刀，叮叮当当拖出来；有人拖出了一口已经腐朽的箱子，箱子里却装着几块令人费解的牛骨头；还有人拖出了一头半大死猪，早已毛脱皮烂。此外，再无别的物件。

天色已过了正午，驿卒们早已腹中空虚，再也举不起网了。舒猴子心里一片空荡，很明显，有人先来一步，不仅捞走了老叫花子的尸体，或许也捞走别的。他垂头丧气地挥了挥手说，走吧，去桥亭那家野店，好好吃喝。

驿卒们背上满满两背篓鱼，懒洋无气地来到野店。老板娘见是舒猴子一行，顿时来了精神，一阵忙下来，一大盆鲜鱼汤、两大盘腊肉并一钵时蔬摆上了桌。几个人挤在一起，一人一碗酒，黄玉峰和驿卒们海吃海喝，痛快不已。舒猴子愁眉苦脸，吃得味同嚼蜡。吃喝完毕，舒猴子叫黄玉峰先回驿站，说自己还有事，暂不回城。

他需要温存，需要把秋雨般的疑惑与阴云似的愁闷发泄在老板娘身上。

秋雨经久不歇，古道上行人稀少，几乎无人来店里寄宿。舒猴子摸出一块银子，仍然塞入老板娘怀里，两个饱满的乳房立即活过来，似乎有许多话要说。

舒猴子把老板娘搂进那间蒋皮蛋住过，自己也住过的房里，扔在床上，将那扇油纸窗揭开，窗外仍是那一幕若有若无的细雨，那条河就在数十步外，流得缠缠绵绵。河上曾有一座亭桥，好些年前，被一场百年不遇的大水冲毁，后来只用木板搭了一座便桥，但桥亭这个地名却不改如旧。

舒猴子在这间小屋里，对着满窗云雨和一条小河，与老板娘温存了三天三夜。

此时，杨婆娘已经剥尽了李二麻子背上的皮，剥得干净利落，几乎不带一丝儿血肉。杨婆娘把尖刀噙在嘴里，两手翘着兰花指，将那张皮拉开，有些得意地看了看王存儒、蒋皮蛋和舒猴子，细声细气地说，要是绷一面人皮鼓，一定很响。

见无人搭理，杨婆娘才把那张皮捏成一团，有些遗憾地扔在地上。地上堆着一块又一块肉，几只饿狗挤在一起，远远望着这边，馋涎欲滴，却不敢近前。

王存儒看了看天色，见阴云已起，日光已隐，朔风渐紧，寒冷不堪，便皱了眉头说，快点，怕是要下雪了。

杨婆娘赶紧答应，伸出刀子剐背上的肉。几刀下去，后背与前胸渐渐透明，如一扇慢慢捅开的窗。那根脊梁骨很快露出来，竟然端端正正。仅片刻，背后已经剐尽，那一根根排列有序的肋骨全部露出来。

杨婆娘把刀尖插入李二麻子的裤腰，打算一刀割开，剐两条腿。王存儒已经不耐烦，大了些声说，算了，直接剥头和脸！

好好好，杨婆娘细声细气地说，完全是个婆娘的声色。于是一手握刀，一手将那条黑布袋揭开。

杨婆娘顿时愣在那里，一动不动，揭开黑布袋那手高高举着，似乎再也放不下来。

蒋皮蛋脸色煞白，指着露出头来的李二麻子失口惊叫，这这这、这……

王存儒浑身一冷，觉出某种不祥，但杨婆娘肥胖的身子挡住了自己的视线，看不见那人，于是两手往枣木椅子上一撑，要站起来。舒猴子一把将王存儒扶住，那手也颤抖不住。正此时，杨婆娘手里的刀和那条黑布袋一齐掉在地上，极其惨厉地喊道，天哪，怪不得我啊！

杨婆娘张着两只手，发疯一般跑了。王存儒只一望，顿时两眼一黑，往前栽去。蒋皮蛋、舒猴子赶紧将他抱住。

绑在柿子树上的哪是李二麻子，是王新楼！王新楼被一团白布塞住嘴腔，直塞到喉管里，根本出不了声；许是恐怖与绝望，两只眼珠又大又圆，几乎挤破了眼眶。

刑场大乱，观刑的人瞬间走得一个不剩，仿佛被一阵狂风刮走的落叶。舒猴子、蒋皮蛋忙着招呼衙役，将脸色惨白、气息奄奄的王存儒送回官邸。

见人已走空，那些等候已久的饿狗狂吠着扑上来，先抢地上的肉，抢光之后再扑向绑在柿子树上的王新楼，一阵撕扯，不到半个时辰，只剩下一副白生生的骨架。

十

王存儒一病不起，却没人敢去探视。林夫子买了一具上好的棺材，雇几个人，把王新楼的骸骨收在棺材里，抬去城西的水云寺暂厝，拿出几两银子，请寺里的和尚好好做几天水陆道场，超度超度。

一出不露痕迹的调包计，使县太爷的公子做了替死鬼，而且是剐刑，还是县太爷亲手做成，亲自监刑。这事在南江一县引起的震动可想而知。

王新楼的骸骨就厝在水云寺里，竟无人前去吊唁，那帮前呼后拥的鸡鸣狗盗之徒，竟也不见露面。

不觉已近一月，王存儒如同走过了漫长的黑夜一般，渐渐康复起来，遂叫林夫子托人找块地，好歹把王新楼葬了。王存儒依然不出门，整日坐在后院里。蜡梅已开，开得黄灿灿一片，像一树别有用心的冷笑。

坐在梅树一侧的王存儒一直在想，到底是谁用了这个歹计？

很明显，这是冲自己来的。是蒋皮蛋么？有可能，这家伙表面糊涂，心里却揣了一面镜子。

是红胡子老张么？也有可能，表面顺从的人，心里往往有一把刀。

是舒猴子么？更有可能，这人里外都比常人精明，若要使坏，也比常人可怕。

但纸包不住火，无论是谁，要把李二麻子换走，一定需在行刑前夜做手脚，一定瞒不过牢头和值夜的狱卒。

王存儒决定打草惊蛇，让这个人自己跳出来。于是叫来林夫子，嘱咐两件事：一是找几个心腹，把住进出南江的几条路口，无论蒋皮蛋、红胡子老张，还是舒猴子，只要离境，不问青红皂白，立即扣下，直接带到这里来；二是准备一百两银子，然后去大牢，把牢头周万发叫来。

周万发当然是本地人，曾经走过几年镖。有一年深秋，周万发与几个镖师押一车生丝往汉中去，一路放声喊镖，渐渐到了米仓山。几个新近落草的毛贼不买账，拦住去路，彼此交涉无果，只好大打出手。虽然保住了那车生丝，周万发却被砍断了脚后跟，从此落下残疾，走路都不利索，自然吃不了那碗饭。后来，周万发托人找到舒猴子，先去大牢做了几年狱卒，因比较精明，又见多识广，舒猴子保举他做了牢头。

林夫子将周万发直接带来后院，便退出去。王存儒先将那一百两银子卷在包袱里，搁在石几上。见周万发有些局促，抬手指了指对面那个垫着棉垫子的石凳说，坐吧。

周万发不敢坐，弯了弯腰说，大人有话请吩咐，小人不敢坐。

王存儒淡淡一笑说，来者是客，不分贵贱，请坐。

周万发又弯了弯腰，拖着那只断了后跟的脚，一扭一扭去到石凳边，将半块屁股勉强挨上去。

王存儒不愿转弯抹角，直截了当地说，你告诉我，临刑前那个晚上，哪些人去过大牢？

周万发一脸紧张，赶紧站起说，除了您和舒典史，没人去过。

王存儒鼻子里轻轻一哼，又问，那你说说，李二麻子是如何逃走的，王新楼是如何被人弄进去的？

周万发浑身颤抖起来，声音飘浮地说，小人一直守在牢里，没挪开半步，实在不晓得是咋回事。

你待在哪里，未必一直盯着李二麻子？

不不，不是，舒典史叫我弄条黑布袋子给李二麻子戴上……

舒猴子何时离开的？

大人走了之后，舒典史吩咐了几句，也走了。

之后呢？

之后，小人跟几个狱卒一起，待在看守室里，喝了点小酒。

对话暂时停止，王存儒想了想，指着那个包袱说，这是整整一百两银子，只想买你一句实话。

周万发飞快地瞄了包袱一眼，目光格外明亮，像两粒寒冰，但又瞬间暗淡，抬手拧了拧鼻尖说，大人明鉴，小人句句都是实话！

王存儒脸上已经风起云涌，声音像刀子一般朝周万发飞去，既然不吃敬酒，休怪我不客气了！

转身朝外面喊道，林师爷！

林夫子如躲在一侧的疾风，应声刮来，眨眼已到石几边。王存儒问，准备好了？

林夫子一躬腰说，照老爷的吩咐，早准备好了。

于是转向外面，不轻不重招呼一声，几个下人手执棍棒及麻绳，大步进来。王存儒指着周万发说，老周习过武，骨头硬，想必皮肉也格外厚实，利索点吧。

几个人一齐上去，扭住周万发，七手八脚，将他捆绑起来，推到那棵梅树下。林夫子牵住绳头，往梅树上缠，手法相当纯熟，似乎变了个人，这使王存儒有些惊讶。

王存儒站起，走到周万发跟前，声音柔和地说，现在说实话还来得及。周万发神色惊惶地说，大人哪，小人句句都是实话啊！

王存儒一挥手，斩钉截铁地说，不用啰唆了，剐了吧，剐完了弄到少爷坟前埋了，也算给他一个交代。

周万发双目圆睁，惊恐万状地高喊，大人，你你你，你这叫滥用私刑啊！

王存儒微微一笑道，在我这里，都是官刑。把嘴塞上，不想听猪叫！

一个下人拿出一块事先备好的粗布，塞进周万发嘴里，同样塞入喉管里去。林夫子两眼泛红，全不见一贯的斯文，从长袍底下摸出一把尖刀，走上去，一刀割开周万发的棉袍，露出两扇结实的胸肌。

此时，舒猴子独自一人坐在余胖子那张方桌上，用一只砍成小块的猪蹄子下酒，心思却停在那场阴雨放晴之后的一个黄昏。

舒猴子买了四个猪头、四壶酒，借了个挑子，挑到南江驿，把三个猪头、三壶酒交给那个老卒，让驿卒们享用。黄玉峰仍把那张小方桌弄进那间小屋，两人相对而坐。舒猴子举起酒杯说，雨晴了，我这心里也明亮了。

黄玉峰知道有大事，点了点头说，还是那句话，不管上刀山，下火海，我都听你的！

舒猴子需要黄玉峰鼎力相助，或者让自己的行为，在黄玉峰眼里更加合理，于是先讲了一件并不存在的往事。

五年前，舒猴子的胞兄舒怀云去汉中贩蜀绣，货物交割之后，住进了一家客栈。半夜，南郑知县王存儒带着十几个衙役忽然闯进来，把所有的客商全部推到院子里，声称匪徒抢劫珠宝店，有人看见匪徒提着珠宝进了客栈。

舒怀云带了两个随从，住在一间上房里，也被押到院子里。衙役们开始搜查，竟在舒怀云房里搜出了一大包珠宝。舒怀云骇得浑身是汗，心里很快明白，一定是同行生忌，栽赃陷害。

王存儒令将五百两本钱一并起获，将舒怀云及随从带入县衙，连夜拷打，竟然做成铁案，舒怀云被斩首。

舒猴子停下来，喝了杯酒，又说，没想到王存儒转任南江，虽杀兄之仇如天，但我只是个小小的典史，哪里扳得倒这棵大树，除了忍，实在毫无办法。

黄玉峰愣了许久问，如果舒典史要为胞兄报仇，黄某不才，愿助绵薄之力！

舒猴子暗喜，拿出两张纸，摊开，指着那张画像说，税银案就在这人身上。

黄玉峰惊得两眼如炬，结结巴巴地问，不、不是李、李二麻子吗？

舒猴子不紧不慢，把一切告诉黄玉峰。最后，舒猴子声色如铁地说，让王新楼这个十恶不赦的家伙遭到惩处，既为国家典律，也为私恨！

黄玉峰捏紧两个拳头，一齐砸在小桌上，一字一顿地说，舒典史是黄某的恩人，常言道滴水之恩，涌泉相报。即使王新楼与税银案毫不相干，舒典史要弄死他，黄某也绝不推辞！

两人喝完这壶酒，舒猴子掏出五十两银子交给黄玉峰说，所谓重赏之下，必有勇夫。这点钱是我的全部家底，分给兄弟们吧。用得着他们时，我会再来拜访。

言毕，一揖告辞。

十一

临刑前夜，在王存儒提着酒肉来见李二麻子的前一个时辰，舒猴子来到大牢，径直去了看守室。周万发赶紧站起，请舒猴子坐。舒猴子使了个眼色，让周万发命狱卒走开。周万发掏出几个铜钱，叫两个狱卒去买点酒菜，好消夜。

待两个狱卒出门，舒猴子忽然朝周万发跪下磕头。周万发大骇不解，赶紧去扶舒猴子，舒猴子却坚持磕完三个响头才肯起来。周万发惶惶地说，典史大人请吩咐，我周万发万死不辞！

舒猴子说，这是件千刀万剐的大事，不论成败，你都在绝路上。你好好想清楚，敢做，我便说；不敢做，我便不说。

周万发咬着牙齿说，大不了私放命犯，典史大人点个名，我马上放了他！

舒猴子说，不是放人，是换人。

于是告诉周万发，今夜寅时，将用一个黑布蒙头的人来换李二麻子。李二麻子不是劫犯，来替换他的才是劫犯。周万发不必知道那人是谁，只需设法将两个狱卒灌醉，以免碍事。

周万发愣了片刻说，既然真犯就擒，何不依律审结，明正典刑？

舒猴子冷笑道，我好歹做了多年典史，别的都糊涂，唯独这事明白。远的不说，这牢里关的，有几个是真犯？真犯一般都愿出钱，上下打点，大多逃之夭夭。碰上大案要案，找个倒霉鬼栽赃陷害，屈打成招，一刀砍了了事。你不见这大牢里，总有一股阴气，那都是些不散的冤魂啊！

周万发四处看了看，似觉阴风扑面，令人毛骨悚然，点了点头说，有理、有理！

舒猴子说，你需发个毒誓，不管这事成与不成，即使千刀万剐，都必须烂在肚子里！

于是周万发指天立誓，字字如铁。舒猴子拍了拍周万发的肩，走出看守室，来到李二麻子监号外。李二麻子仰在囚床上，一动不动。舒猴子朝李二麻子招了招手，示意他到门口来。

李二麻子冷冷一笑，依然不动。舒猴子只好说，从囚床到这里，只是五六步，小桃花和李大贵的生死，都在这五六步之间。

铁镣立即响起来，李二麻子将那堆铁镣拖开，叮叮当当来到牢门口。舒猴子说，你记住，王存儒马上要带着酒肉来见你，你只需说一句话，拿条黑布袋将头罩住。别的你都不管，我保你渡过劫难，与小桃花母子团圆。

说完这话，舒猴子转身出来，去大牢外等王存儒。片刻，王存儒踏着满地月色，一悠一晃来了。

待王存儒走回那片无奈的月色里，舒猴子也随之离开，绕走城北，来到南江驿。黄玉峰受舒猴子所托，早早去余胖子那里买回一坛子好酒，几个猪头，顺便把小桃花和李大贵也带了来。待驿卒们吃喝完毕，黄玉峰又把五十两银子平分给每个人。

等舒猴子走进驿站，黄玉峰已经备下刀枪、绳索，只等出发。舒猴子知道，黄玉峰已经把话说明白了，不用再说，只说了一个字，走！

几个人各执刀枪，随舒猴子直奔公山书院。令人意外的是，公山书院大门洞开，里面无声无息。舒猴子一惊，未必走漏了消息，王新楼已经跑了？

舒猴子抢先进去，四处搜看。更令人惊讶的是，王新楼与一个年轻女人被赤条条绑在床上，王新楼嘴里塞着女人的内裤，女人嘴里塞着王新楼的内裤；床头柜上放着一副烟具，烟具一边是一团黑乎乎的烟膏，两人或许刚刚还在吞云吐雾。

这东西叫福寿膏，据说是明朝皇帝取的名，曾经泛滥过，尔后官府发令严禁，很快便绝了迹；没多久又冒出来，官府态度也变得暧昧，既不说禁，也不说不禁。没想到王存儒的公子也好这一口。

舒猴子一眼认出，女人是江春楼老板秦豁子养的小妾。小妾原本是梦花楼的姑娘，秦豁子一上手，觉得妙不可言，于是背着正房，买了一栋临江的小楼，花了一笔银子将姑娘赎出来，安顿在小楼里。

舒猴子取下王新楼嘴里的内裤，还未发话，王新楼忙道，是舒典史啊，你咋晓得我遭了手脚？快帮我松绑，手都肿了！

舒猴子想了想，指着那女子问，这淫妇我认得，是秦豁子的小妾，咋到你这里来了？

王新楼不禁破口大骂，两个杂种，一定是秦豁子支使的，老子必须叫他姓秦的倾家荡产！

舒猴子明白了一切，不愿和他多说，一刀背打在王新楼的后脑上。王新楼头一歪，昏了过去。舒猴子将小妾解开，让她把衣裤穿好，指着门外说，走吧，走得越远越好。秦豁子一定容不下你，若不是忌惮王新楼，你已经在黄泉路上了。

小妾答应一声，惶惶而去。舒猴子撕下一块白布床单，塞满王新楼的嘴，由两个驿卒抬出来。

舒猴子把王新楼的衣裤搂上，带上黄玉峰等径往大牢。周万发已经候在大铁门外，快步迎上来说，两个狱卒都大醉不起，睡在看守室里。

舒猴子把还未醒来的王新楼接过，请黄玉峰等人回驿站。周万发赶紧过来帮忙，与舒猴子一起，把王新楼弄进李二麻子的监号里。

周万发取下李二麻子身上的铁镣，把囚服也脱下来，穿在王新楼身上，把铁镣给他戴上，将那条早已备好的黑布袋罩在头上。李二麻子明白了一切，向舒猴子与周万发跪下，分别磕了三个响头。

舒猴子说，小桃花带着李大贵在南江驿等你，赶紧去，连夜离开南江，永远不要回头！

李二麻子拱手道，大恩不言谢，就此告辞，后会有期！

……

恰此时，一声猝响把舒猴子倏然拉回现实，抬头一看，余胖子已将一块猪头砍成两半，开始动手剔骨。

舒猴子思路被打断，一阵游离，如缓缓坠地的木叶一般，落在了王新楼被剐的那天晚上。

舒猴子明白，依王存儒的精明，很快将知道真相，自己必须趁早离开南江，远走他乡。

他把几件换洗衣裳都穿在身上，把仅剩的一点碎银子揣进怀里，关上门，坐等夜深。他知道，今夜是唯一的机会，一旦王存儒回过神来，一定会把住所有进出南江的路口，那将插翅难飞。

当然，他必须带上周万发，不给王存儒留下任何机会。当更夫的梆子敲过三更，舒猴子站起，拉开房门，临出门时又有许多不舍。似乎四十多年来未娶妻生子，就是为了今夜无牵无挂地离开。

舒猴子叹息一声，走出来。屋外阴云已散，月华如水，南江城寂静无声，似乎死在杨婆娘刀下的并非王新楼，而是这座古朴的小城。

他走过半截大街，转过两条小巷，到了北门。他所以不拿包袱，不过为了应付守城兵卒，作为典史，他有权深夜出城，去大牢里查看。但此时此刻，北门并未关闭，像一个敞开的陷阱。

舒猴子犹豫片刻，朝门外走来，走得蹑手蹑脚，生怕脚步声惊醒了什么。还好，寂静如旧，恰似无遮无拦的月光。

那条通往陕西的官道就在门外，大牢在城东，也还顺路；只需急行一夜，就将离开王存儒可以掌控的范围。忽然，一个人的说话声隐隐传来！

舒猴子一惊，赶紧缩回门道里，探出头去偷觑。明晃晃的月光下，路口站着三个人，两人肩上挂着包袱；另一人竟是红胡子老张！

红胡子老张说，既然东西都安排好了，这事就稳当了。王存儒至少今夜缓不过气来，你们正好离开。舒猴子在余胖子那里见过你们，所以千万不要再来，以免节外生枝。

舒猴子听到这里，忽然想起，原来是那晚在余胖子店里喝酒的两个外乡人！如此说来，红胡子老张并非来买酒肉，而是来见这两人？

红胡子老张说的东西，未必是那些被劫的官银？

又听红胡子老张说，你们也去观刑了吧，那个王新楼死得真冤啊，舒猴子自以为精明，呵呵！

天哪，难道王新楼并非真凶？！

或者，这家伙已经看出，是自己做的手脚？

舒猴子顿觉被一记重锤砸上了头顶，眼前的月光如火焰般翻卷起来。但他知道，不能在此逗留，必须赶紧离开城门。

十二

舒猴子回到家里，躺在床上，陷入深深的迷茫。

那个雨夜，王新楼去红胡子老张那里干啥？自己曾怀疑王新楼与红胡子老张是同盟，现在看来，可能并非如此。或者红胡子老张觉察自己在暗中追访，有意将王新楼抛出来，让自己盯上这个柱死鬼？

舒猴子忽然想起，昨夜去公山书院绑王新楼时，王新楼曾骂道，两个杂种，一定是秦豁子支使的。这说明把他和小妾绑在床上的，是王新楼和小妾都不认识的人！都怪自己太草率，没问问到底是两个什么人！

未必，去公山书院绑王新楼和小妾的，也是那两个外乡人？

舒猴子已经毛骨悚然，似觉有一双眼睛一直暗中盯着自己。

如果王新楼与税银无关，他为何前一夜带上狐朋狗友去桥亭？

忽然，舒猴子恍然大悟，最大可能是那个老板娘在别人的支使下，故意说谎！

那么，那家野店，那个妙不可言的老板娘，以及发生的一切，都是红胡子老张设的局？

舒猴子实在想不清楚，一切太过混乱，似乎那场绵延的阴雨至今未晴。

但舒猴子很快又想起，红胡子老张并未说安排好的东西就是那笔巨额税银，东西嘛，可以是一切，也可以一切都不是。

他实在越想越糊涂，那笔巨额税银如落入宽广的迷雾里，若有若无，似隐似现。这反而刺激了他，他决定不走，决定等这场迷雾散尽，一定要看清真相。

连日来，舒猴子天天去余胖子那里饮酒，不醉不归。他渐渐觉得，不仅红胡子老张可疑，蒋皮蛋也可疑，王存儒、王新楼更可疑，甚至包括黄玉峰、林夫子、李二麻子，他们都有可能是劫犯。

如果李二麻子是劫犯，自己将他放走，岂非奇耻大辱？

林夫子将周万发带去王存儒的官邸，需从余胖子的店门口过。舒猴子看在眼里，却不惊不诧，这事的结果他完全能够预见。

忽听杨婆娘的喊声传来，天哪，怪不得我啊！

舒猴子望着门外，片刻后，杨婆娘一身脏污，一颠一颠走来，那条花白的辫子依旧盘在头顶。有几个小孩跟在杨婆娘背后，齐声高喊，杨婆娘盘辫子了，要杀人了！

舒猴子猝然一惊，杯中酒洒了出来，滴在桌上。愣了片刻，他扯起袖子，轻轻一抹，像抹去这段不堪回首的记忆一般。

他站起来，朝余胖子说，挂在账上，年底一并结算。余胖子赶紧答应。

舒猴子走出来，径直来到王存儒的官邸，直接去了后院。那场别开生面的剐刑刚刚开始，林夫子刚在周万发的前胸划了一条口子。舒猴子放声大笑，呵呵，堂堂七品知县，竟然躲在官邸里用私刑！

王存儒、林夫子及几个下人一齐愣住，像几个木偶，永远定格在那里。那树梅花似乎笑出了声，四处回荡，久久不息。

第二章 汉 碑

一

舒猴子万万没想到，大约一月之后，那两个有重大嫌疑的外乡人，忽然出现在余胖子的小店里。

那是个寒气已尽，海棠初开的黄昏。南来北往的脚步带入城来的春泥，已经化为淡淡的尘埃，正在一派浅浅的夕晖里轻轻飞扬，像一场宽广的微醉。

舒猴子在余胖子的小店里喝了一下午酒，已经有些微醺，似觉这座春风里的城有了些旷放，于是起身出来，想去街上随便走走。

刚走几步，忽听背后传来一个外乡人的声音，老板，温一壶酒，半块卤猪头肉。

舒猴子一惊，猝然回头，两人正朝店里去。他一眼认出，正是与红胡子老张月夜作别的两个嫌疑人。他不敢相信，世上竟有如此巧合的事。作为典史，他的第一反应是逮捕这两个来历可疑的家伙，撬开他们的嘴，解开所有的疑问。

但他很快明白，因为涉及红胡子老张，甚至可能包括王存儒，他不能这么直接，必须讲究策略，另辟蹊径。

一壶酒，半块猪头，至少一个时辰，两人都会待在小店里，他有足够的时间做出安排。

舒猴子首先想起了以卖打药为生的冯老二，赶紧来到冯老二家，门上却挂了把大铁锁。他不能耽搁，于是飞步出城，来到南江驿，求驿丞黄玉峰援手。

当舒猴子、黄玉峰带着几个驿卒，各执利刃来到余胖子的小店时，两个外乡人刚好喝完了一壶酒，把一块银子拍在桌上，叫余胖子算账。

几个人闯进来，抖开麻绳，将懵懵懂懂的二人绑了，直接押去南江驿。待二人酒醒，见坐在面前的舒猴子和黄玉峰都不过一身皂衣，便嚷着要见张主簿。

舒猴子知道他们有恃无恐，不愠不怒，只一句话，便将两人当场击溃。他说，死了心吧，半个时辰前，你们的张主簿刚刚就擒，恐怕已经招了。

二人面面相觑，明显已经虚了。其中一个眨着眼，把这间小屋看了看，有些疑惑地问，这，这是县衙还是大牢？

舒猴子不理他，故意不明不白地问，东西呢？

那人咽了口唾沫，目光躲躲闪闪，犹豫片刻说，东西还没来得及出手，都在客栈里。

舒猴子恰到好处地停止，只问清哪家客栈，哪间房，便向黄玉峰丢了个眼色。两人出来，舒猴子说，麻烦黄兄走一趟，把东西取来，看到底是啥。

黄玉峰带上两个驿卒，立即进城去了。舒猴子回到小屋里，看都不看二人，只在灯下，认认真真剥指甲。两人明显耐不住，一个说，其实，这事跟张主簿关系不大，我们跟他只是同乡，主动上门找的他，求他照顾照顾。当然，也要算他一个干股。

另一个赶紧补充，江湖规矩，见者有份。人在江湖走，必须讲规矩，就这么回事。

舒猴子通通不回应，他需等黄玉峰回来，看到底是什么东西。但他已经从这两人话里听出，这事似乎与失踪的三百多万两税银并无关系。

约一个时辰后，黄玉峰回到小屋里，将嘴凑到舒猴子耳边说，好东西呢，值几百两银子呢！

舒猴子一把将黄玉峰拉出来问，啥东西，这么值钱？

福寿膏啊，紧俏货呢！此外，还有二十多两银子！

舒猴子还是有些失望。福寿膏这东西实在有些复杂，自传入中土以来，首先在皇宫里生根，尔后为仕宦、门阀追捧，逐渐流入江湖，不可遏制。因吸食成瘾，价钱高昂，许多人为此倾家荡产。迫于人议和民愤，朝廷无奈，曾下令禁绝。但不久，这东西死灰复燃，犹如污水暗流。那道禁止令虽未撤销，但也不曾重申，贩卖或吸食，不再诉诸刑律，但在清流社会，仍然会遭遇谴责与痛斥。

据坊间传闻，登基不久的天子，正是个不折不扣的瘾君子，这是大清的隐疾，必须忌讳。

原来红胡子老张跟两人勾结，是在暗地里贩福寿膏。舒猴子当然会想起那个被自己用调包计接受剐刑的王新楼，想起那晚与黄玉峰等突入公山书院，王新楼身边的烟具与福寿膏。

原来，王新楼夜访红胡子老张是因为这东西！那么，税银失踪，真正的罪魁最大可能仍是王新楼。只可惜自己位卑权小，不能将元凶绳之以法，只能上演一出近似狸猫换太子的把戏，借刽子手杨婆娘的刀，将王新楼剥皮割肉，以示罪恶当诛。至于三百多万两税银，王存儒已经做成铁案，朝廷不究，自然已经石沉大海。

此时，舒猴子忽然心里一动，王新楼被剐，王存儒并未深究，是否因为投鼠忌器？

难道税银案的背后，真是王存儒？

黄玉峰见舒猴子一味发呆，忍不住问，到底咋办，你舒典史赶紧划个道，总不能把人关在驿站里吧？

舒猴子回过神来，想了想说，这东西不黑不白，实在不好定罪。

黄玉峰忙说，对对对，虽然朝廷曾经下令禁止，但时过境迁，已经不再提及。何况当今天子都好这一口，如果拿这东西是问，岂不有暗讥皇上之嫌？

舒猴子盯住黄玉峰问，依你之见，该如何处置？

黄玉峰嘿嘿一笑道，但话说回来，这东西到底罪恶昭彰，绝对见不得人，否则，他们也不必偷偷摸摸。你舒典史也知道，驿站上下人等，薪俸微薄，连吃一顿饱饭都是奢望。我的意思嘛，想求典史大人高抬贵手，开开恩，把这东西留给我等，换点饭钱。

舒猴子本想一口拒绝，又怕黄玉峰阻挠，于是笑道，我还没见到货呢，弄出来吧，总要让我看一眼。

黄玉峰已经将两百多斤福寿膏放进驿站里，听见这话，遂拿来一盏灯，请舒猴子进去看。两人走进一间屋里，两袋福寿膏堆在墙角，二十多两银子却不见。舒猴子拿过黄玉峰手里的灯说，银子呢，未必不让我看？

黄玉峰有些犹豫，站着不动。舒猴子笑道，放心，舒某分文不取。

黄玉峰只好离开小屋，去取银子。舒猴子赶紧将灯油浇在两条袋子上，点起火来，并将门闩死。黄玉峰提着银子回来，见门已落闩，屋里火光熊熊，飘起一股异香，已明白过来，又呼又叫，猛踹房门。舒猴子不理他，直到两袋福寿膏基本燃尽，才将门打开。

黄玉峰闯进门来，一脸沮丧。舒猴子说，君子爱财，取之有道。

言毕，撇开黄玉峰，来到另一间小屋里。两个被绑在椅子上的人，似乎并不恐惧。舒猴子不由大怒，反身冲入厨房，抄起一根柴棒，咆哮着回来，劈头盖脸一阵乱打，打得两人杀猪似的嚎叫。

片刻，黄玉峰快步进来，看着近乎疯狂的舒猴子，颇觉陌生。舒猴子停下手来，骂道，老子是替那些被祸害的人，教训教训你们，替他们出口恶气。两个杂种，赚黑心钱，又不怕遭天谴！

骂毕，举棒又打。两人号哭不绝，满嘴求饶。舒猴子再次住手，喝问二人能写字不，两人忙说，上过几年学，能。

舒猴子叫黄玉峰把纸墨笔砚拿来，让两人将何时来南江贩卖，与何人合伙，前后获利多少，等等，都写下来。

于是解去麻绳，令赶紧书写。二人不敢怠慢，赶紧写好，画押。舒猴子看也不看，揣入怀里，请黄玉峰同行，说要将二人押去大牢，但却不再捆绑。

走出驿站，来到河边，舒猴子故意不走渡口，令二人前行，涉水而过。走到河心，舒猴子忽然一个趔趄，将身后的黄玉峰撞倒，二人一齐跌入河里。黄玉峰急忙挣扎，要爬起来，却被舒猴子死死拽住。

前面两人一愣，回过头来，见二人已被水冲走了四五步，站在原地不知所措。舒猴子喝道，老老实实等着，不准跑！

这一喊，两人回过神来，转身便跑。舒猴子仍然死死拽住黄玉峰，嘴里大骂不休。直到两人跑得不见身影，才将黄玉峰松开。两人爬起来，黄玉峰抹了抹脸上的水，连打了几个喷嚏，抽着鼻子说，你这是故意放他们走！

舒猴子冷笑道，不放他们走，你想咋的，把银子还他们？

说完，扭头便走。

二

税银被劫案像一场春梦，没留下任何痕迹。未必，那个有关鬼门的传说，并非空穴来风？

日子一天天过去，季节依旧暗中偷换。

一场旷日持久的秋雨过后，天气格外晴朗。霜气越来越重，米仓山溅起一点点清红，那红如滴入水里的彩墨，不断散流，快速洇漫，仅几天日子，漫山遍野都红起来，红得痛快，红得透彻，仿佛一场无边无际的大火。

舒猴子一行走在这不可收拾的红里，几乎忘了此行目的。来到川陕交界的截贤岭，天色已晚，只好往截贤驿投宿。

当年，韩信投靠刘邦，刘邦以其为治粟都尉。韩信以为不能一展抱负，于是只身单骑，夜离汉中，打算经米仓山，过南江，入长江，顺流而下回淮阴。

萧何得知韩信夜走，遂沿官道打马直追。韩信越过米仓山，忽遇大雨，溪水陡涨，马不能过，进退两难之际，萧何追至此地，一番苦劝，韩信心回意转，终随萧何回汉中。

后人有感于此，遂将萧何追及韩信处，呼为截贤岭。自此伊始，经截贤岭往返川陕的文人墨客每有留题。至今日，碑石大多无存，仅余道教祖师张陵、唐集州刺史杨师谋、北宋名士刘巨济所题三通。

历朝以来，官方俱将道旁碑刻委截贤驿驿丞代管，以防被盗或损毁。正因为此，截贤驿驿卒竟多于其他各驿一倍或几倍，堪称千里古道第一驿。

昨日傍晚，截贤驿驿丞吴平禄，行色匆匆来知县王存儒的官邸禀报，称三通石碑一夜被盗，不知所踪。

王存儒大惊失色，即命师爷林夫子召集县丞蒋皮蛋、主簿红胡子老张、典史舒猴子等迅速往县衙议事。

王存儒神色严峻地说，三通石碑，弥足珍贵，尤其道祖张天师所题，堪称国之至宝。本县初任南江，曾受命拓张天师碑刻三片，驰送入京，以供天子清玩。今碑石为贼人盗走，必使天子震怒！

蒋皮蛋、红胡子老张、舒猴子等一言不发，呆若木鸡。王存儒看了众僚属一眼，敲了敲公案说，事已至此，当以捕捉盗贼，追回碑石为要。

于是下了两道命令：其一，由典史舒猴子即往现场勘察，力争一月内破案；其二，由主簿红胡子老张立即代拟奏章，驿传入京，飞奏天子。

舒猴子忙道，不必如此急切，张天师手迹固然珍贵，但不足以飞章奏报。自古以来，唯有大军犯境，或巨寇造反，方可飞奏朝廷。以属下所见，可报与保宁府，是否奏报朝廷，由知府大人决断。

王存儒当然明白舒猴子的用意，若奏报朝廷，此案或成钦案，若不能于期限内破获，作为典史，舒猴子当首受牵连。于是淡淡一笑，转问蒋皮蛋，蒋县丞有何高见？

蒋皮蛋拱手道，知县大人为主官，我等不过僚属，一切唯大人之命是从。

王存儒不愿多说，命红胡子老张翌日一早即往阆中，当面禀报保宁知府。

众人散去，王存儒命舒猴子留下，神色严峻地说，石碑历来由截贤驿负责看守，既然被盗，驿丞吴平禄至少有监守自盗之嫌。以我所见，应立即拘禁吴平禄，连夜勘问。

吴平禄禀报王存儒之后，即往南江驿借宿。南江驿驿丞黄玉峰与吴平禄同时接受考选，同时为驿丞，自然有几分私交。黄玉峰不免备酒肴，请吴平禄饮宴。酒未热，菜未上席，舒猴子带着两个衙役忽来，不容分说，一条麻绳将吴平禄五花大绑，带入县衙，连夜讯问。

舒猴子命人为吴平禄松绑，让其坐下，沉吟道，你我同在衙门混饭，不想为难你，更不愿施以刑讯。且将碑刻何时被盗，何人禀报，你何时得知，一一道来，不得有半句假话。

吴平禄冷汗淋漓，神色惶恐地把经过说了一遍。

因久雨放晴，古道上商旅渐多，官方函令驰送不绝，截贤驿十分忙碌，背夫们忙着转运物资，几匹驿马更是昼夜飞驰，往还不息，眼看又瘦了一圈。作为驿丞，吴平禄除了忙于调度，还得想方设法让驿马吃饱。好在正值深秋，山上野果累累，可充作马料。吴平禄挑选两个年长的驿卒，专门摘采野果。

昨日一早，两个奉命外出采野果的驿卒去而复回，神情慌张地禀报吴平禄，距截贤驿仅三五百步的三通石刻全部被人凿走，只留下三处崭新的凿坑。

吴平禄骇得魂不附体，飞一般前去察看。三块碑都在道旁，彼此相距不过数十步，都是依岩而凿。

某日，新任知县王存儒忽接大学士来信，称因知天子喜黄老之说，又极爱古人碑帖，遂将王存儒特意敬献的碑刻拓片，转献天子。天子爱不释手，命其再将道祖手迹拓一百片，驰送入京。

王存儒费了许多周折，才攀上这个大学士，何况又有天子之命，当然不敢怠慢，立即请舒猴子开路，要去截贤岭。舒猴子笑道，城里有个姓岳的秀才，开了个字画铺子，有的是拓片，何须去截贤岭？

王存儒不悦，笑说，你不去算了，我请张主簿同去吧。

舒猴子赶紧改口，带上几个衙役，随王存儒去截贤岭。

吴平禄闻讯，赶紧去三里外迎候，请王存儒去驿站歇息。王存儒不去，径来那块碑下，指着那块道教祖师张道陵的留题对吴平禄说，你也刚任驿丞，或许不知此碑价值。这么说吧，十个截贤驿，连同人马和所有设施，远不如这块碑刻值钱。你可以丢性命，但不能丢了这块碑。

吴平禄惊愕不已，站在碑前，久久端详。碑上只有"谷神不死"四个大字，外加"丰县张陵"四字款识，共八字；刻匠于留题处凿出一块约五尺见方的石凫；正文及款识皆为阴刻，深达寸许，虽时经千年，仍清晰可辨。

王存儒一边命舒猴子等人准备拓片，一边又对吴平禄说，道祖尚自然，笔墨散淡而颇有天趣，堪称神品。

吴平禄不住点头称是，他也是读书人出身，虽无功名，但也知道，道祖所题出自《道德经》；道祖这手字，飘逸中暗含劲道，古拙沉静，恰如道家精神，确实超凡脱俗。

吴平禄来到此处，抬眼一看，三通石刻不翼而飞，仅留下三个深约半尺的石坑！

很明显，盗贼人数不少，能在一夜之间将三通石刻整体凿下，几乎有些不可思议。

舒猴子听到这里，将吴平禄打断，问，截贤驿距石刻到底有多远？

吴平禄说，不足一里。

能不能准确点？

这个、这个，我没量过，大约三五百步左右。

到底三百步，还是五百步？

这个、这个，可能将近四百步。

你能肯定，石碑是昨夜被盗走的？

能，当然能，昨天上午我还看见过，三通石碑完好无损。

昨夜无雨吧？

无雨。

有风吗？

无风。

既然截贤驿距三通石碑最多四百步，夜深人静，又无风雨，应该听得见敲打凿子的声响吧？

吴平禄顿觉背心发冷，结结巴巴地说，这个、这个，实不相瞒，我，我昨晚喝了点酒，老早、老早就睡下了，所以，所以没听见任何响动。

舒猴子冷笑道，你听清楚，你不能说半句假话，我吃这碗饭已经十几年了，但凡供词虚假，绝对非奸即恶！比如，你喝没喝酒，只需问问驿卒，立即一清二楚。假如此案与你无涉，你没有必要说谎是吧？

吴平禄忽然双膝跪地，几乎带着哭腔说，典史大人，我要是与此案有涉，何不溜之大吉，何必跑到县城来报案？

舒猴子伸长脖子，盯着满面惶恐的吴平禄问，我说过你与此案有涉？

吴平禄一愣，立即叩头，没有、没有，您没说过！

舒猴子呵呵大笑，盯住吴平禄问，那你虚啥？又是下跪，又是磕头，把自己搞得跟盗贼一样！

审讯到此结束，舒猴子命衙役将吴平禄寄押班房，以候再审。正要离开，林夫子匆匆而来，说知县大人请其往官邸，商议此案。

官邸与县衙仅百十步，是一座有前后之分的院落，十分古朴。王存儒尤喜后院，此间四季有花，且日有鸟鸣，夜有虫声，相当幽静。

此时，月光满庭，树影婆娑，桂花的残香隐隐约约。王存儒坐在石几旁，被一抹树影罩住，犹如一个蛰伏者，随时准备出击。

坐吧，王存儒指了指对面那个石凳说，声音有些冷，像深渊里翻起的一串水泡。

舒猴子朝那个有些虚淡的影子拱了拱手，往石凳上坐下。林夫子像一条蛇一样，轻轻一缩，已经退出后院。

怎么样？

舒猴子字斟句酌地说，截贤驿距碑刻仅三四百步，有人凿下碑刻，吴平禄他们应该能听见动静。

王存儒点了点头说，嗯，有道理。吴平禄承认听见了？

不，他说他喝了酒，老早就睡了。

一时沉默。明明暗暗的月光在两人中间汹涌，像一条无声的河。隔了许久，王存儒说，这样吧，将吴平禄关进大牢去，我来审，你明天一早就去截贤驿，必须于期限内破案。

三

截贤驿犹如一块苍凉的巨石，卧在暮色之中。一个年约四旬的老卒代吴平禄主事，明白舒猴子肯定为石碑盗案而来，却不见吴平禄，当即拦住舒猴子问，吴客长呢？

客长是本地人对驿丞的俗称。舒猴子不知其中深浅，不敢以实相告，笑了笑说，知县大人将吴客长留在县衙，说有其他事需协助，过两天就回来。

老卒将信将疑，命伙夫为舒猴子一行做了一顿将信将疑的夜饭。舒猴子见桌上仅一碟盐菜和一钵野菜汤，便别有心机地问，有酒么？

老卒笑道，原本有半缸酒，昨晚吴客长说，久雨初晴，古道格外繁忙，驿传不绝，要犒劳犒劳大家，都喝光了。

舒猴子顿时无言，本想放一箭，结果找不到箭靶。

截贤驿处在荒山野岭，因需守卫碑刻，共有十个驿卒、十个背夫以及五匹驿马。背夫虽是本地人，但离家都在十里以外，只好住在驿站。舒猴子明显感觉到，驿卒和背夫都充满戒备，这似乎印证了自己的怀疑，如果盗窃石碑，截贤驿堪称近水楼台，但至少有两个问题令他不解。

首先是目的，自古窃贼皆为财。石碑虽然珍贵，但必须有人愿意出价才能变成钱，那个出钱购买的人是谁？或者那个愿意出钱的人，买这块碑有何用处？

还有风险。就算有人出高价购买，吴平禄等人岂不忧虑掩耳盗铃？盗案一发，是个人都会怀疑截贤驿一应人等，他们何必铤而走险？

只有一种可能，吴平禄实在深知人心，利用的正是他人认为的"不可能"。

舒猴子被安排在一间面向古道的客房里，有一道小窗，但被几块木板钉住，几缕月光从缝隙里透入，像几把伸进屋来的刀子。

驿站内十分寂静，仿佛受到那些刀子的威胁。舒猴子忽然灵机一动，何不吩咐随从，带上铁器，去石碑失窃处敲击，看看这里是否能听见？

恰此时，忽听钉在窗口的木板砰一声响。舒猴子猝然一惊，快步到窗前，透过缝隙，似见一条细长的影子，颤悠悠晃动。伸手抠住一块门板，一掰，竟然掉了，栽在木板上的竟是一支长箭！

谁人放箭？

他立即想起那些驿卒，但又立即否认，无论他们是否与碑刻被盗有关，也没有任何必要朝这栋小窗放这一箭啊！

这个突发冷箭的人，到底是何用意？

他斗胆将头伸出窗外，举眼望去，对面是起伏的山岭，在月下无限延伸。突然，一个人影从一道高约两丈的山石上跃下，轻轻落在官道上，随即飞奔而去。

一定是他！舒猴子正要追出去，忽听有人敲门，敲得很轻。舒猴子一惊，轻声问，哪个？

门外那人答，是我，有事向舒典史报告。

舒猴子赶紧把那支箭拔出，塞进枕头底下，把那块木板嵌回去，摸出火石，将油灯点燃，把门打开，站在门外的是那个老卒。老卒进门，看了看屋内，坐在窗口那个木凳上，把那些刀子全部遮蔽了。舒猴子想了想，坐上床沿。

老卒说，打搅舒典史了，真不好意思。是这样，吴客长去县城前，嘱咐我四处找找，看能否找到点痕迹。我前前后后看了一遍，你还莫说，真还找到点名堂了。

舒猴子似乎没听见，不动声色地问，你们守在这荒山野岭，实在不容易，夜里要没酒喝，哪里打发得了？我想做点好事，明天叫衙役去弄点酒回来，你不是说有个酒缸么，搬到这里来吧，我叫衙役明天一早动身。

老卒顿时不知所措，似乎那几把刀子全部扎进身子里去了。过了片刻，老卒有些支吾地说，真是不巧，酒缸，酒缸昨晚上摔破了。

舒猴子终于找到了目标，把这一箭射了出去，将这个老卒一箭射穿。呵呵，酒缸破了，那没办法了。你说吧，你看到了啥？舒猴子轻描淡写地说。

这样吧，我这人说话东一下西一下，怕说不清，干脆我明天带你去看。老卒一边说一边站起，离开窗口，向门口走去，那些刀子再次露出，似乎经过一番磨砺，更为锋利。

舒猴子也不挽留，等老卒走了，掩上门，正要上床，忽听老卒在门外说，贼人要是在凿子头上缠几层麻布，或者包上牛皮之类，根本听不见。

舒猴子大惊，似乎那箭转了个弯，正朝自己飞来。他一把拉开门，一个模糊的人影正不紧不慢离开。他张了张嘴，但没能出声。

这家伙远比吴平禄厉害。吴平禄需要半缸酒，他只需要几层布或牛皮。

翌日一早，吃过早饭，老卒请舒猴子一行去现场踏勘。舒猴子特意带了一张弓，一壶箭，将昨晚那箭也带上。

三个破洞恰似三只瞪圆的大眼，紧紧盯着他们。老卒一声不响，抓了把石屑递给舒猴子。

老卒带着舒猴子等人沿古道朝陕西方向走了两三百步，停下来。舒猴子一眼看见，路旁荒草间有零零星星的石屑。他正要上去，看看是否与手里捏着的相同，老卒说，就是这里，我们看见这些，就停下来，怕毁了痕迹。

舒猴子点了点头，走下路肩，伏下身子，摊开手心，彼此对照。没错，完全一样。

他停了片刻，走进荒草里。石屑在荒草与荆棘间隐现，但很快便无踪影。舒猴子有些失望，直起腰来，恰此时，忽听一个衙役惊呼，你们看！

舒猴子抬头一望，一个身着紫袍的人正在不远处狂奔，奔向一片树林，身形飘飘忽忽，轻若飞燕，显然是个高手。他立即想起了昨夜那人，没错，就是他！

舒猴子来不及多想，拔出昨晚那支箭，扣在弦上，飞身追去。那人像个影子，曲曲折折向树林深处飘去。林表一片深深浅浅的红，似乎掩盖着一场血淋淋的灾难。

衙役们也吼叫着跟来，那人已经进入林子里，始终与舒猴子等人保持非常合适的距离，既能让你望见，但绝不容你追上，或者射中。

那人在这片宽广的林子里绕来绕去，舒猴子试过多次，总无法放出这一箭。衙役们早已气喘吁吁，被撂得远远。

不觉大半天过去，舒猴子已经精疲力竭，那人也停在数十步外，背向这边，似在喘气。舒猴子不由狂喜，屏住一口气，对准那人后脑，嗖地射出一箭。

那箭带动一股阴风，闪电般飞去，"噗"一声正中那人后脑，那人似乎一闪，栽倒下去。

舒猴子不禁笑骂道，龟儿，装神弄鬼，老子还你了。

几个衙役和那个驿卒也歪歪扭扭过来，舒猴子拍了拍手里的强弓说，射中了。

上前一看，倒在地上的哪是那人，是一个茅草扎成的草人。舒猴子大为颓丧，四处望了一阵，再不见那人身影，一屁股坐在地上。

忽听那个驿卒高呼道，快过来，在这里！

几个人赶紧爬起，来到驿卒身边。竖在面前的是一道崖壁，那些石屑竟然出现在崖壁上，断断续续，恰似被斩成若干段的蛇皮。舒猴子仰头望上去，见有一个杂草丛生的山洞，几缕浅淡的云气从洞口吐出来，犹如一抹温和的微笑。

舒猴子想了想，对老卒说，帮个忙，爬上去看看？

老卒赶紧摇头说，不不不，还是舒典史亲自去看为好。

舒猴子轻轻一笑，撽衣捋袖，手脚并用，很快便到了洞口，回头朝老卒和衙役喊，都上来吧。

几个人相继爬上来。洞穴较宽，但并不深，隐约能看到尽头。舒猴子率先进去，走了十几步，忽见三个鼓鼓囊囊的麻袋堆在一起。

舒猴子停下，几个人也围上来。解开，舒猴子说。几个衙役一齐动手，将麻袋解开。舒猴子蹲下，抓起一把石块，看了看，又闻了闻，放回麻袋里，站起，拍了拍手说，走吧。

几个人相互看了看，一脸疑惑。一个衙役问，未必把石碑整烂了？

舒猴子不答，已经到了洞口。那个衙役又说，要不要弄出去，仔细看看？

舒猴子头也不回，只说，不用。

一行人相继下来，一声不响穿过这片深刻的红，回到古道，回到驿站。伙夫早已做好午饭，照样一碟老盐菜、一盆野菜汤。

吃饭时，舒猴子随口问那个老卒，尊姓大名？

老卒咽下那口饭说，免贵，姓易，名荣华。舒猴子点了点头说，易荣华，姓好，名也好。

易荣华挑起一筷子盐菜，放入碗里说，舒典史还是该把那三条麻袋弄出来，好好看看。

舒猴子淡淡一笑，不予回答。易荣华又说，依我看，那些有关鬼门的传闻，不一定是瞎编的。

没人搭话，仅有咀嚼或筷子与碗相互触及的响声。午饭后，舒猴子直接进了客房，正要躺下，那个劝他把麻袋弄出洞外的衙役迟迟疑疑进来。舒猴子知道他有话要说，便问，有事？

衙役咳嗽一声说，既然石碑烂了，何必费那么大的劲弄到洞里去？

舒猴子立即反问，哪个说的那是石碑？

衙役微微一顿，又说，对对对，那不是石碑。但是，既然石碑已经盗走了，何必把几袋石块弄进洞里去，这不画蛇添足吗？

舒猴子不理他，蹬掉那双已经破旧的靴子，仰到床上去，两眼紧闭。

声声鸟语挤进客舍里，恰似一滴滴化不开的血。

四

衙役退出来，与另两人一起，去了另一间客舍。这间房比较宽敞，靠墙搭起一面通铺，能挤十来个人，大凡随从，一般都睡在这里。

三人一高、一胖，另一个脸上有几点麻子。高的姓袁，外号袁牯牛；胖子姓雷，都叫他雷锤子；另一个姓邱，自然叫邱麻子。

三人也脱去鞋袜，躺下来，但都无睡意。袁牯牛用膝头撞了撞邱麻子撅起的屁股，压低声音说，你狗日的精怪，你帮舒猴子想想看，是不是这帮龟儿日的怪？

袁牯牛说的龟儿，是指截贤驿这帮人。邱麻子首先放了个屁，身子仰过来，那些麻子里都有一点红光，像几点辣椒油。

咸吃萝卜淡操心，你我就是个跟腿的，管那么多做啥？邱麻子说，屁里话里都有一股明显的盐菜味。

雷锤子把腿一抬，跷成个二郎腿，望着天花板说，舒猴子可能想做梦，去梦里找石碑。

几个人哧哧地笑。他们不知道，舒猴子其实想静一静，把这件案子，以及昨晚以来发生的事好好想一想。

那个穿紫袍的人到底什么用意？昨夜朝窗口射一箭，又从崖壁上跃下，沿官道跑出去；今天又出现在树林里，引诱自己追了大半天，难道只是想把自己引到那个岩洞里去？

如果这人是案犯之一，他这么做，到底为了什么？

难道是烟幕，目的是把自己吸引过去，给同伙争取时间，把那些碑运走？

对，一定是这样，这人就是个圈套！好在自己早有准备。

昨日绝早，县城里朦朦胧胧，还没醒来，舒猴子已经来到水巷子，敲开了冯老二的门。冯老二原本以卖打药为生，与舒猴子打小混在一起。舒猴子素来知道冯老二为人精明，又讲义气，便叫他来手下当差。冯老二比舒猴子大两个月，曾一起习过武，也曾喝过血酒，算是生死之交。最重要的是，冯老二曾在川陕界上四处行走，见多识广，堪称活地图，是舒猴子最得力的帮手。

王存儒就任南江知县的那个冬天，公山书院半夜失火，冯老二坚持认为是人祸，与县丞蒋皮蛋吵了一架，当场脱了那身皂隶服，骂骂咧咧走了，发誓下辈子都不干这份鬼差。

回到家里的冯老二没有重操旧业，而是以家为店，开了个草药摊子，专治跌打损伤。

冯老二请舒猴子进屋，舒猴子摆了摆手说，有件案子，想请哥子帮个忙。

冯老二想了想说，哥子的事，无论公私，兄弟都该效劳。

舒猴子将冯老二拉到水巷子尽头，那里有棵老槐树，一侧是刽子手杨本朴的木板房，槐树下是一溜极陡的石级，一直下到河里。几条街巷的人都通过这挂石级去河里挑水，或者洗涮。若有匪徒攻城，县里会派几个兵卒，在树底下立几道栅栏，把口子封死，再往石级上浇上桐油，以防匪徒涉水过河，沿石级进来。据说，但凡浇过油，即使拿开水反复冲洗过，至少半年内没人能走稳。

二人站在槐树下，舒猴子把截贤岭石碑被盗之事简要说了一遍。冯老二沉吟片刻说，肯定是吴平禄监守自盗，这家伙曾在官道边开过茶馆，指甲太深。前年，蒋皮蛋主持考选驿丞，吴平禄送了两方腊肉和五十个皮蛋，才去截贤驿当的差。

舒猴子说，你说得有理，但关键是赃物。你也知道，三块石碑加起来重达千斤吧，必须运出南江境内才便于脱手。以你所见，盗贼会走哪条路？

冯老二想了想说，若走古道出境，动静太大，难免有人看见。肯定走水路，溪水虽然急，但到了山下就是一条河，平平稳稳直通广元。

有理、有理，不愧是活地图！舒猴子称赞说。

冯老二浅浅一笑说，我明白了，你是让我去广元，沿河而上。

舒猴子一拍冯老二肩头说，哥子不愿当差，真是断了兄弟一条手臂！

最后，舒猴子掏出五两银子交给冯老二说，赁两匹快马，免得耽误工夫，我会派个随从，供你使唤。

两人约好，冯老二先一步出发，背道而驰，为暗线，访问石碑下落。

但舒猴子不敢放弃陕西方向不管，于是命衙役张三扮成游方道士，绝早出发，沿古道北走，一路探问。

待冯老二、张三分别离开县城一个时辰后，舒猴子带上雷锤子等三人，去截贤驿公开察访，其实也不过撒撒烟幕，他把赌注都押在冯老二那里了。所以他愿意去追那个紫衣人，愿意配合对手；但若能将那人抓住，当然再好不过。

此时，躺在床上的舒猴子已经格外平静，似乎不是来查案，而是来看山景。那一派映山映水的红，透过屋顶与墙壁，浸入客舍，飘飘浮浮，有点让人无处可逃的意思。

舒猴子知道，石碑不可能还在截贤岭，一定运走了，一定会走水路。如果案发时间确是吴平禄说的那个晚上，那么凿下石碑至少需要好几个时辰；石碑如此沉重，从截贤岭运到河边，最快也需半天；古道人来人往，窃贼不可能白天行动，肯定会在夜里。

舒猴子算了算时间，凿下石碑的那个夜晚，应该没有时间将石碑运走；吴平禄去县城报案的那天，石碑可能还在截贤岭，当天夜里才会离开。此处去河边，至少五十里山路，三块石碑至少都在三百斤以上，这段路可能会耗去一个通宵。也就是说，自己来截贤驿的晚上，石碑可能还在河边某处山林里。难怪那个紫衣人会在此出现，一定是担心自己派人沿河追索，所以才设法把自己留在截贤岭。

如此说来，石碑应该于昨夜顺水出境。假如推算无误，冯老二应该会有所获。

当然，关键是案发时间，如果吴平禄等人是窃贼，他们所说的案发时间就不可能真实，石碑也就很难找到。

如果我是吴平禄，或者我是盗贼，我会报案吗？

会，一定会。吴平禄是南江人，不能逃，只有报案，报案才能洗清嫌疑。

那么，他会在什么时间去报案？当然是在赃物运出南江之后。

舒猴子心里唯一没底的就在这里。但他明白，这起案子能否破获，只有把赌注压在吴平禄的口供上。至于易荣华等人，即使是同伙，若非人赃俱获，不可能撬开他们的嘴，这是任何一个窃贼的秉性。

除了等冯老二传来消息，实在别无他法。

既然找不到更好的地方下手，不如将计就计，去山里转转，看能否弄几只野兔或者野鸡，一来可饱口福，二来给那个可能仍在某处暗中窥视的紫衣人，以及易荣华等打打马虎眼，把他们稳住。

舒猴子起来，走出客舍，来到雷锤子等人门外。门半开半掩，有此起彼伏的鼾声传出。舒猴子进去，三个人四仰八叉，睡得正香，袁牯牛半张着嘴，鼾声最响。舒猴子猛拍了几下手，几个人一骨碌爬起，一齐看着舒猴子。

起来！舒猴子冷冷地说，转身走出客舍，来到驿站门外。驿卒、背夫都不在，只易荣华一人坐在那张圈椅里，看着门前的古道。古道上，正有几个客商结伴走过。

舒猴子正要说话，易荣华笑道，舒典史睡足了？

舒猴子点了点头，四处望了望问，人呢？

易荣华说，背夫帮人转货去了，要挣点钱，不然，哪里撑得下去？

驿卒呢？

摘山果喂马，马粮不足嘛。

雷锤子、袁牯牛、邱麻子三人打着哈欠出来。舒猴子又问，有火铳吗？

易荣华站起，眨了眨眼反问，要火铳做啥？

打兔子去。

易荣华有些惊愕，不查案了？

世上的无头公案多得很，又不止这一件。舒猴子轻描淡写地说，似乎已经下了定论。

易荣华愣了片刻才说，有十条火铳，外加十张弓。

舒猴子知道，一条火铳、一张弓、一把长刀，这是驿卒的标配。他随易荣华进去，选了两条火铳、一壶火药、半袋铁砂子，把其中一条交给邱麻子，邱麻子最擅使火铳，能打飞鸟。

他们来到上午进出过的那片林子外，一派日光恰好泼在林表，那片血红简直有声有色。

你们看！袁牯牛手指林子某处，小声惊呼。

舒猴子等人望过去，一只大鸟立在一棵树上，像一只浴火的凤凰。邱麻子手里的火铳已经对准那鸟，随即搂火，一声炸响骤然而起。一团蓝烟喷薄而出，那只鸟轻轻一闪，带起片片落叶，飘悠悠栽下来，几乎有些动人，有些优美。

狗日的，硬是有几刷子！袁牯牛骂道，已经走下路肩，朝林子里跑去。

五

王存儒的官邸，也算占据了南江城的制高点。初来南江的那些日子，王存儒闲来无事，总是在门口搭一把椅子，捧着那只绛紫色的茶壶，看脚下这座小城。一片片重重叠叠的瓦顶，从河边一层层堆上来，像一卷又一卷铺开的古书，等待自己去阅读。

半年以后，当他喝完了余胖子送来的一缸酒，便觉得已经读懂了南江城，也很少到门口闲坐了。

当舒猴子等人去了截贤驿，王存儒叫下人把椅子搭到大门口，带上那把茶壶，又一次来这里闲坐。或许，他觉得自己并未真正读透南江城，有必要重温每一座房子和每一片瓦顶。

几只燕子在那些瓦顶上飞来飞去，或上或下，像飞动的笔尖，正在书写新的内容。王存儒两眼迷离而深旷，无人知道他想的啥，或者啥也没想。当太阳从河边一点点上浮，浮过所有的瓦顶，浮到门口时，他叫来了林夫子。

林夫子走路极轻，总像一具缥缈的影子。到大牢走一趟，把吴平禄带来，王存儒说。

林夫子像他自己一样，轻轻答应一声，往大牢去了。王存儒吩咐下人，弄条凳子并一张小茶几出来，再拿个茶盏，顺便提一壶开水。一切安排好，林夫子和两个狱卒正好将五花大绑的吴平禄押来。

刚一见面，吴平禄哭丧着脸跪下，一边叩头一边说，知县大人，冤枉啊！

王存儒面上挂着一抹微笑，像一个温厚的长者，起来吧，坐下，有话好好说。

吴平禄往那张凳子上坐下，双手仍被反剪背后。

你自己说说，石碑距截贤驿仅几百步，又该你代管，被人盗走了，你有没有嫌疑？

王存儒问，一片和颜悦色。吴平禄又赶紧跪下，苦着脸说，知县大人，要这么说，我就不该来报案。

王存儒笑容忽收，冷冷地问，这是啥话，未必贼喊捉贼的事还少了？

吴平禄张了张嘴，似觉无话可说，但再不敢起来。王存儒已经彻底融进日色里，两眼一闭，轻轻靠在椅子上。吴平禄等了许久，不见问话，那燕子般的笔尖似乎伸进了心里，不停地乱写。他一惊，正要开口，忽听王存儒说，喝口水吧。

吴平禄抬头一看，那个下人已经斟好一盏水，递到自己嘴边。他确实口干舌燥，不愿推辞，竟一连喝了三盏。

舒典史已经带人去截贤岭了，安心去牢里待几天吧，凡事总有个水落石出，清者自清嘛。王存儒说，轻轻挥了挥手。似乎他把吴平禄弄来，就为了让他喝三盏开水。林夫子和两个狱卒立即过来，将吴平禄带走。

今天一早，王存儒又叫人把椅子和小茶几搭到门口，坐看晨曦里的南江城。

前几天，巴中县令捎来两封阆州月饼，王存儒叫林夫子带上一封去字画铺给岳秀才，中秋在即，表示点亲贤礼士的心意。

林夫子刚出大门，又被王存儒叫住。林夫子举了举手里那封月饼说，奉老爷的命，给岳秀才送月饼呢。

王存儒淡淡一笑说，不急，搬个凳子出来，陪我说几句话。

林夫子只好把月饼搁回去，提了条凳子，搭在三步开外。王存儒望着那些瓦顶，一层日光正在铺开，恍若潺潺流水。

你说说，什么人才会偷那些石碑？王存儒问，目光仍在那些瓦顶上与日光一起流走，似乎收不回来。

这个嘛，大约有两种人。一是古董商，张天师的手迹嘛，肯定想据为己有。在下曾跟古董商打过交道，凡是天底下的老物件，都想弄到自己手里。二是道观里的道长，道祖的真迹，哪怕是一片残纸，他们都会视为圣物。

林夫子字斟句酌地说。王存儒不住点头，看着林夫子说，有道理，不枉夫子称号。古董商我也想到了，就没想到那些牛鼻子道人。

说着，王存儒喝了一口茶，咂了咂嘴，又说，烦你再去大牢，把吴平禄带来，我好好问问他。

林夫子拱了拱手，走了。王存儒仍然坐在这里，去看那些层层叠叠的屋顶。阳光有些淡了，有些虚了，显出些陈旧，似乎是去年的阳光。但他暗自捉摸的已不是那件案子，而是林夫子这个人，这人心机之深，往往令人惊讶，或许请他做师爷是个错误。奴才要是比主子更聪明，总是让人不安。

正在他胡思乱想时，林夫子匆匆折回来，一脸惶急。王存儒心里一紧，忙问，人呢？

林夫子使劲咽了口唾液，指着大牢方向说，死了！

王存儒霍然站起，两眼圆瞪，死了？

死了！林夫子答，仍往那条凳子上坐下，王存儒却没坐回去。

林夫子喘着气说，是这样，昨晚吴平禄又哭又喊，说肚子痛得要命。狱卒以为绞肠痧发了，叫他自己扯一扯胸口，慢慢就没再叫唤。今天早上，狱卒把半碗粥搁在牢门外，过了一个时辰，再去收碗，见碗里的粥没动，就骂，不见吱声，也不见动。这才把锁开了，进去一看，人早死了，都僵了！

王存儒不吱声，毫无表情，一动不动，似乎也僵了。

林夫子忽然想起，昨天把吴平禄带来，王存儒问了几句话，曾让他喝了三盏白开水，难道问题出在白开水上？

林夫子顿觉背心发凉，要是果然如此，那这件案子是否与王存儒有关？

忽听王存儒问，你怎么看？

林夫子一抬头，王存儒已经坐下，一缕淡烟似的日光在四周缭绕。林夫子回不过神来，仍在想，王存儒忽然来门口坐，未必等的就是吴平禄的死讯？他为何想吴平禄死？难道吴平禄是他的帮凶？

我问你呢，你怎么看？王存儒又问。

林夫子下意识地抬起衣袖，揩了揩额头，依然字斟句酌地说，这个嘛，死于绞肠痧的可能很大。

找仵作验尸了吗？王存儒问得近乎严厉。

死在狱中，无须验尸，这是规矩，他们已经处理了。

王存儒再次站起，胡来，吴平禄是重大疑犯，就不担心有人灭口？你去安排，把人掏出来，让仵作验尸！

林夫子不动声色地说，不是埋的，是用火烧的，验不了了。

王存儒猛一挥手，却把一句已到嘴边的话咽了回去。过了片刻，他说，依我看，吴平禄也许是畏罪自杀。赶紧派人去一趟截贤岭，告诉舒猴子，让他把所有的重点放在截贤驿！

林夫子近于试探地问，要不，我去？

恰此时，下人李四从大门里出来，手里提了个油腻腻的竹筒，看样子要去打油。王存儒叫住他问，去哪里？

李四忙说，去打桐油，快没点灯的了。

王存儒说，快去快回，你腿脚快，正好派你一趟差。

李四答应一声，小跑着去了。王存儒沉吟片刻，似有话要说，但没开口，转身进了大门，将那把绛紫茶壶忘在了小茶几上。林夫子想了想，拿上茶壶，也进去了，留下满地梦似的日光。

六

被邱麻子一火铳打下来的是一只山鸡，一粒铁砂子恰好从头上穿过，另一粒打断了翅膀。袁牯牛飞跑过去，山鸡仿佛喝醉了酒，正拖着断了的翅膀在树下瞎扑腾。袁牯牛大骂一声，狗日的，你跑得脱！

张开两手扑过去，死死逮住，举起来高喊，至少两三斤！

舒猴子、雷锤子、邱麻子三人一脸兴奋，穿过那片杂草，快速过来，抢着把那个倒霉的山鸡看了一遍。

邱麻子极其亢奋，望了望这片红灿灿的林子说，你们进去撵，把野鸡、野兔撵出来！

雷锤子骂道，你把老子们当撵山狗？

邱麻子咧嘴一笑，可能觉得那话有些不合适，至少不能包括舒猴子，忙道，你两个去撵，我跟舒典史一人一条火铳，跑的算舒典史的，飞的算我的。

舒猴子笑道，去吧，听邱麻子的。

雷锤子、袁牯牛不好多说，钻进林子里，嘴里打着哦嗬，捡起石头四处乱扔。

舒猴子和邱麻子爬到林子外一块高高的石头上，各自握着火铳，当风而立。舒猴子盯着地面，邱麻子盯住林表。率先被惊起的是一群竹鸡，仓仓皇皇、零零落落，不下十只。邱麻子朝它们举起火铳，却不急着开火，等它们飞出林子，飞过那片杂草，就要越过古道时，才抠动牙机。响声有些沉闷，似乎带着些怨气或不屑，但毫不影响效果，几只竹鸡如落花般悠悠然坠下，基本都在古道上。

狗日的，好像经过精确算计样！舒猴子暗自惊叹。

恰此时，两只野兔蹿了出来，在荒草间跳跃狂奔。舒猴子心里一紧，把火铳对上去，却像对着一缕风中的飘絮，根本拿不住。忽听邱麻子吼道，开火啊，愣起捞锤子！

舒猴子紧张得几乎要崩溃，哪里开得了火。邱麻子一把将火铳夺过，朝两只眼看远遁的兔子轻描淡写开了火，其中那只刚刚跃出草面的打了个闪，近乎舒畅地掉下去。

两人被一团混乱的蓝烟包围，彼此都有些模糊。邱麻子终于醒过神来，嘿嘿一笑，结结巴巴地说，舒典史不要见气，我也是急了，怕兔子跑了。

舒猴子大度一笑，挥了挥手说，你狗日的，真有几刷子。说完，跳下石头，去找那只野兔。

雷锤子和袁牯牛还在林子里乱撵，你一声我一声地吼。邱麻子骂道，吼个锤子，林子空了！

骂完，也跳下来，去古道上捡竹鸡。不一刻，几个人在古道上会合，袁牯牛见又打了三只竹鸡和一只野兔，张着嘴喘了几口气问，还打不？

打，舒猴子说。于是沿着古道走了一段，渐觉空气里浮着一缕缕甜丝丝的味道。舒猴子抬眼一望，见是一大片板栗树，顿时口舌生津，笑道，不打了，整板栗去！

舒猴子最爱板栗，那种软糯甘甜的滋味，使他每每沉醉的同时，几乎有些心有余悸。尤其高山板栗，似乎浸足了风露的清华，令人神魂颠倒。

他们把火铳和猎获的野物分别挂在树枝上，饿鬼般扑向那些板栗树。板栗已经透熟，正挣破那层带刺的外壳随风飘落，到处都是。舒猴子等人弯腰伏地，一枚枚捡起来，揣入衣袋。很快，衣袋不够用，舒猴子叫雷锤子脱下外衣，铺在地上，把捡起的板栗放进去。

袁牯牛劲大，抬头望了一阵树冠，那些裂开的外壳里果实累累。老子蹬一脚看！袁牯牛说，把外衣捞起，扎进腰带，走到一棵树下。舒猴子等人都停下来，望着那棵板栗树。袁牯牛大喊一声，一脚蹬上树干，树身剧烈颤抖，那些将坠未坠的板栗扑簌簌掉下来，像一场雨。

舒猴子等人在这场板栗雨中兴奋得大叫。袁牯牛一连端了十几棵树，雨便下了十几场。雷锤子的外衣不够用了，袁牯牛和邱麻子也脱下来，都包得满满的。

天色已晚，舒猴子等人正要回截贤驿，忽见那个紫衣人在不远处一闪，朝林子深处跑去。舒猴子一惊，大声喝道，哪里去！

遂命衙役暂将板栗放下，去追那人。那人与他们若即若离，追了好一阵，追出这片密林，林子稀疏了许多，那人却杳无踪影。

舒猴子等人气喘吁吁止于此处，四处看看，一片茫然。地上到处是野菌，一朵又一朵，如同开在地上的鲜花。雷锤子一脸兴奋地说，人家带我们来采野菌呢，正好饱口福！

于是邱麻子、袁牯牛都随雷锤子采野菌。舒猴子有些犹豫，提醒说，这东西不能随便吃，谨防有毒。

邱麻子笑道，放心，都认得，哪里有毒！

几个人采了一大堆，无不清鲜可爱，也用衣裳包了，回到原处，把板栗和野物一并带回截贤驿。

舒猴子只在意板栗，顾自去伙房里点火烧锅，将板栗煮熟，装了一钵去自己那间客舍，大快朵颐。

袁牯牛等人则忙着剐皮拔毛，把几样野物收拾出来，交给伙夫。伙夫早把那些野菌焯过了水，打算与野兔并烩。

正忙这顿人人垂涎的夜饭，王存儒的下人李四披一身风月来了。邱麻子等几个衙役有些惊讶，问李四为何来此。李四只说奉知县大人的命，有要事需告知舒典史。邱麻子不便多问，也不敢怠慢，赶紧领去见舒猴子。

舒猴子已经吃完了那钵水煮板栗，正美滋滋躺在床上，任那股既熟悉又陌生的清甜肆意缠绕，听了李四的话大惊，一骨碌爬起，愣了半天，没说出半句话。

李四拱手说，就这么几句话，小人告辞了。

李四退出来，候在一旁的邱麻子、雷锤子、袁牯牛一齐围上来，问到底啥事，李四只说舒典史已经知道了。

李四就要动身返回，邱麻子、雷锤子、袁牯牛都说，夜饭快熟了，有好几样野味，不如吃了夜饭走。李四拍了拍肩上的包袱说，带足了干粮，有命在身，实在不敢耽搁。

于是去厨房里舀了瓢冷水，咕咕喝了下去，探头往锅里看了看说，好香。伙夫没理他，只顾拿筷子沾了点汤，放嘴里尝盐味。忽听舒猴子说，饭快熟了，吃了再走也不迟。

李四见舒猴子手里拿着个钵碗，站在伙房门口，赶紧咧嘴一笑，一百多里山路呢，只怕天亮了还没到。

舒猴子也不挽留，送李四出门。

不一刻，伙夫招呼吃夜饭。邱麻子等人与驿卒、背夫一窝蜂去了伙房。舒猴子已经饱了，没去凑热闹，仍旧躺去床上。

吴平禄死了，既惊讶又不意外。舒猴子以为，无论是畏罪自杀还是被人灭口，都能坐实吴平禄是盗贼的事实，但若是被灭口，那就证明吴平禄背后还躲着一个更大的盗贼。

这个人是谁？是王存儒？如果是，他比任何人都有机会杀死吴平禄；但他为何让李四告诉自己，把一切重点放在截贤驿？难道这些驿卒、背夫并非帮凶？或者果如老卒易荣华所说，用几层布或牛皮缠在凿子头上，这里便听不到响动？

如果王存儒是主犯，驿卒、背夫并非帮凶，他让自己待在截贤驿，目的只有一个，转移视线，为石碑出境赢得更多的时间。幸好冯老二去了广元，但愿能把赃物截住。

当然，还有一种可能，不仅此案与驿卒、背夫无关，也与吴平禄无关，弄死吴平禄只是为了把水搅浑。

那么，自己该怎么办，或者该怎样演好这出戏？

最终舒猴子决定，首先必须搞清楚，易荣华等人是否同案。明天隔离审问所有人，只需一句话——李四专门来说，吴平禄已经招了。如果这些人是帮凶，将会一击而溃。这是屡试不爽的伎俩，看似简单，却往往有效。

舒猴子觉得已经理出了头绪，于是起来，本想出去走走，又怕深山风寒，遂到窗前，伸手抠住那块木板，轻轻揭下来，一派清冷的月光扑面而入，几乎使人难以承受。

他索性将几块木板都拿掉，探出头去。截贤岭就在不远处，横在一派广袤的月色里，似有说不尽的讳莫如深。

舒猴子不由暗想，当年，萧何在此将韩信截住；今天，自己能将那几块石碑截住吗？

那个紫衣人还会出现吗？

七

这夜，舒猴子睡得格外踏实，似乎没做梦。天色刚亮，便起来，走出客舍，门外是一条狭窄的过道，转了个弯，像一段回肠，邱麻子他们那间客舍就在转弯处。过道里很静，静得有些出奇。

舒猴子到了转弯处，停在门口，听了听，竟不见鼾声。一推门，开了，里面有些微亮，犹如浮着一层水。他走进来，到通铺跟前一看，两个人四仰八叉躺在床上，认得是雷锤子与袁牯牛，不见邱麻子，或许已经起来了。

狗日的，天都大亮了，还在挺尸！舒猴子轻声骂道，转出来，往茅房去。茅房在驿站左侧，靠着一面岩石，挂着一条黑布帘子，老远就闻到一股恶臭。舒猴子捂着鼻子，走到茅房前，把帘子一掀，顿时一声惊呼！

帘子底下竟然趴着个人！

喂，喂！舒猴子喊了两声，那人穿着皂隶衣，一动不动，不用看，是邱麻子，又喊，邱麻子！邱朝山！

邱朝山是邱麻子的本名，一般不怎么用。

舒猴子已经觉出某种异样，心里噗噗狂跳，俯下身去，把手探向邱麻子鼻尖，已经死了！

舒猴子赶紧往客舍狂奔，撞进门去就喊，袁牯牛！雷锤子！

两人一动不动，俯身一看，也早成了僵尸！舒猴子愣了片刻，退出来，这才觉得驿站里并非静得出奇，而是静得可怕。

易荣华！舒猴子喊，声音有些发飘。没见回应，于是发疯般闯入后院。后院是面对面两排草房，一边住驿卒，一边住背夫。

舒猴子止于两排草房之间，又喊，易荣华！

无声无息，除了自己惊惶的叫喊与房檐上几茎随风飘荡的茅草，什么都没有，这是死亡的意味。舒猴子只好去推每一扇门，每一扇门里都有僵硬的尸体，他们形态各异，面目狰狞。都死了，无一幸存。

舒猴子再次想起了那些有关鬼门的传闻。

他费了好大的劲才退出来，到处乱走，像昨天那只落荒而逃的野兔。最后，他停在驿站外一棵柳树下，心里总算平静了些。

不用看，他们都死于中毒。很快，他想到了来去匆匆的李四。自己去伙房还钵碗时，看见李四刚把水瓢放回水缸里。

李四是王存儒从陕西那边带来的，没人知道底细，也从不引人注意。如果王存儒是背后那个人，李四就有投毒杀人的可能。倘若李四是投毒者，不仅王存儒是隐藏在背后的大盗，吴平禄以及易荣华等，一定是帮凶。

问题是，偏偏邱麻子他们又弄回了那么多野菌，野菌可能有毒，年年都有吃死人的事发生。如此一来，这些人到底死于投毒还是野菌，将难以肯定。

他心里顿时一冷，忽然想起那个鬼魅似的紫衣人，是他把他们引到那个到处是野菌的地方！这是多么缜密的一个局，自己竟然丝毫没想到！

原来，紫衣人一次次出现，不仅为了争取时间，还为李四投毒埋下伏笔，真是天衣无缝！

高手，绝对高手，确实只有王存儒这种人才有如此境界。

当然也可能是巧合，但无论如何，水已被搅得更浑，案子已经更加扑朔迷离。

那些野菌，不仅使一场可能真实的谋杀变得模棱两可，也会使盗案变得莫名其妙。

此时，他才记起为自己庆幸，是那些板栗救了自己一命！

那么，如果是李四所为，自己岂不也在被毒死之内？

一切都是人为，哪来的鬼门！

舒猴子真的后怕了，做了十几年典史，查了无数宗案件，第一回感到恐惧与无助，也第一次不明白下一步该往哪里走。

他像个迷路的行人，被困在了截贤驿，深感孤独无助。张三也不见音信，照说也该回来了。

不觉，太阳已经出了山巅，截贤驿被阳光浸润，竟然格外祥和，格外温煦。古道上已经有了行人，凡经驿站外，都会往这边看上几眼。他们当然不知道，驿站里躺满了尸体，那些灵魂或许尚在日色里挣扎，不甘离去。

死了这么多人，是天大的事。舒猴子心里总算有了主意，决定不再等张三，于是回到客舍，给王存儒草草写了封信，装入信袋；又裁了块纸片，写上自己的姓名，聊做封条。

舒猴子来到古道上，等候从陕西方向入川的行人。约半个时辰后，来了几个人，恰是南江城开布庄的陈掌柜，带了两个伙计，弄了几十匹布，雇了几个脚力。

舒猴子大喜，赶紧迎上去。陈掌柜连忙拱手笑道，哎呀，舒典史啊，咋碰上你了？

舒猴子正要回话，陈掌柜又道，一定是为那几块碑！我们去陕西时还在，刚才从那里过，居然只剩几个空洞了！

舒猴子暗暗一惊，笑问，陈掌柜是哪天从这里过的？

陈掌柜想了想说，八月初十下午，今天八月十四，才过了四天。

舒猴子点了点头，正要掏出那封信托陈掌柜带回县衙，忽见一个头戴方巾、身穿玄色道袍、手拿白布幌子的人一摇一晃走了来，正是张三！

舒猴子暗自一喜，朝陈掌柜一拱手说，公务在身，不便多言，陈掌柜慢去。

言毕，撂下陈掌柜，朝张三迎上去。张三见舒猴子走了来，赶紧把幌子收成一团，捏在手里，快步过来。

怎么样？舒猴子问。张三摇着头说，没有任何音讯。舒猴子抱怨道，那你咋这么久才回来？叫你只到南郑城外就行了，最多七八十里，居然花了两三天！

张三有些委屈地说，您叫我走村入户，挨家挨户访问，那么多人家……

舒猴子一挥手将他打断，把那封信递过去说，不说了，出大事了，赶紧把这封信送回县衙！

张三两眼圆瞪，大事？

舒猴子大不耐烦，休问那么多，送信要紧！

张三接过信，拿着幌子急匆匆走出去。舒猴子大骂道，你妈的个臭脚，还把那玩意儿拿起做啥？

张三赶紧把幌子扔到路边，飞跑而去。舒猴子忽然想起了啥，一拍脑门，飞步回到驿站，去马厩里解了一匹马，找来一副马鞍，放上马背，翻身上去，一拍马屁股，眨眼便上了古道，朝张三飞驰而去，很快赶上了张三。舒猴子跳下马来，叫住张三，把马缰交给他说，骑上这匹马，能骑多远算多远！

哦、哦，张三爬上马背，也拍了一掌马屁股。舒猴子喊道，到了县衙立即回截贤驿，老子没人手了！

张三答应一声，已去了半里开外。舒猴子仍回驿站，他必须守在这里，等待王存儒派仵作前来验尸。但他不愿再进驿站去，只弄了条凳子出来，搭在柳树下。

坐了片刻，竟来了个浙江商人，说有五百斤杭丝，马上过来，雇的几个人实在走不动了，想雇五个背夫，把货转送到下一站，总共给二两银子。

出截贤岭往陕西，道路陡险，不能过车马，只能靠脚力。舒猴子笑着说，背夫们转运官盐去了，三天回不来，去别处雇吧。

浙商无奈，只好走了。又过了不久，一个驿卒行色匆匆来到驿站外，被舒猴子叫住，说驿站无人，都忙去了。

驿卒见舒猴子身穿皂隶衣，知是衙门里当差的人，便把一封火漆封口的官函交给他，说是朝廷急件，需在三日内送达保宁府。舒猴子接过官函说，放心，人一回来，马上就送。

驿卒有些疑惑，朝驿站内望了望问，吴客长呢？

舒猴子冷笑道，死了。

驿卒大惊，死了？

舒猴子道，死了，都死了，死绝种了。

驿卒一脸惶然，转身便走，走几步又回来，掏出个线装本子说，差点忘了，麻烦签个名。

舒猴子把函件递回去说，那你自己往下一站送。

驿卒一愣，赶紧把本子收起，勉强一笑说，那我代签好了，还是签吴客长的大名吧。说完，逃也似的走了。

待驿卒远去，舒猴子把官函举起，对着太阳看，里面一片昏暗，绝不透明，不禁骂道，妈的，就见不得光？

竟把封皮撕开，抽出函件。是一张质地极其优良的官文用纸，产自宣城，隐隐有水印山河图案，柔韧而洁白。官函出自户部，盖有官印，笔迹飞动，墨色饱满。称巴蜀一带，自古有种桑养蚕之俗，以此致富者何止千万；故令各府、县以人口为准，加征桑蚕税云云。

舒猴子大骂道，日你先人，啥子朝廷，就晓得征税！

几把将官函扯碎，扔在地上。想了想，捡起来，摸出火石，将其点燃，烧成灰烬。

八

过了许久，舒猴子才记起没吃早饭，或者该去林子里弄点板栗充饥，昨天虽剩下许多，都在伙房里，不敢再吃了。

举头一看，见马厩那边檐下，绑着一条酒杯粗的木杆，估计用来晾晒衣裤。便走去那边，解下来，扛在肩上，去那片林子里打板栗。走出驿站时，特意摸了摸系在腰间的铁鹰爪。这东西一般不用，甚至不轻易示人。飞鹰铁爪也算舒猴子的绝技，当年，自己曾与冯老二和早已做了钱庄老板的莫怀仁，拜玉台观老道为师，学的就是这一手。

林子里似比昨天更加深幽，时不时能听见板栗自坠的声音，犹如指尖一次次划破水面。舒猴子忽然觉得不用去打，只需将那些坠地的捡起就行，还能打发时间。遂把木杆子扔了，换了个地方，钻进林子里，俯身寻觅。板栗随处都是，取之不尽。

吹过来一阵风，无可避免下起一场板栗雨。舒猴子很快便捡起许多，都用衣襟包上。

舒猴子有个预感，那个紫衣人还会出现。自己没吃夜饭，没中毒身亡，应该是个意外；紫衣人应该已经知道其他人都死了，还剩自己一人。既然自己也是毒杀目标，他没有理由放过自己。

用飞鹰铁爪或许能抓住紫衣人，从而撬开他的嘴。他一边磨蹭，一边留心周围动静。忽然，左则二十步开外，一个人头一晃，随即没入茅草里！

舒猴子浑身一紧，铁鹰爪已在手里，立即使出绝技，朝那片一路乱动、深过人头的茅草扔去，一声惊叫随即响起。舒猴子两手紧握麻绳，奋力拉拽，不给喘息之机。很快，一个人被拽了出来。舒猴子飞步上去，一脚将那人踩去，这才看清，这人一身褴褛，背了个棕绳编成的索包，包里装着一把小锄头和几个馍。铁鹰爪正好抓住背上那个索包，骇得这人连声求饶。

舒猴子大失所望，问了几句，才明白是个采药人。这人从一旁路过，听见林子里响，探头一望，见是个穿皂隶衣的公差，怕惹麻烦，于是想溜走，却被飞鹰铁爪抓住，骇了个半死。

舒猴子取下铁鹰爪，返回林子里，将那些板栗捡起，仍用衣襟包上。去你妈的紫衣人，有种的尽管出来！

他骂骂咧咧走出林子，回到驿站，自然不敢动用锅灶，仍旧坐在柳树下，有一粒无一粒生吃板栗。当他吃到差不多一百粒时，忽听有人喊——舒典史！

舒猴子一惊，扭头一看，竟是那个派去听冯老二使唤的衙役。衙役走得气喘吁吁，老远就说，冯老二叫我报告舒典史，几块石碑都找到了！

舒猴子霍然而起，紧盯匆匆走来的衙役，啥，找到了？

衙役站在舒猴子跟前，上气不接下气地说，都找到了！冯老二到处是熟人，已经弄到一个姓李的人家里，不会出问题。

舒猴子愣了片刻，才问，你说说，咋找到的？

衙役说，你算得太准了！我和冯老二一人一匹马，到百丈关下马，把马寄了，沿河往上走，当天没碰到啥，昨天也没碰到。今天一早，看见一条船顺河下来，冯老二就说，那条船可疑，必须拦下。他随带了个铁鹰爪，一条麻绳八九丈长。我两个躲在茅草里，他叫我多捡些石头，准备打人。等那条船近了，冯老二猛一下把铁鹰爪扔去，抓住了船帮子，使劲往岸边拉。船上有三个人，急得大叫。有个人抽出刀来，要砍拉绳。冯老二见我发愣，急得大骂，你狗日的，拿石头打呀！我赶紧抓起石头乱打。三个人吓住了，跳河里跑了。

舒猴子眨着眼问，石碑就在船上？

对，就在船上，装在三条麻袋里！

麻袋？这么巧？

舒猴子自然会想起山洞里那三条麻袋。

这个，是巧，无巧不成书嘛。

舒猴子一把拉起衙役说，走，带老子看看去！

衙役有些为难地说，我紧赶慢赶，走了这么远，还没吃饭，饿得都没劲了。

有板栗呢，舒猴子说。

衙役笑道，那，好歹喝口水也行。

舒猴子只好把昨夜的事告诉他。衙役骇得目瞪口呆，半天才一脸惶恐地问，雷锤子呢，袁牯牛呢，邱麻子呢，未必都死了？

舒猴子不愿多说，快步往官道上去。衙役端着粗气，惶惶跟上来，又问，那他们到底是被人下了毒，还是吃了毒菌子？

舒猴子猛地停步，转身过来；衙役也赶紧止步，差点撞在舒猴子身上。舒猴子两眼如灯笼一般，你问老子，老子问哪个？

衙役吓得面如土色，再不吭声。舒猴子停了停说，张三已经回去禀报了，等仵作来验尸。

两人又走，默不出声。许久后，舒猴子说，老子捡了一条命，要不是板栗，老子也难逃此劫！

说着，这才记起该给衙役一点板栗，便从衣袋里抓了两把，递过去。衙役接过板栗，两手捧着，却不敢吃。舒猴子笑了笑，从他手里拈回一粒，咬破皮，剥开，把一颗黄澄澄的板栗扔进嘴里，嚼得近乎恶毒。

衙役再无疑虑，将板栗揣入衣袋，边走边吃，但还是吃得心有余悸。舒猴子不去管他，心思已经到了石碑上。

如果冯老二拦截的真是那些被盗走的石碑，那就说明，自己对王存儒、吴平禄、易荣华等一干人的怀疑是错误的，而且还将证明吴平禄死于急症，驿卒、背夫、衙役都死于野菌。

如果被冯老二拦截的是三块假碑，那么毫无疑问，吴平禄以及所有死在截贤驿的人，都是被谋杀；真正的凶手和盗贼只能是王存儒，唯有他有这个能量，并且可以一手遮天，做成一桩无头公案。

以王存儒的精明，怎会让石碑被冯老二拦截？此处进出南江境内只有一条主道，一头北去往汉中，一头沿山而下，到桃园分岔，一路往南江城，另一路沿河而下去广元。盗贼自然不会往南江方向去，一来山高路险，石碑沉重，行走不便；二来案发南江境内，县衙肯定会派人捕拿，有可能遇上。也不会沿官道去陕西，过截贤岭，人户渐渐稠密，容易败露。走水路，下广元，可以借水行船，应是最好的选择。

然而，严格说来，盗贼有更好的方法可以躲过拦截，比如将石碑运下山去，沉入水底，待风声过后，再来打捞，可以从容离境，何必如此急切？

当然，一切推断都必须建立在石碑的真与假上。如果是假，则证明所有的表象都不过为了金蝉脱壳，这才像王存儒的手法。

如果真是王存儒所为，那只有一个理由，依大清制度，除特殊原因，地方官任期一般只有三年，期满后，或转任，或平调；王存儒太爱这些石碑，于是不顾一切，欲占为己有。

如果石碑是真的，只能说自己运气太好，而盗贼运气太差。但舒猴子认为，石碑多半是假的，所谓贼人多计，绝不会错到如此低级。

好在舒猴子对三块石碑非常熟悉，自信有能力辨别真伪；何况县城里还有个开字画店的岳秀才，手里有许多拓片，可以对照，也可请他掌掌眼。

舒猴子开始思考，如何面对王存儒这个强大的对手。典史虽然职位卑低，无品无级，属知县麾下，但却挂名刑部，有权直接向刑部条呈。大不了豁出去，携卷宗直奔京城，去闯刑部大堂。

舒猴子走得很急，衙役一路小跑才没被甩开。二人急行约两个时辰，来到河边。这里就是桃园，其实也在深山之间，一条小河沿川陕两省的界山自东向西流来，直到广元境内才回转头去，汇入浩浩荡荡的嘉陵江，随之东流入海。

这河虽一路两山夹峙，但水流平缓，故而亦有舟船往来。

桃园有十数人家，多在古道两侧。一道古老的索桥将官道连接起来，两家野店分居索桥两头，以供行人打尖歇脚。

舒猴子进了一家野店，要了一壶酒、几样菜，趁店家忙于整备，命衙役去赁一条船。

待酒菜上桌，衙役也正好回来，说赁了一条打鱼船，租费三钱银子一天，押金一两银子。舒猴子想了想，摸出一两银子交给衙役说，干脆把船买了，免得麻烦。

衙役迟迟疑疑地说，一两银子，不晓得人家卖不卖？

舒猴子把银子砸到衙役怀里，骂道，真是你妈个猪头，一两银子的押金就是卖价！

衙役还没醒过神来，眨着眼问，这，您咋晓得？

舒猴子忍住气愤说，少废话，你只管把一两银子给他，他保证答应。听好，这是办案的官银，叫他立个字据，好带回去销账！

衙役赶紧拿上银子去了，很快便拿着字据回来，笑嘻嘻地说，成了，船就拴在索桥下！

那样子似乎办成了一件极其复杂的公差。两人再不多说，匆匆吃喝完毕，便去桥下解开那条船，顺水疾走。

九

岳秀才已经年过六十，曾多次赴乡试不中，渐渐冷了心，便守住这间祖传的字画店，安安心心过小日子。

南江一县本无岳姓，当年，武穆岳飞于临安遇害，子嗣遭到追杀，各自奔逃。四子岳震辗转来到南江，于此安家立业，便有了岳姓。岳秀才这一支也是岳震后裔，住在县城，世以贩售字画为生。南江城为出川、入川第一重镇，那条繁忙的官道穿城而过，往来人中不乏风流雅士，何况有道祖张天师等人留题碑刻，岳家深得其便，几乎每年都去截贤岭拓片，售卖获利。

字画店与风雨客栈比邻，风雨客栈为县城之最，规模陈设皆为第一，加之老板娘有一副好声腔并一副好姿色，能把南江山歌唱得割心割肠，故此夜夜爆满。岳秀才常常为此感慨，祖先真有眼光，于此开店，堪称近水楼台。

今日早上，岳秀才吃过早饭，泡了一壶茶，饮过三泡之后才出家门，往字画店去。转过街口，望见门前集了好几个人，似在等候开门。岳秀才有些奇怪，字画生意冷冷清清，卖了几十年，从没见有人等候。于是加快脚步，走到门前，朝几个人拱手致歉，匆匆将门打开。

都是过路客人，似曾相识，或者曾经买过字画。几个人都要张道陵那块碑的拓片，数量也一样，都是十张。

拓片早已明码实价，多年不变。张天师的三钱银子一张，其余都是一钱银子一张。三十张拓片，共卖得九两银子，这是岳秀才几十年遇上的最大一笔生意，兴奋之余，不免有些疑惑。最后那人走到门口又折回来，有些诡谲地问，您老不知道？

岳秀才一头雾水，推了推老花镜反问，知道啥？

张天师的碑被盗了！那人说，转身出去，走得极快，似怕岳秀才翻悔。岳秀才愣了许久，把老花镜取下又戴上，嘴里自言自语，不可能、不可能，一千多年了，咋会被盗？

恰此时，又一个人匆匆走来，开口要三十张道祖那块碑的拓片。刚才那人的话似乎得到证实，岳秀才赶紧摇手说，没有了、没有了，都卖完了！

那人好说歹说，一路加价，直接加到三两银子一张。岳秀才一口咬定全卖了，一张不剩。待把这人打发走，赶紧把门关上，把拓片都拿出来，一张一张数过好几遍，张天师的还剩五十二张，唐刺史杨师谋的还剩九十八张，宋刘巨济的还剩八十三张。

碑被盗了，就剩这么多了。可以这么说，历年以来，字画店全靠三块古碑的拓片养活，尤其张天师那块，追慕者极多。

岳秀才坐在凳子上，盯着码成三叠的拓片发呆。碑被盗了，字画店可能也开到头了。他回不过神来，仿佛被盗走的，是自己的魂。

岳秀才一直呆坐到下午，慢慢有了决定，把这些拓片都带回去，好好锁起来，无论何人求购，无论开多高的价，一张也不卖。

他拿出一沓专用包装的牛皮纸，将拓片分别包好，正盘算如何运回家里，忽听有人敲门。岳秀才扯过几张字画，把拓片遮住，这才问，哪个？

那人说姓林。岳秀才一听口音就知道是林夫子。林夫子曾多次光顾字画店，主要与岳秀才切磋书艺，常常赞叹，若论书法，岳秀才当为南江第一，知县大人王存儒次之，似林某之流，不足为论。

岳秀才极善碑楷，颇得张天师碑刻要领。王存儒也对张天师之碑心慕手追，自任职南江以来，时常临写，但不比岳秀才浑厚古朴，每每自叹不如，也偶来字画铺向岳秀才讨教。

岳秀才将门打开，林夫子开门见山地说，实不相瞒，截贤岭三块古碑一夜被盗，知县大人已派舒猴子前去破获，但结果难料。知县大人极爱张天师手迹，遣林某来此，愿出重金，将三种拓片各请十张。

岳秀才暗想，既然消息来自官方，石碑被盗已经彻底坐实，更不能卖了。于是一口回绝，称自己不知石碑被盗，刚刚有人将所有拓片全部买走了。

林夫子不能勉强，嗟叹一回，遗憾去了。岳秀才怕林夫子看见，不敢带走拓片，把门锁牢，决定先回家，夜里再弄回去。

林夫子回到官邸，禀报王存儒，将岳秀才的话复述一遍。王存儒淡淡一笑，摇着头说，唉，要是此案不能破获，最终会惊动天子。还是拟道奏折吧，先报上去。

林夫子劝道，以林某愚见，不如等舒猴子回话，若是侥幸找到下落，根本不用奏报，上面追问下来，就说三块碑都在荒山野岭，担心被盗或被毁，所以凿下来，运回县衙保管，以免有失。

要是破不了案呢？王存儒问。

破不了再说，林夫子答。

王存儒笑道，你这些话跟知府大人说的几乎一字不差，刚刚保宁府差人来过，也是这意思。

正说着话，下人李四来报，说主簿红胡子老张求见。王存儒命李四将红胡子老张请去客堂，换上七品官服，才去客堂会见。

红胡子老张恭恭敬敬坐在客位，看着墙上几幅字画，多是王存儒自己的手迹，其中一幅临的正是张天师的那块碑，也颇有几分神韵。王存儒满面带笑出来，红胡子老张赶紧站起，拱手行礼。待王存儒落座，红胡子老张惶惶地说，知县大人，出大事了！

王存儒一惊，忙问，啥事？

红胡子老张说，随舒典史去截贤岭查案的衙役张三，刚来县衙禀报，截贤驿驿卒、背夫，以及前去办案的衙役，全部一夜暴亡！这是舒典史的信。

红胡子老张往前几步，把那封信递来。

王存儒猝然站起，两眼火光熊熊，啥，全部暴亡？

就是，全部暴亡！红胡子老张说，几乎不敢看王存儒。

片刻，王存儒接过信，并不开阅，只问，张三不是也去了么，他为何没死？

这个，除了张三，还有舒典史，只有这两人还在。红胡子老张有些胆怯地说。

王存儒缓缓回座，冷冷一笑问，这就奇怪了，既然都在截贤驿，他两个偏偏无事？

红胡子老张说，是这样，张三受舒典史委派，去陕西那边暗访，没住截贤驿。舒典史吃的板栗，没吃夜饭，所以躲过一劫。

你的意思是，有人投毒？

不不不，出事那天，衙役捡了许多野菌，都被他们吃了。

王存儒破口大骂，他妈的，年年都有人吃野菌丧命，他们还他妈嘴馋，死了活该！

红胡子老张偷觑王存儒一眼，见他虽满面怒容，却似有那么点释然，不由暗自一惊。恰此时，王存儒道，三通石碑杳无音信，偏偏又出了这等事！

过了片刻，又说，若真是吃野菌中毒倒也罢了，要是有人投毒，岂不又添了大乱？

红胡子老张顿觉自己可能多虑了，作为知县，王存儒害怕麻烦，当属正常。于是赶紧点头，是是是，实在不能添乱了。我仔细问了张三，最大可能是野菌。

王存儒近乎严厉地问，啥叫可能？人命关天嘛，何况几十号人呢！必须彻底查明死因，是不是野菌，一定要有定论！

红胡子老张连连称是，不觉已经冷汗淋漓。停了片刻，王存儒说，你马上去找仵作谭拐子，带几个随从，去截贤驿验尸，把案由弄清！

红胡子老张如同遇赦一般，立即领命告退。王存儒又将他叫住，命多带几个衙役，暂时留在截贤驿，顶替驿卒传送官函。

待红胡子老张去了，王存儒叫来林夫子，吩咐道，你去把蒋县丞叫来，就说截贤驿出大事了！

林夫子答应一声，小跑着去了。

蒋皮蛋虽为县丞，但一般不去县衙应卯，更不去当值，怕王存儒怪自己多事。当值一般是主簿红胡子老张包揽。日久，蒋皮蛋与王存儒达成默契，各得其所。若需分派，王存儒会派人去家里找他。

三天后是老母七十大寿，蒋皮蛋忙着准备寿宴，正疑惑到底请不请王存儒，林夫子忽来，几句话说明来意。蒋皮蛋不敢怠慢，赶紧换上官服，随林夫子快步往王存儒的官邸去。

彼此也不客套，王存儒把截贤驿命案简要说了说，立即吩咐蒋皮蛋，赶紧在上次考选驿丞的人间，选一个去截贤驿任驿丞，随后再报兵部备案。同时张贴告示，招募驿卒和背夫。最迟三日以内，一应人等必须就位。

蒋皮蛋赶紧答应，一揖告退。

十

南江人爱取绰号，除王存儒这种量级的父母官外，凡在世面上走动的，几乎都有个绰号。

谭秉承本是医家出身，善医妇科，尤擅接生。此外，谭秉承年少时曾迷上绘画，无论山水、人物、花鸟，都能画得有鼻子有眼，为日后成为仵作奠定了基础。总之，谭秉承好歹算是体面人，就算该有个绰号，也不应太醒龊。

城东有个汤寡妇，丈夫靠贩生丝为业。某日，丈夫押几百斤生丝去宝鸡，竟未回来，从此杳无音信。汤寡妇年轻，又有几分姿色，自有男人上门走动，一来二去落下了病，遂请谭秉承医治。谭秉承自然不会放过机会，很快便与汤寡妇搞到一起。

汤寡妇阅人颇多，有说不尽的趣味。谭秉承觉得自己像一块从未燃过的炭，遇上汤寡妇这堆烈火，不得了，必须把自己烧成灰，于是每晚都去汤寡妇那里风流。

汤寡妇虽曾与多人有染，但都是些市井之辈，并无多少油水；谭秉承不仅会医道，还挂名县衙，兼为仵作，手头比一般人宽裕。汤寡妇自与他相好以来，再无窘困，日子也滋润了许多，当然也指望彼此长久，再不跟以往那些人往来。

某夜，谭秉承与汤寡妇欢会之后出来，忽被人一条麻袋当头罩住，弄到河边，一石头砸断了腿，从此落下残疾，走起路来一拐一拐。

那些爱取绰号的人，或许一直苦于不知该如何向谭秉承下手，忽见他变成这样，加上与汤寡妇的传闻，顺理成章给了他个并不恭敬的绰号——谭拐子。

谭拐子的药铺在城西，来看病的自然多是妇女，诸如经血不调、胎位不正、赤露不休，等等。城里凡是过了门的女人，基本都上过他的手，有的甚至还上过床。

谭拐子刚打发走一个中年妇女，又有人走进门来，抬头一看，认得曾是梦花楼的姑娘，据说被江春楼老板秦豁子包了。

按说，梦花楼的姑娘最易染病，都该是谭拐子的熟客。但那个鸨子是个人精，深知谭拐子德行，凡有姑娘染病，都由鸨子上门求药，断了谭拐子一切机会。

此时，谭拐子不免动了心思，以为既是妓家出身，想必容易上手，要是不花费嫖资，也能享受嫖客待遇，那该多好。于是赶紧拿起鸡毛掸子，一拐一拐过去，把那条凳子掸了掸，请姑娘坐，眉开眼笑地说，敢问哪里不舒服？

姑娘坐下，毫不隐晦地说，外阴瘙痒，再抠都痒。说着，两条大腿绞在一起，不住摩擦。

谭拐子心猿意马，但立即警惕，顾自断定，一准是阴虱作怪，那东西传染。只好暂时收了邪念，决定寄希望于来日，便去药架上取出一大块苦楝树皮，吹了吹灰说，分三次，熬水浴洗，洗了就好了。

姑娘问了价，付钱，拿上树皮走了。谭拐子别有用心地说，要是不痒了再来，还需另配一服药才能断根。

姑娘答应一声，走出门去。谭拐子当然以为姑娘肯定会上手，正暗自得意，红胡子老张匆匆走来。谭拐子望见几绺长长的红须，不禁想起那姑娘的阴虱，忍不住一笑。红胡子老张停在门口说，赶紧收拾收拾，去截贤岭验尸！

谭拐子眨了眨眼，去截贤岭？那多远，爬坡上坎的，我这腿哪里走得了那么远？

红胡子老张一脸不耐烦，咋的，未必想坐轿？我抬你去如何？

谭拐子哪敢再说，赶紧收拾好一个包袱，随红胡子老张去县衙，叫上几个衙役，即刻出发，往截贤驿去。

走了一段，谭拐子实在走不快，红胡子老张骂了一气，只好命衙役去南江驿借两个背夫，把谭拐子当成一宗货，轮流背上赶路。

一行人紧赶慢赶，到半山已近夜半，实在不能走了，只好在一家野店里歇宿。翌日一早又走，到截贤驿时已快正午。

幸好是秋季，又在深山，已有几分寒意，十几具尸体不腐不臭。谭拐子自然成了主角，把几个衙役支分得团团转。忙了一气，把尸体都抬出来，摆成一排。官道上的行人望见这阵势，不免惊讶好奇，争相过来围观，被红胡子老张骂骂咧咧赶走，只好惶惶然站得远远的。

谭拐子先把一个驿卒剥光，从头到脚察看一遍。红胡子老张忍不住问，搞清楚没有，是咋死的？

谭拐子已经彻底进入角色，头也不回地说，忙啥，《刑部会典》有条文，必须照典章来。

说着，摸出一把形若柳叶的尖刀，开始剖腹，刀尖从尸体上划过，"唰"的一声，如柳梢掠过水面，轻盈而颇富弹性。随着腹部被彻底划开，一股恶臭猝然而起，像一群疯狂的魔鬼，瞬息之间，四处笼罩，红胡子老张赶紧捂住口鼻。

谭拐子似乎格外兴奋，伸进一只手去，把肝脏抓出来，先看，看过了又把鼻子凑上去闻，再塞回去。很快又抓起一截肠子，对着日光看，看过了放回去。

红胡子老张正忍不住发呕时，那把柳叶小刀已经割破了胃，谭拐子抓出一把黏糊糊的东西，又看又闻。

红胡子老张实在看不下去，远远走去一边，呕了好一阵。衙役张三赶紧把那条搭在柳树下的凳子拿过来，请他坐。

众目睽睽之下，谭拐子格外从容不迫，有条不紊地剖腹验看，截贤驿简直成了他一个人的舞台。他必须认认真真表演，似乎只有在如此的表演里，一个仵作才有意义，才有尊严。

当他准备剖开第五具尸体时，太阳已近西山，那些围观的行人早已兴尽，大多走了。红胡子老张已经怒不可遏，吼道，谭拐子，过来！

谭拐子直起身来，一脸懵懂。红胡子老张骂道，耳朵屎日聋啦？老子叫你过来！

谭拐子似乎人在梦里，拿着那把柳叶刀，一拐一拐，凶巴巴走来，那样子似乎要杀人。红胡子老张两眼圆瞪，指着那刀又骂，把你那鬼东西搁下，拿在手里做啥？

谭拐子嘴里哦哦的，四处看了看，把刀子插在屋檐下一团湿漉漉的青苔上，几步过来，远远站住，看上去终于醒了。

红胡子老张皱着眉头问，搞清楚没有，到底咋死的？

谭拐子小心翼翼地说，都一样，都是中毒。

那你还剖个锤子？

这个这个，虽然如此……

红胡子老张立即将他打断，说，中的啥毒？

谭拐子有些为难地说，这个，好像比较复杂，死人胃里有野菌……

红胡子老张猝然站起，声色俱厉地说，那复杂个啥，这不很明显么，就是个野菌中毒嘛！

谭拐子哪里知道，野菌中毒是王存儒想要的结果；红胡子老张当然明白，王存儒叫自己带人来验尸，就是想通过自己把这个结果做实。

谭拐子暗自觉得奇怪，一向温和，且不多言多语的红胡子老张，何故忽然变得如此蛮横？

他想了想说，这个嘛，若要弄清到底是不是野菌中毒，还要看茅厕，野菌中毒一般会上吐下泄。那我马上去茅厕里查看，如粪坑里有呕吐物，基本没错。

谭拐子正要往茅厕去，红胡子老张快步过来，一把将他拽住，压低声音说，你听清楚，王知县都知道是野菌中毒，都写好上报文书了，你敢说不是？

你把自己挂到秤杆上去，看自己几斤几两？

谭拐子先是有些糊涂，继而似乎明白过来，惶惶地说，明白了、明白了，那我马上写验尸文书！

<h1 style="text-align:center">十一</h1>

待谭拐子写好验尸文书，天色已暮。红胡子老张将文书看了一遍，收进腰袋里，把谭拐子叫到一边说，你放心，我会请王知县给你十两银子的赏钱。

谭拐子已经出戏，又是那个唯唯诺诺的谭拐子了，赶紧朝红胡子老张拱手道谢，有劳主簿大人了，谭某毕生记您的好！

十两银子不是小数，足够谭拐子兴奋好几天。红胡子老张把跟来的衙役并借来的两个背夫叫到跟前，开始分派，命张三带上两个背夫，赶紧弄些柴火，把尸体烧了，再按人头各分一份，装袋并写上姓名；明天由张三等人，照吴平禄屋里那份名册，分别告知各人所在地方里正，带上家人来此领骸骨回去安葬。另几个衙役先把驿站好好打扫一遍，把锅碗瓢盆洗了再洗，准备造饭。

谭拐子因那十两即将到手的赏金，心情大好，主动提出去伙房掌厨。

到天黑时分，张三等人已弄回一大堆干柴，照红胡子老张的意思，远远码在马厩那边，再把尸体一具具架上去，又泼了些油，点起火来。

很快，火已大燃，火光四溢，把一派深厚的夜色也渐次引燃。顷刻，一股死亡的气味弥漫开来，像一层厚实而宽广的膜，把截贤驿紧紧封住，令人窒息，更令人惧怕。

那些尸体在越燃越旺的火里扭曲、变形、膨胀、收缩，最终化为火焰，最终在火焰里消逝，仿佛一场争先恐后的逃遁。

红胡子老张不愿看下去，早早去了伙房。谭拐子等人已将伙房打扫干净，并砍来些樟树枝叶，满满熏了一回；把一应炊食用具也冲洗了许多遍，饭也焖在了锅里。见红胡子老张站在伙房门口，谭拐子笑道，他们吃得太节省，除了几缸盐菜，啥也没有。

红胡子老张有些疑惑地问，敢吃吗？

谭拐子搓着手说，放心，水是刚挑回来的，米至少淘了十几遍，盐菜也洗了好几次，都没盐了，需重新放盐。

红胡子老张点了点头，转身出来，又不知该去哪里，只好走来走去。

谭拐子忙了一气，炒了一大钵盐菜，招呼吃饭。一人一大碗干饭，各自拈几筷子盐菜，就挤在伙房里吃。那股尸体焚烧的气味氤氲不散，仿佛吹不尽的迷雾一般。

饭后，众人都挤在一间宽大的、死鬼们不曾住过的客舍里，把油灯都弄来点燃。于是都坐在通铺上，几乎不敢走动，似觉到处都是怨魂，有点沾衣惹袖的意思。

红胡子老张轻轻蹬了谭拐子一脚，声音有些虚飘地说，你跟那个汤寡妇不是有一腿么，说来听听？

谭拐子似乎被他戳到了痛处，有些尴尬地咧嘴一笑说，都好几年的事了，有啥说头？

红胡子老张一瘪嘴说，哎呀，又不是你自己的婆娘，说一说咋的？

谭拐子低头想了想，似觉有理，于是笑了笑说，汤寡妇么，城里人都晓得，就像这驿站里的马，是个拿来骑的货。

谭拐子浅尝辄止，很明显，仍想敷衍，不愿拿真货出来。红胡子老张偏不放过他，又问，你说说看，汤寡妇到底有啥与众不同？

谭拐子忽想起那十两银子的赏金，生怕红胡子老张一不高兴，不替自己请；何况事情过了好几年，也谈不上恩情了。于是咬了咬牙说，那婆娘真还与众不同，腰小屁股大，胳膊细大腿粗。说起来么，像是一条淌不尽的河，河里不仅有水，还有鱼，那些鱼还会咬人。

屋里安静得出奇，仅有一片此起彼伏的喘息，似乎每个人都在那条河里，正被鱼轻轻咬碎。

每个人都清楚，他们需要用那个有些无辜的汤寡妇来抵消恐惧，故而你一句，我一句，要谭拐子往实在里说。

谭拐子也彻底放开了，把自己与汤寡妇的点点滴滴都拿出来分享，甚至不惜添油加醋，不惜凭空捏造。那个曾令他日思夜念的汤寡妇，已经成了他柳叶刀下的一具尸体，任他剖析，任他一一检视。

对听的人来说，被谭拐子剥得一丝不挂的汤寡妇，正接受他们的意淫，甚至正被他们轮番强暴。

谭拐子搜肠刮肚，最终言尽词穷，那条河似乎已经流尽。所有人回到了令人胆寒的恐怖里，摇曳的灯光里似乎都是鬼影。

夜风低一阵高一阵，从房外掠过，呜呜咽咽，如怨鬼的哭泣。红胡子老张赶紧向谭拐子抛出一个仍然关乎汤寡妇的话题，问汤寡妇到底去哪里了，好些年没见她了。

谭拐子靠在墙上，有些疲惫地说，听说跟一个贩皮货的贩子去了陇西，那人都五十多岁了。

似乎有些替汤寡妇不平，就算要走，也该跟年轻一点的人走。

汤寡妇远去，似乎再也无法从她身上找到话题，于是有了几声叹息。红胡子老张等人以为一切到此结束，忽听谭拐子问，你们认不认得唐学诗那个婆娘？

认得，认得！众人七嘴八舌回应。他们知道，那个比唐学诗小三十多岁的女人即将粉墨登场，来帮他们打发这个注定无法入眠的夜晚。

唐学诗开了个绸庄，有钱，前妻过世不久，娶了个巴中城里的女人，比他儿子还小。女人打扮得花枝招展，爱去城里闲逛，惹出许多风言风语，但都无凭无据，更无法跟某个具体的男人粘连起来。

谭拐子坐直身子，一脸诡异地说，那婆娘嘛，乌龟晒太阳，就是个主动找日的货！

几个人不由自主向谭拐子那边挪了挪屁股，完全以他为中心。谭拐子却故意打住，不往下说。有人便催，催他快说，那个花儿般的身影已经来到眼前，似乎伸手可触，但必须等谭拐子开口，才能抓住。

谭拐子偏不说，只是笑。还是红胡子老张高人一筹，有些讥讽地笑了笑说，就凭你谭拐子，未必还沾得上这等货？

谭拐子果然激动起来，咽了口唾液说，你还真小看我了！那婆娘有啥了不起？他唐学诗虽然有钱，但年纪大了，哪里吃得下这盘嫩肉？不瞒你说，唐学诗曾找过我多次，都是来买春药。

红胡子老张笑道，那你也不过隔墙听风，隔帘看花，过了些干瘾而已！

谭拐子几乎有些恼怒，那你真是错了，你忘了我是干啥的？呵呵，祖传的手艺呢！

红胡子老张不再出声，知道话已被自己惹出来了。谭拐子说这女人，远比说汤寡妇更认真，更绘声绘色。

女人怀了儿，偏偏经血不净。唐学诗来给女人抓了几服药，但效果不明显，只好又来。谭拐子说，要想彻底断根，需病人自己来，隔山打牛恐怕不济事。

唐学诗无奈，只好把花朵般的婆娘亲自送来。谭拐子当着唐学诗的面为女人摸脉，摸得极仔细，摸得极轻，用那只手与女人的手说话，彼此心领神会，但唐学诗听不见。

自此，谭拐子耐心等待，等待女人主动登门的那一天。一年以后，女人果然来了，生下的娃儿已快半岁。女人歪着头问谭拐子，那天，你到底啥意思？

谭拐子说，我的意思你明白，你的意思我也明白。女人便扬起一只纤纤素手来打谭拐子，嘴里骂道，你个不安好心的谭拐子！

谭拐子赶紧把门关上，闩死，等女人再来打。女人果然不依不饶，又举起手来打。谭拐子不客气，把那手捉住，一下把人拉进怀里，摁在那张条桌上。哎哟，那是另一条河，河里不是鱼，是蛇呀！

说到这里，谭拐子忍不住大笑。众人都不出声，似乎都在另一条河里，被无数条蛇缠住了。

在谭拐子一件又一件风流韵事里，这个难熬的夜晚终于被消遣殆尽了，不知不觉中，天色已经亮开，响起一片缭乱的鸟语。

红胡子老张站起来说，赶紧准备早饭。谭拐子便领着两个衙役去了伙房，忙了一气，熬了大半锅粥，众人草草吃了。红胡子老张依照那份花名册，让张三及两个借来的背夫，去告知相关地方里正，带上家属来此领尸骨。留下三个衙役，以备驿传。

红胡子老张与谭拐子一起，各拿一条凳子，去柳树下闲坐，说些闲话。他必须等到驿丞、驿卒及背夫来了，才能离开。

十二

舒猴子与衙役驾着一条打鱼船，顺流急走，一路丹枫碧水，步步如画。但舒猴子无心赏景，只想尽快见到冯老二截获的石碑。

黄昏时分，渔船已出南江境，河面渐宽，流水渐缓。不觉，船已到一片荒滩，两岸老树历历，杂草丛生。岸坡上，几块刚刚割尽稻谷的田无不注满夕晖，犹似满田肥水。

远远看见一个人站在岸边，向上游张望，正是冯老二，一侧有一条船，比这条船大，用竹席架了个雨篷，想必正是那条贼船。

舒猴子将船靠过去，跟那条船泊在一起，率先跳上来，迫不及待地问冯老二，碑是真的？

冯老二道，我翻来覆去看了无数遍，绝对不假。

舒猴子仍不放心，再问，你凭啥说是真的？

冯老二笑道，当年我卖打药，至少从截贤岭过了几十次，不要说石碑，就是一棵树，一苗草，我也认得。

衙役把船拴好，匆匆过来。三人走过一段小路，到了一户人家。一座老旧的小瓦房，被一棵巨大的菩提树遮住，如同庇护一般。

冯老二当年卖药，凡经此地，都在这里落脚。这家只有一个年约三十的女人，带着一个十来岁的小男孩，不见他人。女人虽穿得极其朴素，却干净利落，也颇有几分不事张扬的味道。

舒猴子立即明白，冯老二与这女人早有私情。三条麻袋码在堂屋一角，已经解开，再未封口。屋里有些暗，冯老二朝灶房那边喊，点一盏灯来。

片刻，那个小男孩擎着一盏油灯过来，交给冯老二，转身回了灶房，帮女人烧火忙夜饭。

舒猴子叫衙役捏住一条麻袋口子，自己伸进两手，想把碑捧出来，却不能。冯老二把灯搁在八仙桌上，赶紧来帮忙，那碑被取出来。二人合力，放在一条板凳上，衙役赶紧把灯拿过来。

是北宋简州刘巨济那块诗碑。舒猴子从上至下，从左至右，包括每一个字，每一处剥落，每一丝汗漫，每一点苔藓，都反反复复看过，终于直起身来。

冯老二忙问，如何？

舒猴子点点头说，至少这块没错。

又取第二块，是唐集州刺史杨师谋所题，正文楷书八字：萧何月下追韩信处；落款是小楷八字：集州刺史杨师谋题。

舒猴子仔细看过，认为不假。最后是张天师所题，同样不假。舒猴子大为不解，想了许久说，看不懂啊，盗贼处心积虑，耍了那么多花招，咋会在阴沟里翻了船？

冯老二笑道，你啥意思，未必杳无踪影你才满意？

舒猴子摇着头说，只能说我们运气太好，盗贼运气太差。

冯老二说，常言说得好，你有七算，我有八算，或者魔高一尺，道高一丈。盗贼确实运气太差，碰上了一个比鬼还精的舒典史。

三人一齐动手，把石碑装回麻袋，依旧码在原处。说话间，女人已将一碟盐菜炒腊肉、一钵干笋炖鸡、一碗烩炒白菜端上桌来。冯老二拿出一壶酒，笑嘻嘻地说，今天下午去打了一壶酒，就等你来。

舒猴子已经如释重负，与冯老二及衙役开怀畅饮。一壶酒见底，都有些醉了。女人忙着收拾碗筷，冯老二把舒猴子和衙役叫到伙房里，围住一塘火说闲话。舒猴子并未将截贤岭的命案告诉冯老二。

女人烧了半锅水，冯老二俨然一家之主，请舒猴子和衙役洗脸洗脚。洗毕，又去火塘边闲坐。小男孩坐在靠墙一个木墩子上，早已打起瞌睡。女人将他拉出伙房，再不见进来，想必已经睡了。

舒猴子这才注意到，自进门以来，不见女人说一句话。冯老二似乎明白舒猴子的疑惑，瞅了眼伙房门口说，是个哑巴，但人很聪明，也很能干，绝对良家妇女。

舒猴子本想开冯老二玩笑，听了这话，便点了点头，没有出声。坐了一会儿，冯老二把舒猴子二人领到一间小屋里，屋里搭着两张床，小男孩已经睡在靠窗那张床上了。

舒猴子怕有闪失，叫冯老二跟衙役一起，将三条麻袋抬进睡房里，塞进另一张床底下。

冯老二脱去衣裳，挨着小男孩躺下。舒猴子与衙役睡在另一张床上，正要说话，冯老二一口吹灭了灯，边打哈欠边说，早点睡吧。

舒猴子只好闭嘴，不再言语。片刻，冯老二已经开始打鼾，鼾声轻微而均匀。衙役似乎受到传染，也打起鼾来。舒猴子暗暗一笑，也跟着打鼾，但却睡意全无。

约半个时辰后，冯老二轻脚轻手爬起来，趿上鞋，悄悄往女人那边溜去。女人睡的那间屋，仅一墙之隔，门也开在那面隔墙上。也就是说，两间房其实共用一道门进出，这屋里另开一门往那间屋里去。

舒猴子格外紧张，似乎往女人那边去的并非冯老二，而是自己。很快，传来一阵绵实的响动，但不激烈，相当隐忍。

舒猴子醒来，首先探头往床底下看，见三条麻袋都在，才放下心来。冯老二早已回到那张床上，与小男孩睡在一起。屋外，洒扫小院的声音，伴随一缕缕饭香悠然传来，顿时有了许多难以言说的温存。

舒猴子几乎有些感动，若能在这座河边小屋里，跟这个恬静的女人过日子，也不枉活人一世。

衙役也醒了，翻起身来穿衣。舒猴子也披衣坐起说，吃完早饭，你先去把那两匹寄存的马取了，径直回南江，去县衙禀报，多派些人手，带上弓刀及火铳，并几匹马，把石碑驮回去，以免路上有失。

衙役答应一声，穿好鞋袜，出去了。冯老二伸了个长长的懒腰，爬起来，问舒猴子睡得如何。

舒猴子坐在床沿上，咧嘴一笑说，睡得倒是不错，老是听见吱吱嘎嘎的，估计那床垮了。

冯老二把一双光脚亮出来，两个脚板叠在一起，毫不掩饰地说，床没垮，是人垮了，干柴烈火嘛。

舒猴子往外走，走到门口又折回来，看着冯老二问，未必她没男人？

冯老二把两脚一收说，男人是个牛贩子，偷人家的牛，叫打死了。我好几年没来，这回才知道。

舒猴子愣了愣，又说，既然她没男人，你没妻室，不如接到南江城里去，一起过日子多好？

冯老二看了看仍熟睡不醒的小男孩说，这话说得好，等把这事过了，专门来接。

吃过早饭，衙役去河边解了那条渔船，去百丈关那户人家取马。冯老二见没什么事可做，叫舒猴子一起去河里捕鱼。舒猴子想起那个紫衣人，不敢离此半步，生怕有失。

午饭后，二人见太阳极好，便去房后那棵苍老的菩提树下坐。舒猴子问，除了船上三个人，没见同伙？

冯老二摇头说，没有。

舒猴子说，就这三个人，能把三块石碑凿下来？

冯老二说，一定有内鬼，截贤驿那帮人最可疑！

舒猴子不再吱声，仰在一条裸露在外的树根上，目光透过茂密的枝叶，与那些被割裂成点点滴滴的日光相遇，似乎所有的答案，都在这棵无言的树和那些被树叶割碎的光点上。

夜里，冯老二再不避讳，把小男孩交给舒猴子，直接去那间屋里，与女人睡在一起。

翌日正午，来了十几个衙役，把三条麻袋从床底下小心翼翼拖出来，搬上那条贼人留下的船。舒猴子让张三及另两个衙役随船行，自己带着十几个人于岸上护卫，沿岸行走。

冯老二把舒猴子等人送走，仍然留下，要与女人好好温存。

到了百丈关，已近傍晚，舒猴子不敢停留，把三条沉甸甸的麻袋弄到岸上，打算由衙役带来此处的几匹马驮着，连夜往南江城赶。行走间，舒猴子不免回顾来路，忽见那个紫衣人远远在后，像一具鬼影！

舒猴子一紧，生怕有失，叫衙役们拔出佩刀，前前后后护住几匹马；命几个颇能使火铳的衙役断后，若那个紫衣人有异动，只管开火。自己也将那个铁鹰爪解下，挽在手上。

紫衣人一直缀在后面，不即不离，既不举动，也不离开，但保持不在火铳射程内，像一条甩不开的尾巴。

走了三十多里，已经夜深，好在此处有一座驿站，舒猴子决定在此暂住，将三块碑弄进驿站去，叫驿丞也把火铳备好，命驿卒和衙役，各持火铳轮换守卫。

安排妥当，舒猴子走出驿站，见那个紫衣人似坐在不远处一块石头上，便几步回来，拿过一条火铳，躲在暗处，瞄准那个人影，放了一火铳。待硝烟散去，举眼看时，石头上已不见人影。

舒猴子有些兴奋，此处距那块石头最多一百步，绝对在火铳射程内，那人至少受了伤。于是叫上几个人，举着长刀和灯笼，上去察看。

紫衣人已无踪影，石头上留下几处被火铳打中的斑痕。

舒猴子颇为骇然，居然能躲过火铳，实在不可思议。

这夜，他虽然疲困至极，但不敢睡。紧张的同时，心里也有些轻松，紫衣人一路跟来，更能证明几块碑真实不假。

翌日一早，草草吃过饭，一行人又走，那个紫衣人仍然远远跟随。舒猴子气不过，拿过一支火铳，叫衙役先走，自己停在路上，准备再向紫衣人开火。紫衣人也停下来，不无挑衅地朝舒猴子招手，示意他尽管开火。舒猴子忍无可忍，朝紫衣人举着火铳逼过去。紫衣人不动，似乎一脸嘲笑。看看已在百步之内，舒猴子再次打响火铳。硝烟起时，紫衣人双足一点，飘悠悠飞起，飞上了路旁一棵古柏。很明显，又是毫发无伤。

舒猴子惊恐无比，赶紧走开，追上衙役，仍然让几个善使火铳的断后。

直到将近南江城，紫衣人才不见踪影，此时，正好暮色四合。

十三

王存儒、蒋皮蛋把官服穿得整整齐齐，早早等在县衙门口，仿佛恭候朝中大员一般。见舒猴子一行终于来了，赶紧上去，七手八脚将三条麻袋卸下，捧进县衙，剖开麻袋，吹尽浮灰，围住逐一细看。

县衙内外一片死寂，似乎每一颗心都不敢跳动。看了许久，王存儒直起身来，蒋皮蛋等也直起身来。王存儒问蒋皮蛋，蒋县丞以为如何？

蒋皮蛋笑道，这个嘛，就算有人做假，也做不到这个程度。三块都是真碑，错不了。

王存儒松了口气，欣然一笑说，好啊，总算找到了！

似乎找回来的这几块碑，孰真孰假，必须由蒋皮蛋鉴定。王存儒转向舒猴子说，舒典史立了大功，王某要亲书奏表，为你请功！

言毕，再转向蒋皮蛋，以蒋县丞所见，这三块宝物放在哪里合适？

蒋皮蛋想了想说，肯定不能存放县衙，县衙门槛高嘛。碑刻嘛，一来应该供人观赏，二来应该便于拓片。以蒋某所见，不如存到文庙去，由县学看管。

县学一直设在文庙内，殿宇重重，远比县衙宏伟。

王存儒点了点头说，嗯，有道理，主意也不错。那就麻烦舒典史再辛苦一趟，送到县学去，叫他们好生看管，不得有半点闪失。

舒猴子故意不说紫衣人一路跟随，也不反对存放县学；不如以三块碑为陷阱，诱那个紫衣人上钩，同时还可暗察王存儒的动静，若他真是幕后元凶，一定会有所举动。于是叫上衙役，把三块石碑送去县学，暗把两个极善使火铳的留下，交给县学教授，如此等等，仔细嘱咐一番。

教授听见这话，骇得面如土色，根本不管陷不陷阱，赶紧把几块碑锁进密室，请两个持火铳的衙役看守。

密室其实是个岩洞，在县学内，凿于两百多年前，主要用于避匪；一道石门，内外都能上锁，极其隐秘，一般人根本不知道。

交割完毕，天早已黑定，舒猴子便去余胖子的小店，温了一壶酒，切了半块猪头，坐下自饮，却思绪纷纷。

到底谁是盗贼？

吴平禄、易荣华他们，到底冤不冤？

这件案子，到底与王存儒有没有关系？

如果是王存儒策划或支使，怎会留下这么低级的纰漏？

那个一路跟随的紫衣人，到底是何用意？他实在想不明白。

舒猴子回到家里，仍然前思后想，不得安宁。关键还在吴平禄和易荣华等人到底如何死的，如果是投毒，王存儒就脱不了嫌疑。

翌日一早，舒猴子故意不往县衙去应卯，打算去县学做几张拓片，拿到岳秀才的字画店，请他对照对照，看这几块碑到底是真是假。

正要出门，林夫子如影子一般来了，说知县大人请舒猴子去官邸，有事商议。舒猴子无奈，只好随往。

林夫子把舒猴子领到后院里，王存儒已经坐在那棵桂花树下，桂花虽已零落，但清香仍然。王存儒请舒猴子坐下，亲手为他斟了一盏茶，和颜悦色地说，尸体已经由谭拐子验过了，是野菌中毒。蒋县丞已选好了驿丞、驿卒、背夫也招好了，昨天已经去了截贤驿，张主簿他们今天也该回来了。

舒猴子不住点头。王存儒稍停，又说，我想问问，除了张三，你和他们都住在截贤驿，为何就你一人无事？

舒猴子一惊，背心里一片寒意，忙道，我没吃饭，吃的板栗。

王存儒轻轻哦了一声，再不说话。舒猴子有些愤愤，既然你都把话说到这分上了，我又何必一直装傻？便问，敢问知县大人，谭拐子凭啥断定那些人是野菌中毒？

王存儒脸色一沉，盯住舒猴子，那你的意思是，有人投毒？

舒猴子顿时噎住，想说的话再也出不了口。王存儒冷笑道，设若硬要往投毒上靠，第一个嫌疑人是谁，该不是王某吧？

舒猴子几乎魂飞魄散，赶紧站起，朝王存儒一揖道，既有仵作验尸，舒某不该胡说，请知县大人见谅！

王存儒笑得格外宽容，挥挥手说，没事，有话当然要说，不能窝在心里，你说对不对？

舒猴子明白，王存儒把自己叫来，就是要敲打敲打，于是假装糊涂，嘴里连连称是。

舒猴子浑浑噩噩，几乎不知如何走出官邸的，等他定下神来，正好在岳秀才的字画店门口。

岳秀才刚写了一张招贴，往店门口粘，几行笔力苍劲的大字十分引人：张天师拓片每张白银三钱；杨师谋、刘巨济每张白银一钱。

岳秀才拍了拍手，转过身来，见舒猴子正看招贴，忙拱手道，哎哟，舒典史啊，你这回立下大功了，岳某感佩至极！

舒猴子略显诧异，还了个拱手礼，笑问，您老也听说了？

岳秀才笑得如释重负，听说了，都听说了。原本以为古碑自此无踪，不敢再卖拓片，都收拾起来，带回家里；今天一早，听街上传闻，说三块碑都追回来了，交由县学收存。岳某便往县学去看，果然不虚！

舒猴子忙问，那依您老看来，三块碑是真是假？

岳秀才笑出一脸皱纹，像一条条饱满的奔腾不息的山溪——岳某看了许多遍，都是真的！

说着，把舒猴子拉入店里，沏了一壶茶，彼此对面坐下。岳秀才说，你也知道，岳某这家小店，全靠三块古碑养活。你找回的岂止石碑，是帮岳某找回了日子，岳某实在感激不已！

于是力邀舒猴子去秦豁子的望江楼，要略表谢意。舒猴子再三婉拒，又问，您老真看清楚了，那三块碑都不假？

岳秀才道，这么说吧，我每年都要去截贤驿做一批拓片，碑上的每一丝青苔，每一处风化，甚至每一点鸟粪，岳某都清清楚楚，就像熟悉自己一样。何况岳某酷爱张天师笔墨，几乎每日临写，至少不下万次。你放心，不会错！

舒猴子心里更空，甚至有些遗憾。案子破得如此容易，又如此狗血，简直近乎荒谬。但岳秀才绝对是第一行家，他的话比任何人可信。一定是自己看得太复杂了，办了太多的案，不免风声鹤唳，甚而捕风捉影。

这么说来，吴平禄可能真是死于绞肠痧，易荣华、雷锤子、邱麻子、袁牯牛等人也一定死于野菌；李四没有投毒，王存儒与此案无关。否则，以王存儒的心智，当有一万种方法使其安然离境，三块古碑不可能追回。

案子虽然破了，但舒猴子却遭到前所未有的打击，再无自信，仿佛已被这起闹剧般的盗案彻底抽空。

最后，舒猴子请教岳秀才道，我一直想不明白，盗贼为何要花那么大的力气，偷走三块石碑？

岳秀才想了想，讲了一个几乎被人淡忘，或者被刻意隐讳的传说。

明末，一个心怀叵测的游方道士，于官道一侧，正对张天师那块碑，修了一座小道观，取名谷神观。道士摆了个摊子，给路过的行人施茶，说自己本是茅山之上上清宗坛的一个小道，某日于三清观前打坐，迷迷糊糊中，道祖张天师飘然而来，抚着三绺长须说，这里不是你的道场，万里之外的米仓山，有个截贤岭，那才是你的道场，那地方等了你一千多年，因为你是谷神。

道祖说完，又飘然而去。道士醒来，无论日里夜里，那几句话一直响在耳边。有一天，道士离开茅山，一路西来，走了近半年，终于来到截贤岭，看见了张天师的留题，顿有脱胎换骨之感，于是四处募化，修起了这座小道观，直接命名为谷神观。

道士的这番话四处传开，并有了新的内容，说但凡天下道众，只要尊奉谷神，都能羽化登仙。

道士们岂能错过如此良机，纷纷来此，俱尊那个道士为谷神，仅半年，各门各派的道众纷至沓来，差不多已近万人。道观不断扩修，连山接岭，遂有西出秦关第一观之称。

道众越集越多，官府渐渐警觉，自然会想起黄巾太平道与五斗米教之乱，于是大集兵丁，突袭谷神观，抓了上千人，杀了几百个，其余全部遣散还籍，并焚毁道观，夷为平地。

从此，官府委截贤驿代管古碑，若有任何异常，立即禀报。有关那个道士的一切，成为禁忌，不准提及。

岳秀才叹了口气说，唉，听说石碑被盗，我便想起那个传说，心里暗暗打鼓，未必有人想学那个道士，利用道祖圣迹，号令天下道众？幸好找到了，我的担心纯属多余。

十四

舒猴子告辞出来，像一具虚淡的影子，在城里四处游荡，似乎想把那个曾经自以为是的舒猴子找回来。

深秋时节的南江城近乎清绝，近乎透明，无一丝尘埃，每一座房子和每一个人，似乎都从天上移来，颇有长空玉宇的况味。

随着天气愈寒，舒猴子越发觉得懒散，除了每天去衙门应卯，不再去城里走动。当然，他不会忘记存放县学的几块碑，更不会忘记那个紫衣人。得知教授深恐古碑有失，早已锁入石洞，一般不肯示人，也不勉强，遂将两个衙役撤回。其实他心里明白，那个紫衣人不可能上当。

这时节，余胖子的新酒已经酿出，满街醇香。舒猴子弄回满满一坛子酒，独自斟饮，醉了倒头便睡。

秋月当空，城里十分安静，除了偶尔几声狗吠，听不见任何声息，似乎所有的人都走了，回天上去了，只抛下舒猴子一人。

舒猴子刚刚躺下，忽然响起了打门声，一个人的呼声随之传来，舒典史，快开门！

舒猴子一惊，从床上爬起，踉踉跄跄过去，将门打开，一个人影随肆意的月光一起塞进来，是岳秀才。

岳秀才一脸惶然地说，今天傍晚，我去县学做拓片，每块碑拓了一百张。拿回家里，反复赏玩，渐觉张天师那块碑有些异样。便拿去店里，与原先的拓片仔细对照。这一看，不得了，把我吓得冷汗淋漓！

舒猴子忙道，到底如何，您请直说！

假的，绝对假的！岳秀才说，那样子如丧考妣。

舒猴子顿时兴奋起来，似乎那个走失的自己猝然回来了。他一把拉起岳秀才，踏一地空旷的月光，急匆匆来到字画店。岳秀才点上灯，指着案上两张拓片说，这是原来的，这是傍晚拓的。

舒猴子伏下身子，左左右右、上上下下，一笔一画看了许久，满脸困惑地说，这不一模一样吗？

岳秀才指着"谷神不死"那个"神"字的最先一竖说，问题就在这里！你看，原来这张，这一竖比较粗重，也宽那么一丝儿；这张是新拓的，比较轻弱，也窄了那么一丝儿！

舒猴子再次伏上去，反复看这两竖，渐渐看出了门道，果如岳秀才所说。想了想，看着岳秀才问，是不是您做拓片时手法出了问题，走了样？

岳秀才立即摇头说，绝对不会，拓片看似简单，其实很讲究，首先不能有丝毫走样。本店拓片所以卖得好，主要因为绝不失真。最重要的是，若旧的那张窄，新的这张宽，这还说得过去，或者近一年来经他人拓片有所变化，或者盗贼偷运途中有所损毁。但恰恰相反，说明这块碑就是复制品！

舒猴子还是不敢相信，又问，就凭这一点？

岳秀才说，凡有一点不符，肯定是假的！

舒猴子再问，其他两块呢？

岳秀才说，我也对照过了，那两块是真的。

舒猴子恍然大悟，似乎满城月光忽然间都涌进自己心里，一片通明透亮。他不禁仰头大笑，似将远远近近的月色笑成了一缕轻烟，正在笑声里飘散。

原来圈套之中还有圈套，那个紫衣人所以一路跟随，直到接近南江城才离开，就是为了让人相信，追回来的是真碑！

简直天衣无缝！确实是个从未遇上的高手！

舒猴子正要叮嘱岳秀才切勿声张，忽见岳秀才似乎还有话说，却欲言又止，于是一脸正色地说，无论何事，请前辈不必隐讳，直说无妨。

岳秀才沉吟良久，才说，也罢，事到如今，也顾不得了。

于是指着那张新拓片说，实不相瞒，这字，我怀疑出自知县大人王存儒之手。王大人也极爱这块碑，每每临写，并偶尔带上得意之作，来小店与老朽切磋。老朽看得十分仔细，见他每笔每画都十分到位，唯独神字那一竖，笔力不足，稍嫌细弱，但老朽从来不曾说破。

舒猴子抑制几乎有些恐惧的兴奋，忙问，可以肯定？

岳秀才想了想，点头。舒猴子思绪翻涌，原来真是王存儒，看来蓄谋已久，老早就做好了赝品，并且用另两块碑做烟幕，连岳秀才都被蒙骗了！

也许正如自己所想，那块碑或者就沉在水底；三块碑、三个人、一条船，就是为了让人拦截，让人以为案子已破，赃物已经追回；紫衣人一路跟随，更能让人深信不疑。当所有人沉浸在虚惊一场的欢乐里，盗贼可以不紧不慢，将那块真碑运去他想去的任何地方。

狗日的，看起来荒唐可笑，实则高妙绝伦。这才像个高手，像王存儒这种人的手法。

那么，吴平禄也好，易荣华也罢，他们不一定是帮凶，他们或许只是用以搅混一潭水的牺牲品。

紫衣人出现在板栗林，原来也极具用心，目的就是要把自己带到长满野菌的地方，它们恰到好处地被采回来，恰到好处地被所有人吃掉。如果李四真是去投毒，紫衣人的配合简直妙到毫端。

无论如何，这案子有两个关键，一是投毒嫌疑人李四，二是岳秀才的证词，二者缺一不可。

舒猴子很快决定，立即将岳秀才的证词录下，明日即去京城，直奔刑部，请刑部查问，李四也好，王存儒也罢，不怕他不就范。

正要说明用意，忽听屋外轻轻一响。舒猴子大惊，有人窃听！

他飞步过去，一把将门拉开，随即跃出，见一个人影正沿街飞奔。来不及多想，飞步疾追。

那人穿街过巷，始终与舒猴子保持数十步之遥。不觉，那人钻进了一条独头巷，舒猴子大喜，取出铁鹰爪。那人到了小巷尽头，猝然而止。舒猴子将铁鹰爪奋力掷去，鹰爪呼啸着，直奔那人背后。眼看将那人抓住，那人忽然双足一点，身子飘悠悠而起，直接上了房顶。铁鹰爪抓空，"砰"一声撞在那堵墙上，溅起一朵火花。

这身形舒猴子并不陌生，是那个紫衣人。紫衣人几声冷笑，身子一晃，已经无影。

舒猴子忽然一惊，调虎离山，岳秀才！

发疯般跑回字画铺，门依然开着，灯已熄灭。舒猴子一步跨进门去，喊了几声，不见答应，已知凶多吉少，赶紧摸出火石，撞了好几下，终于将灯点燃。

岳秀才端端正正坐在原处，两眼微闭，神态近乎安详，毫无惊恐，但已经气绝身亡。

舒猴子呆了半天，将岳秀才的尸体仔细察看一番，竟不见任何伤痕。

何人有如此本事，能取人性命，而不留伤痕？

不可能是那个紫衣人，即使他身手如神，也不可能如此迅速，他只是要把自己引开；杀人者另有其人。

又是一次天衣无缝的配合，舒猴子想起了王存儒的仆人李四。

他顿时不知进退。不觉，灯已燃尽，闪了几闪，熄了。一缕已经西斜的月华从门口照进来，落在岳秀才身上。舒猴子忽然觉得，真正的死者并非岳秀才，而是自己。

　　他知道，随着岳秀才死去，这件案子或许已经石沉大海了。

第三章　剑　客

一

舒猴子开始暗中留意王存儒的仆人李四。

李四毫不起眼，若同时有十个人出现，你可能会记住其他九个，但绝不会记住李四。李四是那种普通得犹如尘埃的人，无论如何也无法跟一个心怀鬼胎的投毒者联系起来。

这天，舒猴子如往常一样去县衙点卯，眼看到县衙门口，忽见李四从官邸那边过来，似要往街上去。舒猴子停在路口，等李四近前。李四只顾埋头走路，并未看见舒猴子。待李四走近，舒猴子故意一个趔趄，向李四撞去，将李四撞了个四仰八叉。

李四一脸惶恐，望着舒猴子。舒猴子赶紧一把将他拉起，笑道，不好意思，脚下打滑了。

那手除短而粗糙外，并无任何特别；显然，这是一个仆人的手。

李四咧嘴一笑，操着那口土得掉渣的陕腔说，怪我没看见舒典史。

说完，匆匆走了，依然埋着头。舒猴子望着李四怯怯的背影暗想，或者是自己多虑了，如果李四真是投毒的那个人，或者是杀死岳秀才的凶手，刚才撞他那一下，不该如此狼狈。一个高手，无论多么猝然，都该有不同寻常的反应。

不觉，秋天早已过去，冬天越来越深了。

夜里，忽然下了一场大雪，南江城变得更为幽深，更为古雅，每一座房子都如一件精致的玉雕；与此同时，也掩盖了所有的真相。

城里浮着一层清清亮亮的雪光，冷而不寒，甚至有些异常的温暖。当晨曦渐次漾起，与雪光渐次融合，雪中的县城已经做好了一切准备，可以观赏，可以赞叹了。

昨夜，王存儒总觉得夜气里有一缕缕绵绵不尽的湿，丝绸一般缠缠绕绕。于是所有的梦里都有水，梦中的自己总在水里行走，又总是走不到头。

当他醒来，一派清光透过那层贴着窗花的高丽纸，漫进屋来，人似乎还在水里。一定不是残月，残月有些混浊，不如这么清透。

一阵鸟语响起，轻盈而欢快，犹如铮铮淙淙的水声，同时带来缕缕梅香，沉郁而清甜。王存儒忽然明白，下雪了。

他撑起身子，拿过那件貂皮大氅，忽觉一身慵懒，还有点头晕，又放回去，钻回被窝。不如趁这场雪，好好睡个懒觉。

于是闭上眼睛，渐渐入定，正要睡去，忽听有人敲门，敲得不轻不重，恰到好处。不用问，一定是师爷林夫子，别的人敲不出这种分寸。

进来吧，王存儒说。门"吱呀"一声推开，林夫子像一片儿飞雪，飘悠悠进来，站在离床五步开外。那是个最合适的地方，能使彼此保持最合适的距离，只有林夫子总是能把握住种种火候。

老爷，出事了。林夫子说，声音不轻不重，既有恰到好处的沉稳，又有恰到好处的急切。

王存儒一边披大氅一边下床，同时问，啥事？

风雨客栈出凶案了，还不知死了几个。

林夫子说，声音有些冷，似乎正在结冰。

哦？王存儒一惊，手捏住大氅两条襟子，看向林夫子。林夫子说，城里担水卖的黄冬瓜，天没亮去给风雨客栈送水，一进门，看见老板倒在门后，还以为昨夜喝醉了酒，又闻到一股说不清的怪味，咬牙把那担水挑进伙房，倒进石缸里，出来时，又瞥见楼道里好像也躺了好几个人。黄冬瓜骇得两腿发软，到大门口叫老板，不见答应，埋头一看，见脖子底下血淋淋一片，早绝了气，胡乱跑出来，恰好遇上张主簿去吃包子，就结结巴巴说了。张主簿已将黄冬瓜收进班房里寄押，请老爷去主事。

王存儒顿觉得浑身发冷，那层从窗纸里透进来的原来不是雪光，是血光；那些从风雨客栈里飞溅出的血，似已染红了满城的雪。

赶紧通知蒋皮蛋和舒猴子，来县衙议事。王存儒一边扣纽扣一边说。林夫子一拱手，向后退了三步，转身出门。

王存儒随后出来，径直往厨房去。徐姐远远望见王存儒过来，赶紧将一杯漱口水准备好，等在门口。王存儒停在厨房外，接水时，却把徐姐的手捧住，轻轻掐了一下。徐姐脸一红，四面瞅了一眼，赶快抽走。王存儒开始漱口，嘴里咕咕一片响。身边是个檀木做的洗脸架，上面架着个雕花面盆，也是檀木，本身就是一套。刚漱完口，徐姐舀来满满一瓢热水，倒进面盆里，同时把口杯接过去。

这是王存儒从小养成的习惯，只在厨房门外洗漱，即使做了知县也改不了。林夫子从这个细节里早已看出，王存儒出身贫寒，非世家子弟。

洗漱完毕，王存儒去了与厨房一墙之隔的饭厅，刚坐下，徐姐便将一碗银耳汤、一屉虾仁儿包子、几片芙蓉糕和几样小菜拿上桌来。王存儒草草吃过，再去睡房，把那身七品官服穿在大氅里面，便往县衙去。

县衙内外积雪盈尺，被映照得分外透明，让人很容易想起明镜高悬之类。蒋皮蛋、舒猴子及红胡子老张已经候在大堂。

王存儒立即分派，由县丞蒋皮蛋带上衙役，封锁所有进出县城的道路，盘查所有过往行人；由典史舒猴子叫上仵作谭拐子，随自己一起去风雨客栈勘验现场，并验尸；主簿红胡子老张依旧在县衙里当值，同时审问黄冬瓜。

舒猴子先行一步，走过起起伏伏、满是积雪的街巷，敲开了谭拐子的门。

除了这场猝然而降的大雪，县城并无异样，也无任何惊惶。因米仓山一带早已天寒地冻，大有失足坠崖的危险，故而商旅渐少；作为古道重镇，南江城也有了许多安静。

街坊邻居并不知道风雨客栈发生命案，加之大雪封城，很多人还在床上，所有的铺子都未开门。

无论春夏秋冬，起得最早的都是黄冬瓜。黄冬瓜生得膀大腰圆，有一身蛮劲，一直靠挑水挣钱过日子。几家有名的客栈、酒楼，都由他包揽。首先是风雨客栈，因往往爆满，若是旺季，每天至少需四十担水；冬至过后，客人渐少，但也需二十担。其次是江春楼，虽算不上巨肆，但生意极好，即使淡季，也要差不多二十担水。黄冬瓜每天给几家店挑两次水，早晚各一次，总共一二百担。都需经过水巷子，沿着一挂石梯，下到河里，再一步步上来，实在不轻松。

黄冬瓜虽然第一时间发现风雨客栈出了命案，但被红胡子老张扣住，所以没来得及传出去。

舒猴子领着谭拐子进入客栈时，王存儒与林夫子并几个衙役已先一步到了。倒在门后的，是客栈老板董二娃，脖子上有条刀口，长约二寸，除衣服之外，地上无血。

舒猴子一看便知，董二娃是在别处挨的刀，或许是紧追歹徒不放，到了门口才倒下。

客栈里有一股相当怪异的气味，热乎乎，湿漉漉，仿佛煮了一锅大粪。王存儒始终捂着鼻子，几欲呕吐。

除楼道上有五具男尸，好几间客房里也是死人。舒猴子数了数，多达二十三人，伤口都在脖子上，最多两寸，都是一刀致命。虽到处是血迹，但已凝固，足见案发时间至少在两个时辰以前。

人称赛西施的老板娘却无影无踪，生不见人，死不见尸。舒猴子进了楼梯一侧那间睡房，靠后窗那里有一张梳妆台，镶着一面镜子，镜子下一盒香粉，一叠裁成小块的红纸，外加一把牛角梳子；另一侧是一张床，满床凝血，董二娃一定是在梦中挨的那一刀；床头并排放着两架立柜，都开着门，乱糟糟一片，显然被翻动过。

难道是情杀？若如此，与那些住客何干？何必费那么大的劲，杀这么多人？未必凶手惊动了楼上的住客，不得已才把他们杀了？

刀口几乎整齐划一，说明二十多人都死在同一把刀下；是谁如此凶恶，能凭一己之力，杀死这么多人？

舒猴子把客栈前后都看了一遍，积雪掩盖了一切，没有任何痕迹。很明显，凶犯或许等的就是这场大雪。

舒猴子回到厅堂。王存儒与林夫子各自坐在一条凳子上，仍紧紧捂住鼻子，那股怪味似乎更加浓烈。谭拐子已经验完了董二娃的尸，正在楼道里忙。

舒猴子想了想，向王存儒请示，派一个衙役赶紧去县衙，把黄冬瓜押来。王存儒挥挥手，意思让他自己做主。

于是舒猴子打发一个衙役去带黄冬瓜，自己叫上两个衙役，一起清点财物。一阵忙下来，所有的行囊都弄到厅堂里，明显未曾打开过，裹在行囊里的钱财分文未动。但那架立柜里却仅有几件董老二的衣物，赛西施的衣物、首饰一件不剩，更不见银钱。

恰此时，衙役押着黄冬瓜来了。黄冬瓜愣眉愣眼看着王存儒说，人又不是我杀的，把我关起来做啥？

王存儒依旧捂着鼻子，两眉紧皱。舒猴子一把将黄冬瓜拽过去说，你是证人，依大清典律，必须暂时收押予以保全，你慌啥？

黄冬瓜一脸惶惶，胡乱点了点头。一直不言不语的林夫子凑到王存儒身边，悄悄耳语几句。王存儒随即站起，朝外走去，头也不回地说，弄完了就到县衙去。

舒猴子赶紧答应。

门外已经过来几个人，双手抄在袖子里，探头张望。雪下得飘飘忽忽、绵绵实实，像一场迷梦。

二

待王存儒去了，舒猴子问黄冬瓜，你一直在给客栈里挑水？

黄冬瓜忙答，是是是，从十七岁开始，都挑了十多年了。

舒猴子正要再问，谭拐子一瘸一瘸从楼上跌跌撞撞下来，似被人捅了一刀，扑到董二娃尸体前，一把捞开长袍，扯下裤子，嘴里惊呼，狗日的，胯下那东西都被割了！

舒猴子大惊，赶紧凑过去，只见董二娃胯下空空荡荡，只留下一片模糊。忽然心里一动，转向黄冬瓜，伙房在哪里？

黄冬瓜同样一脸惊骇，胡乱往后面一指说，在、在厅堂后面。舒猴子几步跑去，果然是伙房，相当宽敞。舒猴子无暇旁顾，直奔灶台。一口大锅上盖着盖子，尚有缕缕热气逸出；一把掀开盖子，一股淡淡的潮热扑面而起，带着令人作呕的怪味；锅里水已快干，露出几十截黑乎乎的东西，怪诞而不堪。

舒猴子赶紧盖上，心里上下翻涌，差点吐出来。黄冬瓜止于伙房门口，也在朝这边张望。舒猴子过来，将黄冬瓜带回原处，又问，客栈里有几个伙计？

黄冬瓜说，只有一个，姓童，叫童瘪嘴儿。

未必就这个名字？舒猴子盯着黄冬瓜问。

不晓得嘛，反正都叫童瘪嘴儿。黄冬瓜答，时不时摸一摸下身，似乎得搞清楚那东西是否还在。

童瘪嘴儿是哪里人？舒猴子问。

这个，我不晓得。

童瘪嘴儿是如何到客栈当了伙计的？

这个，我也不晓得。

童瘪嘴儿是本地人吗？

这个，我也不晓得。

你听他口音，应该是哪里人？

这个，我也不晓得。

那你说说，你还晓得啥？

黄冬瓜赶紧摇头，一只手干脆捂住裤裆，哭丧着脸说，我每天来挑两次水，把几个水缸装满就去给其他几家挑，真的不晓得。

舒猴子也不再问，叫上他一个一个去认尸，看有没有童瘪嘴儿。经辨认，没有那个叫童瘪嘴儿的伙计。舒猴子又把黄冬瓜带到厅堂里问，童瘪嘴儿有多高？

黄冬瓜说，跟我差不多。

舒猴子又问，有多壮实？

黄冬瓜说，也跟我差不多。

舒猴子再问，多大年纪？

黄冬瓜说，也跟我差不多。

舒猴子两眼一瞪，你狗日是不是脑壳里少了根筋？

黄冬瓜一脸懵懂，摸了摸头皮说，往年，我爹也这么说。

舒猴子叫来一个衙役，让把黄冬瓜带回县衙，交给红胡子老张。谭拐子已经做好文书，并给每个人草草画了张像，一并递给舒猴子说，我的差事完了，该舒典史的了。

说完，一拐一拐往门外去。舒猴子将他叫住说，不忙，你留在这里，我立即回县衙禀报，讨个主意，总要把尸体烧了。

谭拐子无奈，只好留下，等舒猴子的信。舒猴子出来，门外已经聚了好几十人，还有许多男女站在自家门口，往这边张望，嘴里议论纷纷，如雪花般乱飞。

蒋皮蛋已经带回了几个嫌疑人，也关在班房里。王存儒嫌县衙里空旷，少有遮拦，禁不住寒，把蒋皮蛋带去官邸，引入花厅里坐下，叫下人李四弄来一盆炭火。

蒋皮蛋正要禀告那几个嫌犯的事，王存儒摇了摇手说，这里不是公堂，不用客气。我去看了，案子发在半夜，漫天大雪，凶犯留下的一切痕迹，都被积雪掩盖了，你不可能找到任何蛛丝马迹，更不说拦截。

是是是，知县大人英明。那，这几个人咋办？蒋皮蛋笑问。

肯定要过堂，排场要摆，过场要走，二十几条人命呢！王存儒说。

有理、有理！蒋皮蛋赶紧附和，稍停，又说，要是没别的事，属下先告辞，若有支分，马上就来。

王存儒笑道，不用忙，我给张主簿交代了，让舒典史也到官邸来，还是好好议一议。

正说着话，林夫子已将舒猴子领来。王存儒指着早已搭好的一把椅子，让舒猴子坐。舒猴子说，尸已经验过了，我让谭拐子留在那里，看是否先弄出去烧了？

王存儒点了点头说，嗯，烧了吧。

蒋皮蛋忙道，反正我也做不了其他，去找人抬尸烧尸吧。

王存儒笑道，交给仵作和衙役吧，哪能屈尊你去？

于是吩咐林夫子，叫红胡子老张派个衙役去给谭拐子传信，找几个烧尸的火工，弄到火化场去，趁早烧了。

这才问舒猴子，勘验得如何？

舒猴子说，一共二十三具尸体，都是男人，年龄在二十多至四十多不等，都是一刀毙命，伤口位置、深浅、宽窄，几乎一样。

王存儒点头说，嗯，手法一样，证明是一个人。

蒋皮蛋只点头，不说话，这是他的秉性。舒猴子又说，黄冬瓜每天去给风雨客栈挑两次水，跟客栈的人都很熟。据他说，店里只有董二娃和赛西施两口子和一个伙计，伙计姓童，叫童瘪嘴儿。经辨认，只有董二娃的尸体，不见赛西施和童瘪嘴儿。

王存儒一挥手说，很简单，情杀，肯定是情杀，凶手就是那个童瘪嘴儿！

蒋皮蛋使劲点头，但不说话。舒猴子说，还有，包括董二娃在内，二十三人都被割了阳具，煮在一口锅里。店里那股怪味，就是那些东西散出来的。

王存儒顿时愣住，蒋皮蛋也不再点头，都望着舒猴子。

这里有几个问题，非常令人不解。如果是童瘪嘴儿一人作案，那这姓童的绝对不是一般人，杀人的功夫不仅炉火纯青，还下手极快，而且都不需补刀，一刀割断血管，准确无误。二十多人，竟没人来得及反抗。如果是情杀，他何必到楼上去把人都杀了？

蒋皮蛋又开始点头，王存儒反而不出声了。舒猴子继续说，最令人不解的是，就算惊动了楼上的住客，不得已把人都杀了，何必把阳具一个不少地割下来？又何必弄到锅里去煮？这不多此一举么？这要耽误许多时间。看来，凶手不仅从容不迫，而且冷静得可怕。

舒猴子停了停，又说，住客的行囊全部都在，钱物无损；但店里的银钱，包括女人的首饰，全部被劫，也不见一张银票。

一时沉默。过了许久，王存儒问，以你所见，凶手到底是何目的？

舒猴子说，既像情杀，又像劫案，又都不像。或者凶手这么做，就是为了把水搅浑，让人找不到方向。总之，很复杂，我有个预感，弄不好又是一桩无头公案。当然，那个童瘪嘴儿确实可疑，但也有这种可能，凶手故意留下童瘪嘴儿和赛西施不杀，或者杀了之后把尸体带走，把线索往二人身上引。

王存儒想了想问，依舒典史所见，接下来该如何查办？

舒猴子叹了口气说，只有按部就班，一是派出衙役，四处访问，捉拿童瘪嘴儿和赛西施；二是拘押风雨客栈的左右邻居，一一审讯，比如童瘪嘴儿是哪里人，当了几年伙计，是否与赛西施有奸情，昨夜是否听见客栈那边有动静，等等，看能否找出点线索。

这样吧，舒典史负责拘传街坊邻居，加紧审讯；蒋县丞负责访问，多带些人，分成四路！

王存儒一边说一边站起，二人告辞。蒋皮蛋叫上十多个衙役，匆匆分派下去，自己则回家去，等候消息。

舒猴子也带上衙役，去拘风雨客栈的左邻右舍，一共四家，老老小小，加上黄冬瓜和蒋皮蛋挡获的三个，也是二十三人，竟与被害人数相同。

当晚，王存儒命林夫子拟好上报文书，翌日一早，命一个衙役驰送保宁府。

三

城里传言四起，但很快统一起来，仿佛一份相互串通的供词——风雨客栈老板娘赛西施与人私通，奸夫淫妇本来只想杀死董二娃，卷上银钱私奔，没想到惊动了住客，只好都杀了。

不断有人给这个传言加料，使之变得越来越合理，越来越翔实，并且越来越具有传奇色彩。

奸夫是个剑客，或者干脆与鬼门有关，这家伙长年在米仓道上来往，不免去风雨客栈寄宿，不免贪恋上赛西施的姿色和声腔，不免勾搭成奸，不免难分难舍，不免杀夫夺妻。

同时，县衙正对包括黄冬瓜在内的一应人等加紧过堂。

传言便与堂上的供词产生联系，更加有鼻子有眼，而那个剑客的身份也渐渐明了，不是别人，正是以伙计为掩护的童瘪嘴儿；童瘪嘴儿必须与鬼门有关，不然，不可能有如此高的手段。

童瘪嘴儿为了赛西施，不顾一个剑客的体面和骄矜，甘愿自降身份，做了个低三下四的伙计。

童瘪嘴儿身怀绝技，怀里藏了一把短剑，要杀人时，都无须近身，一驭气，短剑会猝然飞起，遇人杀人，遇鬼杀鬼。至于割去董二娃阳具，放锅里去煮，不过因情生妒；那些住客所以丧命，并且同样被割去阳具，不过因为人人心怀觊觎，都想占赛西施便宜。

传言到了这一步，差不多已经定型，无须加料，案情也真相大白。但关于赛西施与童瘪嘴儿的去向，或因江湖深远，实在难料，故此无人涉及。

这场雪，却并不因为传言趋于成型而有所收敛，反而越下越大，似欲将所有的真相彻底埋葬，房顶、街巷、每一条道路，似乎都已消逝。

大堂之上，审讯有板有眼进行。以归案先后为序，首先被带上堂来的是担水卖钱的黄冬瓜。

跪下！几个衙役手拄刑杖，一齐吆喝，简直声震屋宇。黄冬瓜虽然应声跪下，两只手却依旧捂住裆部，看上去有些怪异。

王存儒一拍惊堂木，喝问，姓甚名谁？

黄冬瓜不太理解，这南江城很小，哪个不认得我黄冬瓜？何况红胡子老张和舒猴子都问过了，何必再问？于是哭丧着脸说，青天大老爷，都问过我几回了，人又不是我杀的……

王存儒再一拍惊堂木，怒喝道，报上姓名！

黄冬瓜浑身一软，低声说，我叫黄应农。

年龄、籍贯？

黄冬瓜又一头雾水，不知籍贯是啥，只勉强说了年龄。王存儒居然饶过了他，不再追问籍贯，只问了职业，然后便是案发当日何时起床，何时下河打水，何时进店，等等。黄冬瓜一一对答，并无破绽。王存儒话锋一转，冷着脸问，起床、下河、进店，等等，有无人证？

黄冬瓜并未觉得凶险，只说，我父母死得早，都晓得我是个独人，哪有个人见我起床。我给人家担水，起来得比哪个都早，人都还在床上，肯定没人看见。

王存儒冷冷一笑，竟不再追问，吩咐衙役，枷了，关到大牢里去！

衙役很快取来枷锁，将黄冬瓜枷上。黄冬瓜这才回过神来，哭道，青天大老爷，整我做啥嘛，人又不是我杀的！

王存儒冷笑道，少废话，没有哪个杀人犯会说人是自己杀的！

几个衙役不容分说，将黄冬瓜拖出去。立在一旁的舒猴子，当然明白王存儒的用意，不由心惊肉跳。

接下来是蒋皮蛋挡获的三个早行人，一个姓张，巴中枣林人，因家住南江桥亭的丈母娘七十大寿，需赶去庆贺，昨日下午起身，走了一个通宵，一早经过县城时被拦下。

一个姓刘，自称南江石矿坝人，因贩牛，欠下马跃溪某家一条牛钱，眼看年下无期，故而五更起身，想赶早还了钱，再去乡里转一转，看有没有牛卖，好再做一趟生意，赚几个过年钱。

最后一个姓谢，家住碾盘坝，要去沙河某亲戚家赶中午的婚宴，所以早起。

王存儒审毕，命仍然寄押班房；令舒猴子派几个衙役分别去打问，若所言不虚，可通知家里具保取人。

舒猴子安排妥当，仍回公堂陪审。

风雨客栈左侧是补锅匠家，一家四口，两口子加上一儿一女。首先审补锅匠女人，女人生得相当周正，尤其肤色，不仅很白，还有些透明，似乎有水要浸出来。

王存儒没拍惊堂木，也不呵斥，问得一反常态，堪称和颜悦色。

贵姓？

娘家姓陈，婆家姓蒲。

蒲陈氏？

嗯，蒲陈氏。

昨晚干了些啥，说具体点。

昨晚嘛，先吃夜饭，吃了夜饭洗碗，洗了碗没事，到火塘边烤火。烤了一阵，两个娃儿靠在火塘边打瞌睡，他爹就吼，吼他们滚到床上去睡。

那我问你，两个娃儿睡了，你两口子呢，还是烤火？

就是，这么长的夜，睡得早就醒得早，难得等天亮。

你们就不干点啥，只是烤火？

这个嘛，大晚上的，黑咕隆咚的，干不了啥。

就没说点啥？

两口子嘛，天天在一起，小户人家，也就那么点事，没啥正经的可说。

未必，说了些不正经的？

这个、这个……

我有言在先，无论说了些啥，做了些啥，还是听了些啥，都必须说出来。公堂之上，不得有丝毫隐瞒，否则，后果自负。

这个，这个，未必两口子之间的事，也要说？

再说一遍，公堂之上，不得有丝毫隐瞒。

好嘛，既然都是过来人，那我就说了。他爹卷了一锅烟，一边咂一边盯着我看。我就骂他，自己的婆娘，都看十几年了，未必没看够？他吐了泡口水说，狗日婆娘，火光把你照起，一闪一闪，好像没见过样。我又骂他，我晓得，你那眼睛只晓得往人家身上看，谨防哪天人家的男人给你剜了……

你说的那个人家是谁？

当然是风雨客栈那个骚货！实不相瞒，我娘家跟那个骚货的娘家只隔了一条水沟，那婆娘的根根底底我都晓得。

你说，她有哪些根底？

她从小就爱唱山歌，尽唱男人女人那些事，张口就来，都不脸红。后来嫁给了董二娃，就靠这个勾引客人。

嗯，接到你上面的话说，你骂了你男人，你男人有啥反应？

这个嘛，他个不要脸的，把我抱到他怀里，像个土匪样。我晓得，他把我当成了那个骚货……

不忙不忙，他如何像个土匪？

这，这也要说？

没听懂我刚才的话？

好嘛，他一下把裤子给我扯了，从来没像那么凶过……他还骂我，没得人家那么懂事……他说的那个人家，还是那个骚货。

王存儒舒了口气，接着问，照你的话说，他跟风雨客栈的老板娘不干净？

女人赶紧分辩，不不不，他就算有那个贼心，也没那个贼胆。何况人家开那么大个客栈，有的是钱；他一个补锅匠，日子过得紧巴巴的，人家哪里看得起他。

最后，王存儒问，昨夜听见风雨客栈那边有响动没有？

女人说，我本来瞌睡就多，一上床就睡，啥也没听见。

那你男人呢，他听见啥没有？

这我就不晓得了。

王存儒不再问，叫女人起来。红胡子老张已经录好口供，叫女人画了押，仍带去班房寄押。

四

补锅匠被带上公堂，衙役将刑杖一阵猛杵，嘴里一齐吆喝。余音未散，衙役张三声色俱厉地吼道，跪下！

仅这番开场白，补锅匠已被退尽神光，胆战心惊当堂跪下。王存儒一拍惊堂木，怒喝道，报上姓名！

补锅匠浑身如筛糠一般，忙道，小人姓蒲，叫蒲开端。声音已经彻底走样，又尖又细，自己都觉得怪。

性别、年龄？

补锅匠一愣，张了张嘴，答不出来。王存儒再一拍惊堂木，没听见？作速报上来，性别、年龄？

补锅匠结结巴巴地说，年、年龄，三、三十五岁，性、性别，实在不知道……

红胡子老张、舒猴子及所有衙役忍不住偷笑。王存儒却一本正经，指了补锅匠骂道，狗东西，未必是男是女，你不明白？

补锅匠恍然大悟，忙叩头道，小人是个男人，是个男人。

王存儒停了停，又问，家住哪里，干什么职业？

补锅匠答，家住风雨客栈一侧，以补锅为生。

王存儒道，把你昨晚干了啥，看见了啥，听见了啥，一一说来，不得有任何隐瞒！

补锅匠想了想说，昨晚，婆娘煮了半锅芋头干饭，放了些花椒海椒，外加一坨猪油，不咸不淡，又麻又辣，都不需下饭菜。吃完后，婆娘洗锅刷碗，我和两个娃儿去火塘边烤火。婆娘洗了碗也来烤火，两个娃儿很快就打瞌睡，我就吼了几句，叫他们上床去睡。哦，差点说漏了，天一黑，风雨客栈那个老板娘赛西施就扯起喉咙唱山歌，唱得有滋有味。我婆娘蒲陈氏就骂，骂她天天晚上唱，像哭丧样，未必她屋里天天都在死人。我听不过，还搡了蒲陈氏几句，她还跟我拌嘴。当时一家人正吃夜饭，我气不过，差点把半碗芋头干饭砸到她脸上，她这才住嘴。

两个娃儿睡了之后，你跟蒲陈氏又干了些啥？

这个嘛，我卷了一锅烟，咂完了也就睡了。

再问你一遍，娃儿睡了之后，你两口子又干了些啥？

大人哪，这天寒地冻的，又是月黑夜，除了睡觉，哪里干得了啥？

王存儒将惊堂木猛地拍下，厉声道，是我问你，还是你问我？不知规矩的东西，给我掌嘴！

于是两个衙役扑上去，一边一个，抢起两个巴掌，你一下、我一下，猛抽补锅匠的嘴，抽得他左一晃、右一晃。各抽了四五下，王存儒一抬手，两个衙役停下来，站回原位。补锅匠虽然龇牙咧嘴，但似乎不明为何挨打。

王存儒道，说，干了些啥？

补锅匠低下头去，似在搜肠刮肚，又似在暗想如何应对。王存儒见他不说，冷笑道，不愧是补锅的，把自己也炼成铁了，干脆上夹板！

补锅匠一听这话，几乎魂飞魄散。他曾好几次来县衙门外偷看人犯过堂，也曾见过上夹板。那是一副结结实实的木板，把人夹进木板里，把上下两道铁箍子扣上，拿两个木楔子往两道铁箍里打，上下一齐动手，只需一两下，那人便杀猪一般叫，再一两下，屎尿都会出来。据说，在其他地方一般用夹棍，但南江人是板楯蛮的后裔，格外强硬，所以改成了夹板。这东西远比夹棍厉害，只需四五下，人就会筋骨碎裂，一命呜呼。

补锅匠鸡啄米一般叩头不止，哭着哀求，大人饶命、大人饶命，小人不敢隐瞒，有啥说啥！

已经有衙役抬来一副夹板，王存儒挥手制止，也不再难为补锅匠，带着些暗示或提醒说，你听好，这叫公堂之上，既容不得半句假话，也容不得丝毫隐瞒。说吧，娃儿睡了以后，你两口子又干了啥？听清楚，是你两口子！

补锅匠犹如醍醐灌顶，顿时开了窍，于是说得越来越顺溜——娃儿睡了以后，我两口子依旧在火塘边烤火，把灯也吹了，节省灯油嘛。火苗儿一闪一闪，婆娘好像不是那个婆娘，像换了个人，有点像别人家的婆娘，我就记起一件事来。

说到这里，补锅匠抬头望着王存儒问，请大人恕我大胆，那是人家的事，不知该不该说？

说！王存儒道，声音冷得如同县衙外呜呜咽咽的雪风。

补锅匠赶紧说，好，好，我说、我说。有一天下午，具体日子记不清了。风雨客栈老板董二娃，去绸庄老板唐学诗那里吃寿宴回来，在我的摊子跟前同几个人闲扯。董二娃醉了，几个人就逗他，要他说说赛西施到底哪里好。那家伙也是喝醉了，说了些真话，我记得最清楚的是，赛西施喜欢走后门……

王存儒一脸懵懂，将补锅匠打断问，走后门？啥意思？

补锅匠淡淡一笑，这个嘛，走后门，就是喜欢男人从背后去。

大堂里无声无息，只有补锅匠的声音轻轻回荡，似吹入了一丝儿雪风，但一点不冷，甚至还有些温暖。王存儒却糊里糊涂地点了点头，似乎明白了啥。

补锅匠有些惊诧，抬头四处看了看，见每张脸都有些朦胧，似乎隐在雪雾里，竟不敢再说。

片刻，王存儒从那片雾里挣扎出来，喝道，往下说！

补锅匠赶紧磕了个头，又说，所以，所以我就把婆娘抱过来，也，也试着走了回后门。

说到这里，补锅匠再次四处环顾一眼，见每双眼睛似乎都忍着一团火，马上要燃起来，又赶紧打住。

王存儒立即追问，你把蒲陈氏当成赛西施了？

补锅匠有些羞怯地说，实不相瞒，确实，确实有那么点意思。

王存儒勃然大怒，一拍惊堂木，喝道，给我打，狠狠地打！

早有两个衙役上来，一把将补锅匠拖翻，一人打了几刑杖，打得他一片大叫，叫得怪声怪气，比杀猪还怪。王存儒朝两个衙役一挥手，两人退去一边。

说，继续说！王存儒紧紧盯住补锅匠道。

补锅匠昏了头，顿时不知从何说起。王存儒想了想问，你跟那个赛西施，到底到了哪一步？

补锅匠连忙叫苦，大人啊，这是哪里话呀，人家赛西施身为风雨客栈的老板娘，有钱有势，我一个补锅匠，人家看都不会看我一眼，就算我有那份心，也最多不过花公鸡看上母毛狗，麻起胆子做个美梦。不怕大人笑话，我跟她做了这么多年邻居，连客栈的门都没进过。人家董二娃经常说，跟他往来的，非富即贵，下至工商富户，上至县大老爷……

王存儒一愣，立即将他打断，喝问，你说啥？县大老爷？哪个县大老爷？

补锅匠自知说漏了嘴，捣蒜一般叩头。王存儒偏不放过他，说，你看见哪个县大老爷跟他往来？

补锅匠忙说，小人一时糊涂，说错了话，大老爷千万不要跟小人计较，就把小人当个疯子，不不不，干脆当条疯狗吧！

王存儒忍了忍，问他昨夜听见风雨客栈有什么动静没有。补锅匠说，除了听见赛西施唱山歌，其他就没有了。王存儒也不多问，命补锅匠画押，依旧带回班房去。

审到这里，天色已暗，王存儒宣布退堂，命衙役们散去，留红胡子老张、舒猴子等人商议。王存儒先问红胡子老张，拘进来的人虽没审完，估计也难审出别的；以张主簿看来，这件案子应该如何办理？

红胡子老张赶紧拱手道，张某只是个主簿，一切唯知县大人之命是从，实在没什么主意。

王存儒笑了笑，转向舒猴子，舒典史说说看。

舒猴子道，依在下所见，这件凶案多半破获不了，可能又是一宗悬案。还是那句话，该审的要审，该问的要问，毕竟人命关天嘛，总不能太草率。

说到这里，看了看王存儒，又说，今天过堂，还没涉及那个叫童瘪嘴儿的重大嫌疑人，明天升堂，是否应该抓住这个重点？

王存儒点点头说，说得有理，但我并没忘记那个童瘪嘴儿，再审时，主要问童瘪嘴儿的来路。

停了停，王存儒又说，当然，话又说回来，幸好死的都是些不知来历的过客，想必也没什么要紧的人。这数九寒天的，又年关将近，在古道上行走的，多半是些小商小贩，大商大贾才不会吃这个苦，冒这个险。我的意思是，不管结果如何，都不妨碍结案。当然，还是不能大意，毕竟死了二十多人嘛。

舒猴子也不再说，王存儒说，那就散了吧，明天原班人马，继续审问。

几个人走出县衙，雪还在下，地上的脚印已被深深覆盖，南江城几乎已被这场雪填埋。城北那边飘着一派浓烟，滚滚不息，一定正在烧尸。浓烟缓缓弥散，像一把正在撑开的巨伞。

忽听王存儒拖长声音吟道，黑云压城城欲摧，甲光向日金鳞开。

吟毕，朝官邸那边快步走了。红胡子老张停在原处，向王存儒的背影拱手作揖。舒猴子想了许久，似觉王存儒吟的那两句似曾相识，但想不起来。直到踏雪入城，才忽然想起，这不是李长吉的《雁门太守行》么？

五

这夜，雪下得已经不像雪了，像一场铺天盖地的愤怒。南江城几乎有失踪的危险，房子、街巷、道路似在雪里做最后挣扎，已经有强烈的垂死感。

舒猴子早早起来，本想如往常一样，去城东的包子铺吃一笼鲜肉包子，喝一碗米粥，拉开门一看，雪已经堆上了阶沿，眼看要封门，这条小巷已经不知深浅，有些处心积虑。

愣了好一阵，便折回屋里，记得昨夜还剩了些猪头肉和半张锅盔，遂去伙房，从碗柜里取出，搁上灶头，往锅里掺了半瓢水，把火点燃，一并放进去蒸。

吃了猪头肉与锅盔，喝了半碗开水，再出门，在近乎疯狂的积雪里艰难跋涉，县衙忽然变得遥远，远得似乎不可企及。

王存儒差不多与舒猴子同时起床，来到后院厨房外。后院里的积雪已被扫过，堆在芭蕉树一侧，犹如一座白玉堆成的假山。芭蕉树下有两口硕大的酒坛子，眼看被积雪吞没，仅见封泥和踩在坛口上的布袋，布袋里装了几斤小米。酒已开过一坛，没开那坛仍是余胖子用黄泥做的原封。

王存儒洗漱毕，用过早餐，仍将七品官服穿在貂皮大氅里，扣得严严实实，走出官邸，抬眼一看，仅院坝里的积雪被下人们扫去了两旁，也像两座横列的玉山，往衙门去的路却被深埋，令人望而生畏。

王存儒止于门口，有些愤怒，高声喝问，人呢？

很快，林夫子、李四包括徐姐及另两个下人，匆匆出来。王存儒指着那段似被人蓄意掩盖的路说，扫了！

李四、徐姐等人赶紧找来扫帚，惶惶过去，扫得雪沫四起，像涌起一团白色的尘土。

林夫子不仅是师爷，还兼任管家，历来是个动嘴不动手的主儿，自然不会去扫雪。

林夫子出身汉中世家，颇有才名，十八岁中举，入京应试时，却因策论犯忌，不仅名落孙山，还被夺去已有功名。林夫子入仕无望，遂以替人诉讼为生。王存儒任南郑知县时，林夫子帮人打了场官司，两人曾于公堂上交锋，王存儒深为林夫子的敏锐与才华折服，于是登门造访，聘为师爷。

王存儒素知，看似恭敬，颇知分寸的林夫子，骨子里却藏着一份不动声色的孤傲，欲趁此杀一杀他的傲气，便指着那边说，你不去扫？

林夫子微微一怔，看着王存儒淡淡一笑，不置可否，转身去了门里。王

129

存儒怒气冲天，本想破口大骂，但那个泰然自若的背影却自有不可侵辱的力量。王存儒竟没能骂出来，一跺脚，朝那边走了。

衙役们已将县衙内外的雪扫开，王存儒似乎得到某种安慰，于是升堂问案，首先被带上堂来的是住在风雨客栈右侧的王安。王安开了家山货铺子，出售干果、野味之流，日子过得还算丰足。王安能说会道，为人机敏，因排行第二，街人顺理成章送了他个外号——王二。

衙役们都跟王安熟，都知他虽非大富，但也算有钱人，自然会给几分面子，于是刑杖杵得不那么响，吼得也不那么厉声厉色。王安当然知道这是公堂之上，坐在堂上的不仅是父母官，更是一只有爪有牙的猛虎，自己必须像孙子一样，于是不等衙役出声，赶紧跪下。

王存儒似乎很满意，没拍惊堂木，只问，姓甚名谁？

王安答道，小人姓王名安，因排行第二，所以都叫我王二。

王存儒微微一笑问，是隔壁王二？

王安道，小人与风雨客栈一墙之隔，真算是隔壁王二。

王存儒立即道，此地无银三百两？

王安应声道，隔壁王二未曾偷。

这一问一答之间，气氛已相当轻松，根本不像过堂。这正是王安的过人之处，用自己的绰号，缓解了所有的紧张和暗藏的凶险。

王存儒问了些诸如年龄、籍贯、职业，发案当夜是否听见什么、看见什么等等；王安对答如流，毫无破绽。

王存儒很快切入正题，问道，认得风雨客栈的伙计童瘪嘴儿吗？

王安道，认得认得，这人爱吃南瓜子，经常来小人店里买个一斤半斤，有时还站一站，说几句闲话。

都说些啥？

有时说说天气，有时说说街上走过的人，都是些无关紧要的话。

童瘪嘴儿是哪里人？

这个真不知道，他没说，我也没问过。

依童瘪嘴儿的口音，你觉得他像哪里人？

这川陕一带，口音都差不多，真还听不出来。不过，童瘪嘴儿的口音，与本地人还是有那么点不同，比如，本地人把小娃儿叫碎娃儿，童瘪嘴儿叫的细娃儿。再比如，本地人把葵花子叫向儿葵，童瘪嘴儿叫的葵瓜子儿，而且一定要加上这个儿字。

哦，这么说来，童瘪嘴儿不是本地人？

应该不是，至少不是县城附近的人。

王存儒想了想，又问，童瘪嘴儿何时去风雨客栈做的伙计？

王安略一思忖，遂答，应该是三年前吧，具体也说不清，只能说是大概。

王存儒点了点头，再问，有没有这种可能，童瘪嘴儿看上了赛西施，心怀觊觎，才去客栈做伙计，寻机下手？

王安忙道，请大人明鉴，小人无根无据，也毫不知情，恕不敢乱说。

王存儒忽然脸色一沉，盯着王安问，那你作为名副其实的隔壁王二，是否对赛西施暗怀不轨之心？

王安似觉风向已转，立即磕头，赶紧答道，小人自小与董二娃在街巷里长大，虽谈不上交情，但低头不见抬头见，岂能有此等心肠！何人无妻室，何人无脸面，何人愿受此辱，所谓将心比心，小人虽不过市井草民，还是勉强懂得该如何做人。再说了，董二娃两口子忙于经营客栈，小人忙于自己的干货生意，除了售卖，还需时常去乡下采货，整日繁忙，难得空闲，实在无心拈花惹草，望大人明察！

王存儒不再问，命王安起来，去红胡子老张那里画押。

接下来是王安之妻王李氏，尔后是王安的父母和一个十三岁的儿子，也只草草问了一遍，所说与王安并无多少出入。

下午，再问另两家，结果都不知道童瘪嘴儿到底来自何方，更不知道与赛西施有无奸情。一一问下来，已觉有些疲倦，且无意义。王存儒再把几家人叫到大堂，说每家先放一个人回去，各自寻找保人，并交十两银子。

几个人赶紧去找铺保，拿来银子，具保完毕，欢欢喜喜将家人领走，总算了却了这件麻烦。

王存儒正要退堂，舒猴子故意问，黄冬瓜孤身一人，是否先令其还家，自己去找铺保？

王存儒冷冷一笑说，黄冬瓜不是保不保的问题，他一身的嫌疑，不可能轻易放人！

其实，不放黄冬瓜是林夫子的主意。那天在风雨客栈，黄冬瓜跪在王存儒面前喊冤，林夫子凑到王存儒耳边说，这人不是凶手，但无父无母，无妻无小，又傻乎乎的，应该关起来，有备无患。

王存儒回到官邸，去书房里坐下，李四早把一炉子炭火烧得极旺，相当温暖，便叫李四去给徐姐说，蒸一碟鱼辣子，烩一钵香菇小鸡，再装一盘糖衣花生，炒两个时蔬，温一壶酒，送到书房里来。

李四答应一声，正要退走，王存儒又把他叫住，招了招手，示意他近前。王存儒小声问，林夫子今天干了些啥？

李四也悄声说，上午理了一会儿账，然后叫上我一起，去城里把几个铺子的账清了。午饭后一直在他那间房里看书，还写了一回字，不知写的啥。

王存儒点了点头说，你去把林夫子请到书房来，就说我找他有事。

李四赶紧去了。

六

片刻，林夫子像一张随风飘来的纸，飘进书房，落在五步开外，略一躬身说，有什么事，请老爷吩咐。

王存儒指着对面那张椅子，笑道，除了风雨客栈那件案子，哪有啥要紧事。一应人证已经审完，想听听你的高见。

林夫子去那边坐下，等王存儒发话。王存儒却说，今早么，只是跟你开个玩笑，你却当真了。

林夫子稍稍一欠身，不卑不亢地说，老爷不必在意，学生自小就这副德行，心比天高命比纸薄，加上不知耕作，不习事务，养成了一身臭毛病。虽然家道中落，不得不出来混口饭吃，但秉性依旧。老爷大人大量，切勿挂怀。

王存儒呵呵笑道，我哪里挂怀，倒是你林夫子在意了。

林夫子淡淡一笑，主动切入正题，问道，不知老爷审得如何？

王存儒道，只能走走过场，做做样子，啥也没问出来，跟没问差不多。人都放回去了，当然需纳钱具保。

黄冬瓜呢，也放了？林夫子问。

照你的意思，没放。王存儒说。

林夫子说，除了董二娃，其余都是过客。照说，数九寒冬还在路上奔走的，最多是些小贩，但毕竟二十来个，难说就没人有什么关系。所以嘛，还是留一枚闲子为好。不知老爷打算如何结案？

王存儒说，除了查无实证，追无踪影，做成一桩糊涂案，好歹报到保宁府去，草草了结，此外，实在没什么办法。

林夫子点了点头，不再说话。王存儒想了想说，当然，像这种案子，功夫都在卷宗上。我的意思是，等红胡子老张把一应文书做出来，最后由你把关，结案文书也由你来捉刀，如何？

林夫子并不客气，淡淡一笑说，这是学生的本分，一切听老爷差遣。言毕，站起，朝王存儒一拱手道，若无他事，请容学生告退。

王存儒忙将其留住，称已吩咐徐姐备酒菜，既然大雪纷飞，梅香满屋，活该对雪畅饮。林夫子推辞不过，只好坐下。片刻，下人率先拿来两只酒杯，一壶热酒和两副碗筷，摆在小桌上。王存儒叫把桌子弄到火前来，免得冷。

很快，一碟撒上葱花、浇上香油的鱼辣子端上来，顿时满屋浓香。这是高山之上的冷水鱼，鳞甲极细，味极鲜美，主要产自川陕交界处的桃园，桃园人叫洋鱼，满河皆是。每到深秋，下网捕鱼，剔甲去腹，切成块，将辣椒剁碎，加盐，与鱼块混装入坛，是下酒佐餐的神品。作为知县，当然有人馈赠王存儒。

两人对雪饮酒，围炉夜话，正在兴头上，李四忽然来报，说江春楼老板秦豁子求见。

王存儒不禁怒道，深更半夜的，有啥事求见，简直不让人安生了？

李四飞快瞟了林夫子一眼，支支吾吾，不肯明说。林夫子赶紧起座，朝王存儒一拱手道，多蒙老爷赐饮，学生告退！

言毕，像一道影子，已经飘向门口。李四等林夫子出了后院，才说，秦豁子提了两色礼，说因黄冬瓜而来。

王存儒本想拒见，但秦豁子好歹也算一方人物，不好硬驳面子，遂命李四将酒菜撤下，叫秦豁子来书房里说话。

不一时，秦豁子随李四进来，弯腰行礼，嘴里说，深夜打搅，失礼、失礼，请大人恕小人唐突。

李四朝王存儒一躬身，退了出去。秦豁子将手里两个纸包搁在小桌上说，这是一点辽参和几只干鲍，礼不成敬，让大人笑话。

王存儒说，平白无故，岂能伸手受礼？拿走吧，心意领了，有事说就是了。

秦豁子又一弯腰道，是这样，小人与黄冬瓜一个同父异母的姑姑沾点亲，他姑姑天黑到我家来，要我求求大人，好歹放了黄冬瓜，小人愿为他作保。

王存儒眉头一皱，冷声道，黄冬瓜有重大嫌疑，正在接受审讯，不在保释之列。一定要相信官府，不会冤枉任何一个好人，也不会放走任何一个坏人。设若黄冬瓜能洗清嫌疑，你再来做保吧。

秦豁子搓着两手，又道，这黄冬瓜是个老实人，城里人都知道，除了担水换几个钱，勉强度日，别的啥也干不了。至于杀人放火，他不仅没那么大的胆气，也没那个本事。就算他一时糊涂，起了歹心，他也杀不了那么多人，望大人明鉴。

王存儒有些忍不住，一下站起，盯着秦豁子道，到底你说了算，还是王法说了算？

秦豁子忙从怀里掏出一个鼓鼓囊囊的布袋子，使劲笑道，当然是大人说了算，在南江，大人就是王法！

说着，把布袋放去桌上，又道，这是小人一点心意，黄冬瓜的保银另外奉送。求大人高抬贵手，高抬贵手！

秦豁子话未落脚，人已到了书房门口。王存儒瞥了那个布袋一眼，估计不下一百两银子，忙道，且慢！

秦豁子止于门口，回过头来，笑得比孙子还孙子。王存儒招了招手说，回来，我有话问你。

秦豁子赶紧过来，站在王存儒面前。王存儒指着那个布袋说，你的意思是，想拿这银子买黄冬瓜无罪？

秦豁子忙道，不是、不是，小人开的那家小酒楼，一向承蒙大人看顾，早想略表寸心，又深知大人清正廉洁，不敢造次。恰好黄冬瓜摊上这件事，于是顺水推舟，一来替他说几句好话，二来表示表示敬意，请大人笑纳。

王存儒点点头道，俗话说得好，伸手不打送礼人。还是那句话，心意领了，把银子拿走，辽参、鲍鱼我收了。

秦豁子赶紧一拱手说，大人只怕弄错了，小人只拿了点吃的，不曾拿什么银子，不敢冒认！

言毕，转身溜出书房，如飞一般走了。王存儒立即唤来李四说，赶紧去把秦豁子撵回来，叫他把银子拿走！

李四答应一声，转身去追。王存儒顾自骂道，妈的，见过送礼的，没见过强行送礼的！

过了一阵，李四一人回来，忍不住笑道，秦豁子像条蛇样，我撵到官邸外，要去抓他，他龟儿两脚一跳，跳到雪坡上，一路溜下去，连个人影都没见了。

王存儒朝李四挥挥手，李四退下。闲坐了一阵，把那袋银子提上，又叫李四进来，把炉子盖好，便起身去了卧室。

总体来说，王存儒准备了两手，先做成无头公案，送到保宁府去，再看看风向；若糊弄不过去，再把黄冬瓜这枚闲子用上。当然，黄冬瓜好歹也是人，不到万不得已，最好不用，至少要慎用。

此后一连几天，王存儒不再往这件大案上花费精力，只等红胡子老张做好卷宗，交给林夫子过过手，拖到年后再报上去，应该问题不大。

不觉已过腊月初八，雪也停了，彤云渐散，日色渐显。王存儒请林夫子到书房，写好几副拜帖，便用秦豁子强行留下的那包银子，包了几份贺岁礼，打算明日带上李四或林夫子，往阆中走一趟，给几个主官拜年。

吃过午饭，王存儒仍去书房闲坐，看了几页书，倦意渐生，正打算小睡，李四惶惶而来，说保宁府殷通判遣衙役拜访，已迎至客厅里了。

王存儒一惊，赶紧整理衣帽，出来见客。来者是个年约二十四五的后生，一身皂隶打扮，看上去精明强悍。见王存儒出来，赶紧起座，要跪拜。王存儒几步上去，双手将他挽住，忙说，既是殷大人麾下，当是上差，不客气，不客气。

遂叫李四看茶。后生还座，拱手道，小人受殷大人差遣，有书信一封送与王大人。说罢，拿过搁在身边的包袱，取出一封信来，双手呈上。王存儒赶紧接过，当即拆阅，不觉脸色骤冷，似乎掉进冰窖里去了。

李四擎上一盏茶来，双手递与后生。后生接过，呷了一口，搁到面前的茶几上，等候王存儒回话。

王存儒阅毕来信，略一沉吟，看着后生说，请上复殷大人，下官明日即往保宁府，当面向殷大人面呈此事。

后生听了这话，拿起包袱，拱手告辞。王存儒再三挽留，叫李四让徐姐赶紧准备酒菜，亲自陪后生吃过，又打发了五两银子做川资，并托其将秦豁子送来的辽参和干鲍，带给殷大人。

遂与李四一起，送后生出门，到了街上，后生再三请王存儒留步，欢欢喜喜去了。

七

王存儒回到官邸，即命林夫子把蒋皮蛋、红胡子老张、舒猴子都叫来，有大事要议。

林夫子即往县衙找红胡子老张。这些天，红胡子老张一直在执事房里忙着做凶案文书，刚刚完毕，正要按王存儒的主意，请林夫子过来把关，然后归卷封印，衙役忽报林夫子来了，以为是来看文书的，于是赶紧把供词、勘验文书捧出来，整整齐齐码在案上。

林夫子一进门就说，知县大人请张主簿派两个衙役，分别告知蒋县丞和舒典史，速去官邸议事。

红胡子老张不敢怠慢，赶紧叫来张三，命其再叫上个人，分别去请蒋皮蛋和舒猴子。安排完毕，拖了张椅子到炉子跟前，请林夫子坐下，搓着手说，林师爷来得正好，一应文书已经齐备，请你过过目，若无差错，好归卷封印。

林夫子也不客气，把那些供词拣开，只看谭拐子的验尸文书，看了几页，皱着眉头说，致命伤有了，体貌面相有了，可惜没画像，若要当起真来，恐怕不好交代。

红胡子老张忙道，都画了，我见画得草率，反正除了董二娃，都是找不到主儿的死鬼，就没归进来。

言毕，赶紧拉开一架文柜，拿出一沓草图来，双手递给林夫子。林夫子看过一遍说，是有些草率，但毕竟聊胜于无，还是归进去吧。

红胡子老张遂把二十几张图与那些文书归在一起，一脸愁苦地说，这要重写目录，另编页码了，三天后再请你过目吧。

林夫子说，不用忙，依我拙见，还是让谭拐子把这些图过过细，好歹添上几笔，再归卷不迟。实不相瞒，今日午后，保宁府殷通判遣人拜会知县大人，送了封信来，估计与这案子有关，弄不好某个死鬼是殷通判什么人。

红胡子老张目瞪口呆，愣了片刻，才说，真要如此，这案子就麻烦了。

两人边说边出来，往官邸去。很快，蒋皮蛋、舒猴子也相继到了，都在客厅落座。王存儒把林夫子也留住，先问蒋皮蛋访问得如何。蒋皮蛋说，四处都访过了，毫无消息。

王存儒点了点头，看了一眼众人说，实不相瞒，这死人当中，可能有殷通判老家来的外甥，若真如此，这案子就麻烦了。

几个人全不出声，似没听见一样。王存儒明显有些不高兴，又说，把各位请来，是想一起拿个主意，看到底该咋办。

舒猴子咳嗽一声说，以在下所见，知县大人可将验尸文书及画像带上，去殷通判那里，请他分辨，若确在其中，那就必须找出真凶。

红胡子老张有些犹豫地说，问题是真凶在哪里？即使捕风捉影，好歹也需有风有影才行啊。

林夫子道，舒典史说得有理。既然诸位都在一条船上，林某也无须拐弯抹角。这案子是死的，人是活的。办案嘛，关键不在案子上，而在那个办字上。针对不同的人，应该有不同的办法。

王存儒点了点头说，事不宜迟，明天我就去阆中，张主簿先把验尸文书和图像备好，一早送来。蒋县丞代我权知县事，主要盯住这个案子，看有没有破绽，若有，赶紧补上，有拿不准的，多问问林夫子。就这样，散了吧。

几个人一起告辞，王存儒却留下舒猴子。林夫子去门口叫住红胡子老张，建议立刻把谭拐子叫去执事房，把那些图像再补画一遍。

这边，王存儒对舒猴子说，坊间不是传说，童瘪嘴儿是个武艺高强的剑客么，你好好想想，一定把这家伙利用好。主意定了，再把那些邻居拘进来，做他个众口一词。

舒猴子道，这个我也想过，关键怕童瘪嘴儿露出行踪，反而不好交代。

王存儒道，即使童瘪嘴儿并非凶手，风雨客栈出了这么大个凶案，他能洗清嫌疑？这么大个世界，还找不到个藏身的地方？除非彼此都倒霉透顶，否则应该不会出什么纰漏。

舒猴子点头道，还是大人英明，那迟不如早，在下明天就把人拘进班房，逐一审问。

王存儒皱着眉头说，为了万无一失，干脆把黄冬瓜也顺便坐实，反正都在供词上。

舒猴子一愣，没说话。王存儒拍了拍舒猴子的肩，笑道，这事就拜托舒典史了，关键时候，还是你舒典史可靠。这样吧，我让林夫子替你打个帮手。

叹息一声又说，但愿殷通判的外甥没在死鬼之列，当然，你做你的，有备无患，多一条退路为好。

舒猴子客气几句，一揖告辞。

红胡子老张回到县衙，立即派张三去叫谭拐子，把二十来张画像都认真添了些笔墨，看上去眉目清晰，堪称栩栩如生。不等天黑，赶紧连验尸文书送到官邸，交给王存儒。

翌日一早，王存儒嘱咐林夫子，主要协助舒猴子问案，把证据做实。于是带上一张银票，把秦豁子送的一百两现银也带上，携李四出门，乘顺水船，直下阆中。

舒猴子带上十几个衙役，不容分说，将王安、补锅匠等几家人一并拘入班房，立刻重审。当然不便坐上正堂，只在自己那间小小的执事房里。林夫子也早早来了，说知县大人的意思，先审王安，这人比补锅匠等人机敏，容易上道。

舒猴子主审，请林夫子录写供词，待笔墨纸砚备齐，即命衙役将王安带来。舒猴子说，你是个明白人，所谓响鼓不用重锤。实不相瞒，死在风雨客栈的人当中，有一个是保宁府某位大人的亲戚，必须把凶犯找出来。这凶犯么，除了那个不知来路的童瘪嘴儿，应该再没别的人。

王安似有所悔，不住点头。舒猴子又说，据说，童瘪嘴儿本是个剑客，而且可能与鬼门有关，因贪恋赛西施美色，不惜自降身价，去客栈里做伙计。作为邻居，你应该早有觉察，就把你看见的，听见的全部说出来，不得有丝毫遗漏。

话到此处，彼此已经心照不宣。王安却问，不知小人此前交的保银是否退还？

舒猴子当即答应，放心，一定如数退还。

于是王安结合市井传闻，展开想象，还原了一个充满传奇与深情的童瘪嘴儿。

童瘪嘴儿不一定姓童，甚至嘴也不一定瘪，当然这不重要，重要的是，他是个能飞檐走壁，能杀人于百步开外，甚至可以隐遁变化的剑客。这么厉害的剑客，只能出自鬼门。

三年前的一个夏夜，南江城暑气横流，微风不动。男人们袒胸露背，女人们也只穿一件薄衫，能隐隐看见起起伏伏的身形，纷纷坐在街边，或摇着蒲扇，或嗑着瓜子，有的还啃着西瓜，或打情骂俏，或飞短流长，说些闲话。当然，赛西施的山歌不会缺席，这一街的风情其实都在她的唱腔里。

一个身形高大、白衣白裤、肩挂包袱、腰悬短剑、气宇轩昂的青年，在赛西施的声腔里一步步走来。街上甚至猝然刮起一股凉风，暑气顿消，酷热尽去，甚至都有些冷。总之，那人一出现，你必须想起鬼门。

众目睽睽下，那人到了风雨客栈门前，略一犹豫，跨进门去。

毫无疑问，这人就是童瘪嘴儿。童瘪嘴儿在风雨客栈一连住了三天三夜，却只付了一夜的房钱，还没有离开的意思。董二娃担心他赖账，或者根本无钱结付余下的房费，到第四天早上，等童瘪嘴儿起来，便请他先把房钱付了，两人为此吵了起来，越吵越厉害，惊动了邻居。

王安、补锅匠等人便去客栈门外观看。首先，那时童瘪嘴儿的嘴还没瘪，方方正正。见有人围观，童瘪嘴儿的嘴忽然瘪了，并且再也没有复原。忽然，他当着众人的面朝董二娃跪下，说自己其实没钱，情愿留在客栈做伙计，把欠钱抵了；若不嫌弃，干脆做个长久伙计，混口饭吃。

董二娃不干，说客栈已经有伙计，不需要。这时，刚刚涂上脂粉、画好黛眉、染好朱唇的赛西施出来，一锤定音，辞了原来那个伙计，留下童瘪嘴儿。

从那时起，看上去一身豪气的童瘪嘴儿，脱下了那身卓尔不群的白衣白裤，换上了一身粗布短褂，做了个唯唯诺诺的伙计。

时间一久，除了少数人，很少有人记得童瘪嘴儿原来的模样，那张嘴也瘪得顺理成章，合情合理；童瘪嘴儿这个外号，也被城里人包括他自己彻底接受。

有一天，王安从山里收干货回来，进城时已经半夜。王安只带了一袋子山参，这东西值钱，其余的由卖家各自雇背夫，明天再送到铺子里来。记得正是九月十五，月亮特别好，把南江城照得极其透彻，如白昼一般。

王安转过街口，前面就是风雨客栈，忽见一个白影从一侧小巷里飞纵而出，轻盈得如同一缕微风。王安大惊，赶紧躲在房子投下的暗影里。

那个白影略一犹豫，朝风雨客栈这边走来。王安渐渐看清，是童瘪嘴儿！不仅穿着那身白衣白裤，嘴也不瘪了！

风雨客栈大门紧闭，内外无声无息。童瘪嘴儿来到门前，四处看了看，轻轻一纵，身子高高飞起，轻飘飘越过那道高大的门楼，进院子里去了！

王安愣了许久，怎么也不能把这个白影与那个唯唯诺诺的童瘪嘴儿联系起来。他心惊胆寒地回家，躺在床上，整夜无法入睡。直到鸡声狗吠四起，王安才想起那个长期在米仓山一带杀人越货，来去无踪的剑客来。没错，童瘪嘴儿就是那个剑客，他到风雨客栈做伙计，目的应该只有一个，那就是堪称盖面菜的赛西施，除此之外，实在找不到别的理由。

审到这里，已近正午，童瘪嘴儿的剑客身份已经初现端倪。舒猴子看了看林夫子，林夫子点了点头。舒猴子道，先说到这里，午饭后再审。

于是命衙役去余胖子那里买来几样烧腊，两桶白米干饭，送进班房，让王安、补锅匠等人尽情享用。

八

下午，这场亘古未见的审讯继续进行。王安放飞自己的想象，童瘪嘴儿的形象已经渐趋完美，并且与传说中的鬼门有了更确切的联系。

为了证实关于童瘪嘴儿与赛西施的种种猜想，王安开始暗中留意二人的举动。首先，赛西施虽然每晚仍然唱那些不荤不素的山歌，但再不去大门口张望，更不与街坊邻里打情骂俏了，几乎很少抛头露面。

有一天，绸庄老板唐学诗办七十大寿，董二娃出去赴宴，风雨客栈的客人都走了，自然还没人进去投宿，只剩童瘪嘴儿和赛西施两人。

王安总觉得有事情要发生，便拿了一包木耳，假装去客栈里推销。门里静悄悄一片，不见人影，只有一只又大又肥的猫趴在门槛上，眼巴巴望着外面，看上去简直有些可怜。见王安不怀好意走来，那猫跳出门槛，顺着柱子一溜烟爬上去，再一跳，便上了房檐，居高临下地瞅着王安。

王安心惊肉跳，差点退了出来。好在那猫轻轻叫了一声，竖着尾巴走了。王安惴惴不安地进了厅堂，似觉自己是个贼。厅堂很宽敞，一架楼梯设在正中，一番转折才上二楼；厅堂里有好几道门，只有一道开着，依稀见得门后应是伙房。王安正不知该往何处去，忽听一个女人的呻吟传来——哎哟，你个冤家，你咋像个棒老二嘛……

当然是赛西施。接着，一个男人说，我的心肝宝贝儿，爱死个人了……

声音越发温存。王安看着楼梯一侧的那道门，声音就在那道门里。他便壮着胆子过去，躲在门外细听。一阵疾风骤雨之后，两个人的声音平缓下来，但还是意犹未尽。女人说，你甘愿来这里当伙计，真是为了我？

男人说，当然是为了你。

女人说，你一个久走江湖的剑客，未必我就能把你拴住？

男人说，你不知道，对于任何一个剑客来说，你这样的女人才是走不完的江湖。

一阵莺声燕语之后，女人问，你杀人越货，又惊险又刺激，过惯了大把花钱、痛痛快快的日子，做一个任人支使的伙计，你不觉得糟蹋了自己？

男人说，只要有你在，哪怕背山塞海我也心甘情愿。

女人说，你到底是个剑客，而且是鬼门出来的，董二娃又眼瞎，看不出来路，不是吆来喝去，就是破口大骂，你受得了这口气？

男人说，还是那句话，为了你，我心甘情愿。

女人说，那你说说，你在米仓道上出没这么多年，存下钱没有？

男人说，这么说吧，要是过平常日子，你我两个，哪怕再生几个娃儿，这辈子花不完。

女人说，我才不过平常日子，我要穿金戴银，花天酒地，衣来伸手，饭来张口，出门有轿坐，进门有人扶。

又是一阵卿卿我我，女人问，未必你就这么在客栈里混一辈子？

男人说，总有一天，我会带你离开南江，远走高飞，去一个人不知鬼不觉的地方，隐姓埋名，过你想过的那种日子。

再是一阵轻风和雨，女人问，你真的姓童？你说的那地方，是鬼门么？

男人反问，这重要么？

稍停，女人又问，你说你只抢巨商大贾，这话是真的？

男人说，是真的，小商小贩就那么几个钱，难得动手。

女人再问，那要是有人看见你抢人了呢？

男人说，鬼门嘛，当然一个不留，全部灭口！

听见这话，王安顿觉浑身发麻，似乎那把短剑霍霍作响，将要向自己飞来，于是赶紧退出。那只肥猫竟然已回到门口，趴在门槛上，盯住从厅堂走出的自己，似乎是童瘪嘴儿和赛西施养的眼线。

王安有些胆寒地从那猫一侧逃也似的出来，不禁回头一看，那猫竟然也转过身来，仍然盯着自己。妈吔，这哪是猫，简直是个妖怪！

王安眼看要出大门，忽听那猫大叫起来，叫得撕心裂肺。王安吓了一大跳，快步出门，急切中，差点与一个人撞了个满怀，抬头一看，竟是醉熏熏的董二娃。

王安顿时明白，那猫真是童瘪嘴儿和赛西施驯养的眼线，它盯的并非自己，而是董二娃。董二娃见王安从客栈里仓皇出来，不免疑惑，又着两手问，王二，你给老子鬼头鬼脑的，想干啥？

王安既然明白了一切，再无慌乱，举起那包木耳说，这是今年刚出山的木耳，又肥又厚，每一朵大小都差不多，难得一见的上等货。你客栈里少不了来些有头有面的人，一定用得上，所以拿了点来找你看货。进去一看，屋里没人，就赶紧出来了。

董二娃却一反常态，竟把那包木耳接过，抓一把出来，又是看又是闻，既不说要，也不说不要，耽搁了差不多一锅烟工夫。王安有些怀疑，这董二娃是否已经知道两人的勾当，故意磨磨蹭蹭，给赛西施和童瘪嘴儿留时间？

案子审到这里，童瘪嘴儿的剑客身份以及与赛西施的私情，已基本坐实，但孤证不能取信，还需审补锅匠两口子及另外两家。

最后，舒猴子颇为认真地问王安，你说的都是真的？

王安也极认真地答，若有一句假话，小人任打任罚。

于是按上指印画押，仍带回班房。舒猴子与林夫子通过商量，决定先审另两家，最后再审补锅匠两口子。率先带来的是其中一家的户主，姓戚，外号戚瞎子，曾害过眼病，至今仍流泪不止，两只眼睛泛红。戚瞎子以卖麻油为生，开了家小油坊，与风雨客栈大门相对。

戚瞎子已从王安那里知道了一切，故而审得十分顺利。颇使舒猴子和林夫子惊讶的是，这个戚瞎子似乎比王安更有想象力，而且逻辑谨严，滴水不漏。他说了三件事。

　　去年六月，一连晴了二十多天，天气极热。城里人都泡在河里，天不黑不回家，有的还带上酒菜，饿了便吃喝，吃饱喝足了再去水里泡。董二娃最怕热，一大早就带上一壶酒、几样卤菜、一包盐炒花生，吆喝上几个男人下河去了，客栈里的生意便由赛西施和童瘪嘴儿打理。

　　眼看正午，热得实在受不了，我也去河里。刚要脱衣裳下水，董二娃望着我说，差点搞忘了，这些天太热，住店的客人只要凉菜，麻油用得很快，昨晚都露底了。你先不忙下水，赶紧送两篓子麻油去。

　　我满口答应，转头回来，提上两篓子麻油去风雨客栈。客栈里安安静静，那只肥猫趴在门槛上，已经睡过去了，一只蝴蝶居然停在猫头上，晃眼一看，好像戴了个发卡。我一步从猫身上跨过去，那家伙居然没醒，那只蝴蝶也不见动，可能也睡过去了。

　　开字画铺的岳秀才还在世时，我时常听他嘴里吟诗，别的都记不得，只记住了一句，庄生晓梦迷蝴蝶。南江城里蝴蝶多嘛，从春天到秋天，到处乱飞，飞来飞去，所以我记得牢，也晓得蝴蝶会做梦。

当然，这是闲话。我进了厅堂，不见有人，正要喊，忽听有人打鼾，鼾声听上去松松垮垮，明显是很累的那种，好像干了一场重活，或者一气走了上百里远路。我有些奇怪，暗想，未必这么大一天了，还有人没离店？就把两篓子麻油放下，又要喊童瘪嘴儿，忽觉鼾声不在楼上，而是在楼下，好像只隔了一道门。

风雨客栈我很熟，时常去送麻油，一个月至少送两回，月底还要清一回账。我当然知道董二娃两口子住在楼梯一侧那间房里，我还进去拿过钱，就以为是赛西施在睡觉，便觉得奇怪，没想那么苏气个女人，居然也打鼾，还这么响，这么粗鲁。见那道门上有缝，便悄悄过去，往门缝里看。天哪，床上赤条条躺着一男一女，女的自然是赛西施，男的是童瘪嘴儿！童瘪嘴儿张开瘪嘴，鼾声当然是那张瘪嘴里出来的。他把赛西施搂在怀里，四条腿还缠在一起。

我不敢多看，赶紧退后，等也不是，走也不是。想把两篓子麻油提回对面去，又嫌太重，一篓子八十来斤呢。犹豫一阵，我退回到门口，壮着胆子喊，赛西施，董二娃儿叫我送麻油来。

鼾声顿时停了，赛西施懵里懵懂地问，哪个？干啥？

我只好又说了一遍。赛西施总算醒了，忙说，麻烦你搁在那里，我马上来收。

我答应一声，赶紧往外走，差点踩了肥猫一脚。

第二件，是去年十月初，这时节往来的客人最多，风雨客栈也天天爆满。我的麻油也卖得最快，每天能卖出三四百斤。偏偏我那是个小榨，哪怕一个通宵，也只榨得出四五百斤油，本想换个大榨，婆娘小气，舍不得钱，只好将就。

那天夜里，刚吃过饭，我便去油坊里准备烧火炒芝麻，忽听风雨客栈那边吵闹起来。以往这个时候，正该赛西施唱山歌，整整一条街只有她的声腔，唱得人割心割肠。我正觉得奇怪，忽听婆娘在外边屋里喊，打起来了、打起来了！

很明显，婆娘有些幸灾乐祸。像赛西施这号女人，男人个个爱，女人恰好相反，都不免忌恨。

是个人都爱看热闹，我也不例外，便丢了柴火，跑出屋去。婆娘已到了风雨客栈门口，我便凑上去，往客栈里看。一帮子男人围住董二娃，推来搡去，骂骂咧咧。原来是嫌董二娃的豆腐有馊味儿，骂他欺客。赛西施急得要哭，拉住一个大汉说，看在我的分儿上，算了吧。那男人大声说，要不看在你分上，早把这破店砸屎了！

这时，童瘪嘴儿从厨房里不紧不慢走来，不轻不重地问，吵啥，活得不耐烦了？

一帮人一愣，立即丢下董二娃，去围童瘪嘴儿。童瘪儿两手一伸，一手抓住一条大汉，轻轻一提，一齐举过头顶，简直如同举了两个干柴棍儿！不要说那帮人，就连门外的我，都骇得背心里发凉。那家伙要不与鬼门有关，咋可能那么凶？

第三件，今年春分时节，到底哪一天，已经说不太准了，反正河边的桃花已经开了。那些装过一年油的篓子积了厚厚一层垢，我一早起来，先拿热水洗过，再弄到河里去泡，春水泡过的油篓子绵实，经用，还不会漏油。

那晚，我把炒好的芝麻都榨成油，已经过了半夜，便去河里捞那些泡了整整一天的油篓子。城里静得空空荡荡，不见人影，月亮格外好，能看清路上的石头缝儿，还能看清藏在石头缝儿里的蚂蚁……

林师爷忽将戚瞎子打断，你不是个瞎子吗，能看得这么清？

戚瞎子笑道，害过火巴眼，看上去红红的，其实一点都不瞎。

舒猴子也问，今年春分是哪一天，那么好的月亮？

戚瞎子说，是春分时节，不是春分，一个时节半个月嘛，没问题的。这件事很关键，但必须有月亮，而且必须是大月亮。

146

舒猴子说，好好好，你暂时停一下，我去趟茅房再往下说！

九

林夫子嫌舒猴子问得慢，再审时，便先对戚瞎子说，你直截了当，只说你看见了啥，不必说那些枝枝叶叶。

戚瞎子已经深陷其中，不能自拔，咧嘴一笑说，任何事都有个来龙去脉是不是，急不得、急不得，让我说清楚吧，免得翻葫芦倒水。

我给守城门的两个军爷一人几个铜钱，便出了城门，到河边去捞油篓子。远远一望，河里亮汪汪一片，都是月光，河岸几树桃花，都能看清花瓣儿。我正要下去，忽然一阵风迎面吹来，我一紧，见一个白影从河对岸飘来，那双脚只在水里轻轻点了几点，一丝水花儿都没见，人已到了这边。我骇得两腿打战，正不知如何是好，这人已经上了石梯，正朝我走来。幸好身边有棵老柳树，我赶紧躲在树后，气都不敢出。那人穿一身白衣白裤，经过柳树边时，我看得清清楚楚，是童瘪嘴儿！他像一阵风，很快到了城门口，身子一跃，直接飞了进去，估计守城门的军爷都不知不觉！

戚瞎子终于把三件事说完了，画完押，也回班房里去了，接下来是另一家，这家人都是温吞水，又说得含糊。林夫子不耐烦，只问了几句，便叫带下去，把补锅匠带来。

林夫子心里装着一个人，不想耗得太久，干脆一边问一边录供词。舒猴子也乐得清闲，去弄来一壶酒、一碟花生，慢嚼慢饮。

补锅匠只说了一件事。

某个深夜，补锅匠跟蒲陈氏为小事吵了起来，蒲陈氏胡搅蛮缠，补锅匠气不过，扇了蒲陈氏一巴掌。蒲陈氏不依不饶，硬要补锅匠把她打死，煮熟吃了。

补锅匠把蒲陈氏推到地上，几步跑出屋来，在城里乱走。走了一阵，觉得没啥意思，打算回屋。刚转过街口，忽见风雨客栈门口，那棵掉光了叶子的银杏树上站了个人，关键是站在一根小小的，最多指头那么大的树枝上！

补锅匠大吃一惊，赶紧停下，只见那人穿一身白衣白裤，手里拿了把明晃晃的短剑，很快便舞来舞去，身子在树枝间乱穿，像一只鸟。补锅匠愣了半天，才明白那人在练剑，一片眼花缭乱。他当然怀疑是童瘪嘴儿，但到底没看清，于是一直躲在街口看。约莫半个时辰后，那人停了，从树上飞下来，无声无息，像一片树叶儿。补锅匠看得清清楚楚，是童瘪嘴儿。童瘪嘴儿根本不走大门，直接飞，像影子一样。

蒲陈氏也只说了一件事，说赛西施有天主动上门，来找蒲陈氏学做鞋。蒲陈氏是南江城里把鞋做得最好的女人，许多女人都来找她学，但赛西施是第一次上门。据蒲陈氏所知，赛西施从没给董二娃做过鞋，都是董二娃的娘做给他穿，娘死了，就由赛西施的娘做。

蒲陈氏不免有些受宠若惊，虽然平时对赛西施也少不了一个女人应有的忌恨，但能跟这个人见人爱、穿金戴银的女人搭上关系，当然乐意，何况在娘家时还是邻居。

蒲陈氏特意做了几样菜，留赛西施吃，赛西施也不推辞。吃完饭继续教她做鞋，两人不免说些闲话。蒲陈氏夸赛西施嫁了个好人家，赛西施却说自己瞎了眼，嫁了个没用的东西。

蒲陈氏觉得奇怪，不免追问，好说歹说，赛西施总算吐了真言。原来董二娃看上去雄势，其实是个软蛋，又是阳痿又是早泄，所有的毛病基本都占齐了。

两人嗟叹一回，蒲陈氏又拿话去引她，她便把与童瘪嘴儿的私情说了出来，还说总有一天，她要跟童瘪嘴儿一起离开南江。

后来，那双鞋做出来了，但不见穿在董二娃脚上，而是童瘪嘴儿在穿。

接下来，又把王安的婆娘和父母，戚瞎子的婆娘和那个已快成人的儿子都问了一遍。至此，虽没人看见童瘪嘴儿亲手杀人，或者带上赛西施一起私奔，但两人的私情已经彻底坐实；童瘪嘴儿杀人的动机和杀人的能力更是毋需置疑。

当然还不能就此了事，还有黄冬瓜，也必须做实，留作备用。林夫子再不隐讳，先做了提示。几个人早已懂得配合，把那个老实巴交的黄冬瓜直接塑造成一个隐而不露、身怀绝技的高人；同时，每个人都从各自不同的角度，见证了黄冬瓜与赛西施的私情。总之，黄冬瓜与童瘪嘴儿一样，完全具有杀人的动机和能力。

审完了这帮人，便依先前承诺，找到蒋皮蛋和红胡子老张，把前些天交的保金全部发还，人也放了。

舒猴子说，再把所有人的供词过一遍，看有没有疏漏，好及时补救。林夫子见天色已晚，早已耐不住，笑了笑说，放心，都经过了我的笔，这就是个铁证如山，没半点毛病。

于是两人出来，舒猴子又说，还是那句话，要童瘪嘴儿永无踪信，才靠得住。

他不愿提及黄冬瓜，更不愿拿他背锅，总觉得不地道。

林夫子叹息一声说，你说得对，最好是个糊涂案，最好殷通判的外甥没在这帮死鬼里。

两人分手，林夫子回到官邸，草草吃了夜饭，独自出来。城里积雪未化，寒风凄紧，被人踩得十分零乱的地面上早结了一层冰，又硬又滑，需十分小心。

街上已无行人，从人户里漏出的灯火稀稀落落，更显得黑暗无边，好在雪面上有一层淡淡的幽光。借这层幽光，林夫子几经转折，进了水巷子，渐渐来到俞二姐门口。门关着，像竖着一张看不清的脸。林夫子有些紧张，担心推不开这道门。

林夫子随王存儒来南江，同样没带家眷。王存儒自己也不带妻室，只把儿子王新楼带了来。为了一解幽闷，林夫子只能去烟花巷里厮混。城里一共有三家青楼，梦花楼当数第一，最受追慕。林夫子都去过，但不喜欢那些装腔作态的姑娘，她们太职业了，根本找不到感觉。他不是个苟且的人，床笫之间，必须有结结实实的风情，才有真真切切的滋味。

不久，俞二姐不可避免地成为他的选项，这个年过三十的女人，不仅一身丰润，还一触即溃，而且每能一溃千里，而且是那种最结实的溃败。这正是林夫子苦苦寻找的滋味，终于夙愿得偿。两人相见恨晚，都觉得对方为自己而生。

自第一夜开始，林夫子雷打不动，每月三次，去俞二姐那里缱绻。他从来不把俞二姐当妓女，而是当情人；俞二姐也不把他当嫖客，甚至不收他一分钱。唯一令他遗憾的是，他只是个师爷，没有独享俞二姐的本钱。俞二姐深知他的憾恨，紧紧搂住他说，我的好冤家，你放心，你婆娘这辈子只跟你当真，其他都是逢场作戏，为了钱而已。

林夫子非常愿意相信，俞二姐跟别人都是敷衍了事，只有跟自己才那么结实，那么激荡，才像一条流不尽的河。

当他沉溺在俞二姐的风情里时，不免去想王存儒，不知这个看上去道貌岸然的家伙，是如何打发自己的。直到有天傍晚，无意中瞅见徐姐给王存儒递饭碗时，王存儒把那双手捧住不放，并且压低声音说了些啥，才醒过神来，原来如此！

徐姐也不过三十来岁，总是不声不响，毫不张扬，但收拾得干净利落，人也生得端正，是那种相当地道的良家妇女。

林夫子更有理由相信，王存儒出身贫寒，喜欢徐姐这种女人合情合理。

林夫子有些忐忑地推了这道门，门没落闩，证明屋里没其他人。这是一个早已约定俗成的规矩，如果门被闩上，推门的人将望而却步，自动离开。林夫子的心总算踏实下来，便往阁楼上一望，楼上有灯，露出一片柔光。林夫子走上楼梯，进了阁楼。

俞二姐靠在床头，微露两肩，像初出山巅的月亮，光芒四射。林夫子顿时被照彻脏腑，那条汹汹不息的河正朝自己涌来。

他一反常态，不再那么有条不紊，而像一条远方归来的船，迫不及待地泊进这个深深的港口。俞二姐把这条船狠狠吞进去，立即风生水起，泛波流潮。

十

终于风平浪静了，但港口仍然水如涌泉。林夫子紧紧搂住俞二姐，正要掬一捧甘泉，忽听有人打门。

那河顿时断流，留下一片湿漉漉的河床。打门声相当激烈，好像已经用上了脚，一个人的怒骂传来，开门，是哪个狗日的找死？

两人同时听出，是刽子手杨婆娘。俞二姐将了将汗湿的头发说，莫出声，是杨婆娘！

林夫子反而放下心来，摸了摸俞二姐仍然潮红的脸说，放心，人家怕他，我不怕。

杨婆娘已经怒不可遏——狗日的，老子的婆娘你也敢沾，老子一刀砍下你脑壳！

俞二姐还是一脸惶恐，推开林夫子说，你快从窗口走吧，有条晾衣裳的绳子，解下一头，可以溜下去！

林夫子一脸不悦，盯着俞二姐问，你为啥怕他？

俞二姐也不隐瞒，老老实实地说，他缠了我好久了，说自己存了好几箱子钱，要带我去乡下，买田买地过日子。这是个杀人不眨眼的货，你还是避避的好！

林夫子淡淡一笑说，你就这么躺着，我去打发他。正好王存儒去了阆中，今晚不走了，我两个好好过一夜。

杨婆娘本是个吝啬鬼，一般只在行刑前夜来俞二姐这里。但自王存儒知南江以来，除了那次剐刑（而且还有人调了包，剐的是王存儒的儿子，自己不得不疯了好几天）以来，竟然没杀过人，好些大案要案都成了无头案，几

151

乎没捞到个人杀。好不容易等到风雨客栈发了凶案，估计又会弄得稀里糊涂，还是无望。作为一个资深刽子手，只有行刑杀人的那一刻，才会觉得自己也算个人物。所以他不怕杀人，只怕无人可杀。

多日以来，自己简直成了个废物，早已憋得他焦躁不已，不仅瘦了许多，而且头发也白了多半。今年秋的某一天，他实在无聊，便从门外那挂石梯下去，坐在河边，看那些沉沉浮浮的鱼，忽见水里那个杨婆娘白发萧散，形容憔悴，哪里还有半点刽子手的风采！不禁对着一河盈盈的秋水，伤伤心心哭了一场。直至太阳西斜，黄冬瓜挑着两只大桶来挑水，杨婆娘才回屋，躺到床上，扎扎实实病了一场。

直到那场大雪下来，听说风雨客栈出了凶案，杨婆娘才勉强活过来。但很快，童瘪嘴儿的种种传闻迅速散开，行刑杀人的希望再次成为泡幻。

杨婆娘觉得应该自救，便想起住在同一条巷子里的俞二姐，自己就是一条眼看僵死的蛇，只有俞二姐的身子能把自己救活。于是他起来，要往那座小楼里去，忽然记起，自入秋以来，竟然没洗过澡，实在太脏了，一身酸臭，自己都有些嫌弃。便热了一锅水，把自己好好洗了一番，这才收拾出门，来到俞二姐门口，去推那道门，门死死闩上了，显然有人捷足先登。

杨婆娘决意彻底摧毁这个约定俗成的规矩，便敲门，便骂。不见回应，杨婆娘顿时起了杀心，不管后果如何，先杀了再说。于是快跑回去，拿过那把闲置已久的鬼头大刀，自然来不及磨，扛在肩上，飞一般回到俞二姐门口，举刀便砍。

来去之间，他竟然没忘记把那条原本干枯，却因刚刚洗过而变得有些肥硕的辫子捞起来，盘上头顶。这是杨婆娘要杀人的信号，比贴在县衙门口的告示更令人确信。

只几刀下去，这门已被砍破，再几刀，便砍开一个大窟窿。杨婆娘提着刀，钻进门去。恰此时，林夫子擎着那盏灯下楼，两人停在咫尺之外。林夫子看了看杨婆娘头顶的辫子，淡淡一笑，指了指杨婆娘手里那把刀问，来杀人？

本来，杨婆娘没想到是林夫子，见了他，那颗炽热的杀心已经冷了大半，但林夫子的淡淡一笑，又问得这么轻蔑，他便知道，在林夫子眼里，自己连个笑话都不算，那颗杀心受到鼓舞，重新怒火翻腾。他圆睁怪眼，咬牙骂道，你当老子不敢？

两手一抬，鬼头刀高高举起。林夫子仍然不急不躁，仍然淡淡一笑说，你莫着急，过不了几天，就有人杀了。

杨婆娘其实在等，等一个让自己一刀砍下去的理由，却等来了这么几句话，那颗杀心又冷却下来。他眨了眨眼问，你说啥子？

林夫子只好再说了一遍。杨婆娘将信将疑，再问，不是说，凶手是童瘟嘴儿么，已经跑了么，无影无踪么？

林夫子说，你放心，我说你有人杀，你就有人杀。

见杨婆娘还把那刀高高举起，又说，一个刽子手，只能在刑场上杀人，离开刑场就不能杀，否则你就是杀人犯，就要被人杀。

杨婆娘似乎恍然大悟，那刀便垂下来，有些羞惭地说，多谢师爷指教，杨某告辞。

就在这时，忽听俞二姐问，杨婆娘，你到底啥意思？我欠了你的米，还是欠了你的糠？

准备离开的杨婆娘扭头一望，见俞二姐站在楼梯上，仅披了一件棉衣，身子正面裸露，居高临下暴露无遗，顿时死灰复燃。那把鬼头刀像一道闪电，朝林夫子颈子准确无误地砍去，犹如一次别开生面的行刑。

林夫子动也不动，在那刀眼看接近颈子的那一瞬，才轻轻一抬手，只听"当啷"一声，那刀已经脱手，撞在墙上，撞出一点火星，屋子里一个轻快的闪亮。与此同时，杨婆娘像一条饿得快死的狗一样，倒在地上。

一时死寂，站在楼梯上的俞二姐瞪目结舌，那件棉袄从肩上脱落，身子完全暴露，完全成了一道曲线丰美的剪影。杨婆娘则魂飞魄散，感觉自己已经死了。

片刻，林夫子俯下身去，将浑身瘫软的杨婆娘扶起，近乎关切地问，伤到哪里没有？

杨婆娘两眼一眨不眨，根本出不了声。林夫子拍了拍杨婆娘的肩说，不听话，都给你说了，过几天就有人杀了，偏偏不信。

说着，将那条盘在头顶的辫子替他解下来，顺便帮他理了理。杨婆娘总算活过来，不知所措。林夫子只好和颜悦色地说，回去吧，耐心等几天。

杨婆娘答应一声，像个听话的乖孩子，往屋外走去，竟忘了那把鬼头大刀。林夫子只好拿起刀，跟出门来说，吃饭家伙呢，岂能忘了？

杨婆娘回过头来，双手接过那刀，埋头便走。林夫子忽然记起这道被他砍坏的门，忙说，你就这么走了，这门咋办？

杨婆娘停在巷子里，可怜巴巴地说，我，我去把自己的门下了，马上过来安上。林夫子满意一笑，回到屋里，见俞二姐还赤条条愣在楼梯上，赶紧上来，一手拿灯，一手将她搂起，搂到床上，不无心疼地说，赶紧捂好，身子都凉了，像块冰样。

很快，杨婆娘把自己那道门扛来，一阵忙碌，好歹装了上去，竟然严丝合缝。林夫子不下楼去，紧紧搂住俞二姐，要把她暖过来。但俞二姐不再是那条汹涌澎湃的河，而是一道干旱的空谷。

林夫子费了许多功夫，河水才渐渐泛起。他像一叶扁舟，在这条河里尽情往来，桨声幽轧，波影层叠。直至天将黎明，他才停舟上岸，回到王存儒的官邸里。

这夜发生的一切，除了俞二姐、杨婆娘和自己，再无他人知道，等于没发生一样。一向不显山露水的林夫子，扯起被子蒙住头，忍不住大笑，笑得像一场痛哭。

十一

王存儒不穿官服，带上李四，乘上一条苍溪来的篷船。

昨日傍晚，船家送几个有钱的香客回南江，便泊在码头，看是否有人租乘。今日一早，王存儒与李四望见了这条船，便租下来。

这船走得不紧不慢，到恩阳镇已经傍晚，于是停舟靠岸，码头上已经有了上百条船，货船多，客船少。

恩阳是水上大镇，凡川北一带人物，多在此地集散。镇上茶肆酒楼林立，更不乏客舍、妓馆之类，每至早晚，格外热闹，犹如涨潮。此时，一派澄莹的晚霞将这座古镇完全笼罩，人在其间，不免有些迷离，颇有天上人间的错乱。但王存儒深知，这是个鱼龙混杂的地方，需多加小心。

两人寻了家看上去干净的客栈，要了一间上房，点了几样酒菜，叫店家送进房里。

一入夜，到处都是猜拳行令的嘈杂声，夹杂些咿咿呀呀的唱腔与调笑，但王存儒不愿去踩任何浑水，老早便上床睡下。李四是个面似木讷、心如明镜的人，一切以主子之命是从，即使心似潮涌，但绝不表露。王存儒颇知李四心意，便说，要是耐不住，就出去走走吧，早点回来，切记不要惹是生非。

李四求之不得，立即起来，带上一块银子，独自出门去了。镇上灯火通明，把环绕而过的一条河都照亮了。李四走了一阵，见不远处有一座红楼，挂着几盏红灯笼，灯笼上写着"芳春院"三个大字，便知是个温柔乡，遂走过去。早有两个花枝儿般的姑娘迎上来，拉拉扯扯进去。李四嫌一楼太吵，便到二楼敞厅里坐下，要了一壶酒，几样干果仁儿；两个姑娘一边一个，坐在两条腿上。鸨子一摇一摆过来，说姑娘都是一朵花，任你采任你摘，但要先拿银子，不然每个姑娘都是一蓬刺。

李四掏出那块银子，递给鸨子。鸨子一瘪嘴说，你这只够一个姑娘的钱，你抱了两个，还需加一半。

李四赶紧把一个穿水红缎面薄棉袄的姑娘推开，留下这个披狐皮大氅的。那姑娘不轻不重打了李四一下，嘬着嘴下楼去了。李四并不计较，问这个姑娘如何称呼，姑娘把嘴凑过来，将一口酒吐进李四嘴里，笑吟吟地说，我叫夜夜新。

李四一怔，又问，为啥叫夜夜新？

夜夜新笑得花谢花飞，这还不简单么，每次都跟初夜一般，每次都见红。

李四笑道，每次见红，这不是有病么？

夜夜新掐了掐李四的腮帮子，骂道，你个傻哥哥，这是我的绝技，美死你了！除了我，她们都不会；你要是留下那一个，哼，那就是一条河，你不仅找不到岸边，恐怕都找不到自己！

李四一听这话，早已按捺不住，便搂起夜夜新，问她房间在哪里。夜夜新指着左边一道门说，去那里吧。

恰此时，忽听有人骂道，给老子放下，那是老子的心肝儿！

李四一愣，回头一看，见四个头盘辫子，身穿短衣短褂的人簇拥一条衣锦着绣的大汉，正怒目相视。李四淡淡一笑，仍往那道门去。夜夜新一脸惶恐地说，赶紧放了，去找妈妈另要个姑娘；这人叫大老虎，恩阳一霸，你惹不起！

说着，夜夜新要挣脱李四的手。李四却搂得更紧，抬脚将那道门蹬开。大老虎骂道，哪来的野种，不要命了！给我打，往死里打！

四个人立即扑来。李四右脚刚跨进门去，知道四个人已到背后，便将左脚往后轻轻一撩，四个人都被撩上前胸，竟一齐飞起，直向大老虎撞去。大老虎赶紧一闪，躲了过去，四个人纷纷跌在楼道里，叫唤不已。大老虎怒不可遏，大吼一声，都给老子上来！

原来，还有十几个随从候在楼下，听见这声喊，噔噔噔一齐飞跑上来。李四仍紧紧搂住夜夜新，转过身来，大老虎已从腰间拔出一把短刀，正要往身上刺。李四未等他近身，又是轻轻一脚，踢在大老虎前胸。大老虎像个纸人儿，直接飞下楼去。

李四忽然回过神来，想起王存儒的嘱咐，不敢放肆，放了夜夜新，一步飞上楼栏，双足一点，已经上了房顶。

楼下一片扰攘，许多人已经退去街上。李四看得清楚，飞过几重屋顶，很快便到了客舍顶上，早把那一片惊惶甩过了几条街。

李四回房，王存儒已经睡去，便暗自上床，心里好不遗憾。

二人住过一夜，一早起来。趁王存儒洗漱，李四出去，买了些糕点之物，勉强吃过，便去码头。

船家是个四十多岁的男人，住在船上，当然不认识王存儒，以为是个商贩。见两人绝早便上了船，王存儒还打着哈欠，于是笑道，昨晚上肯定没睡。

李四瞅了他一眼，王存儒只淡淡一笑。船家解开缆绳，使长篙往岸边一点，船便往河心里轻轻滑去，回头看看正要进船篷里的王存儒和李四，扯开喉咙唱道：

好个恩阳河

水深鱼儿多

多少红花女

拉着叫哥哥

唱完，回头盯着王存儒与李四，一脸坏笑地说，看你两个这副样子，昨晚肯定要的双飞燕！

一路不出声的李四操着陕腔吼道，好好开你的船，少给老子屁话连天！

船家寂寞，故而话多，说的多半是偷情养汉、眠花宿柳之类。这人昨日一路行来，嘴几乎没停过，也不管王存儒、李四搭不搭腔，或者愿不愿听。被李四吼了两句，忽就哑了，只顾撑船，船便快了许多。

不觉间，船已汇入嘉陵江，风涛浩荡，水面宽阔，别是一番景象。船到阆中，又是一江夕阳，山山水水颇为缥缈，极像一幅展开的古画。王存儒曾数次来阆中，但仍为这一派江山所迷，不禁兀立船头，放眼而望。江上船来船往，鸥鸟乱飞；岸边老柳未残，迎风轻荡；江岸相接处，亭台高耸，楼宇参差，真是说不尽的万种风情。

船靠上了码头，李四付了船资，扶王存儒登岸，走上一挂石级，转转折折，进入城里，径入一家名曰状元楼的客舍。自唐及宋，阆中曾先后出过两对兄弟状元，故有科场福地、状元故里之誉。

王存儒每来阆中，都于状元楼下榻。待安顿下来，遂拿出一张名帖，命李四带上几两银子，将秦豁子送的辽参、鲍鱼携上，先去殷通判府上投送，约定拜会之期。

约一个时辰之后，李四才回客舍，只说，殷通判叫老爷明日上午去。

王存儒舒出一口气，问李四，受了不少气吧？

李四道，小人一路打听，先去见了前日来的那个后生，多亏他好说歹说，总算进了门。小人听那个后生说，殷通判明日寿辰，那个外甥老早写了封信来，说要来阆中祝寿。

王存儒点头道，原来如此。幸好你多了个心眼儿，不然明天去拜见，岂不难堪？真是来得巧不如来得早，正愁找不到好借口，虽是年关，但送多少礼，早有惯例。这下好了，赶上他寿诞，不用另找话说！

于是走出客舍，寻了一处临江的酒家，叫了几样好菜，烫一壶热酒，饮至半酣，方回客舍歇宿。

翌日一早，吃过早饭，王存儒便命李四拿着银票，去钱庄兑了五百两银子，捡一百两出来，将四百两包成四包，把验尸文书及画像都带上，去拜会殷通判。

殷通判任职保宁府已好几年，因爱此间山水，遂于市井中购了一座院落，将家眷接来，于此安身立命，不欲他就。虽值寿诞，但殷通判是个廉洁自律的人，既不张灯结彩，也不邀朋引类，连同僚都不曾知会，仅备了两席家宴。

王存儒来到殷通判门前，李四上去敲门。很快，一个门子将门拉开，见了李四一笑，往身后看了王存儒一眼问，来了？

李四赶紧将一块碎银子塞给他，门子也不推辞，揣进怀里。王存儒上前几步，朝门子拱手一揖。门子道，王大人来得正好，老爷在书房里闲坐，无人打搅，特意交代小人，王大人来了，请去书房里说话。

于是将王存儒带进院内，早有一个仆人接住，走过两重天井院，引入书房。李四则随另一个下人，在第一重天井院里看茶。

王存儒获准入内，远远站下，要向殷通判行跪拜礼。殷通判赶紧将他拉住，请入茶几那边坐下。一个使女很快沏好一壶茶，分斟两盏，便去一边站立，以待使唤。殷通判朝使女挥挥手说，下去吧，有事我会叫你。使女一躬身，退出去了。

王存儒先从包袱里摸出一封十两银子，搁到一侧的书案上说，新年将至，天气愈寒，一点炭资，望大人不嫌菲薄。

这是各县惯例，殷通判也不推辞。王存儒又从包袱里取出四封银子，也搁到书案上，拱手说，恰逢大人寿诞之期，下官不胜荣幸，备此薄礼，望大人笑纳。

殷通判脸色骤变，仿佛阴云蔽日，忙道，不行，不行，绝对不行！虽是我母难之期，但你也看见了，我既不请客，也不设宴，只是一家人随便坐坐。赶快收起来，否则，休怪我恼怒！

王存儒赶紧站起，说了许多好话，几乎磨破了嘴皮，殷通判总算松了口，但却申明在先，若是为了外甥可能于贵县遇害那件案子，还是请收回去。

王存儒忙道，不是、不是，仅仅因为大人寿诞。

两个喝了一回茶，王存儒把验尸文书及画像拿出来，双手呈上，请殷通判查看。殷通判反反复复看了好几遍，最后指着一份文书说，就是这个，画像上左脸有颗黑痣，身高体量也吻合。

王存儒赶紧凑过去看，见那张画像上果然有颗黑痣，所有的侥幸都彻底幻灭，立即表示抱歉，并立誓一定找出真凶，报仇雪恨。

殷通判忍不住垂泪道，这是我亲外甥，早早写信过来，一定要来给我祝寿。唉，竟死在保宁府管辖境内，叫我如何有脸面对胞姐、姐夫？

王存儒不知如何是好，说了些劝慰的话，不敢落座。殷通判又说，胞姐夫妇只有这个儿子，这就绝嗣了。可怜他夫妇两个，已经年过五十，竟落到老无所依的地步啊。

说到这里，又落下几行泪来。王存儒把这几句话咀嚼了一番，似乎品出了其中意味，又拱手道，都是下官失职，实在羞愧难当。下官不才，好歹积了点家私，愿以白银四百两奉上，以助大人姐姐、姐夫养老之需，以抵下官治县不严之罪！

殷通判看了他好一阵，抹了抹两眼说，你坐吧。

王存儒还座，等了片刻，不见殷通判答话，已知不会推辞，便说，待在下回去，立即派人把银子送来，烦请大人替下官转交。

殷通判舒了口气道，这个并不要紧，要紧的是破案，杀子之恨同样不共戴天，若找不到凶犯，此恨怎消，我又如何向他夫妇交代？

最后，王存儒一口答应，年关前后一定破案。他说得很有底气，因为他相信，舒猴子和林夫子一定已经做好了蒙混过关的一切准备。

坐了一阵，王存儒起身告辞。殷通判留其饮宴，王存儒笑道，大人先前已经说了，不设宴席，仅家人一聚，下官岂敢以家人自居？

殷通判也不强留，送出大门，彼此拱手作别。王存儒带上李四，寻了家酒楼，吃过午饭，估计几员主官都要午睡，不敢冒然打扰，便回状元楼，也睡了一觉。醒来，见日已向西，草草洗过脸，嘱李四去江边码头赁船，明日好回南江。自己则带上几包银子，逐一拜会知府、同知、学政等人，顺便将那件案子向知府大人禀报一番。

十二

又是两天过去，王存儒回南江时已经天黑。徐姐算定日程，料必王存儒该今晚回来，早早煲了一锅鸡汤，又是满满一砂锅冬笋焖火腿，并亲手燃起一盆炭火，提前放入书房。待王存儒回来，书房已经暖如阳春。

王存儒去书房里略坐了坐，便叫来林夫子，请他走一趟，把江春楼的秦豁子叫来。

王存儒知道，林夫子、舒猴子肯定已经把一应证词都做结实了，不如暂把黄冬瓜放了，从秦豁子那里得点好处，先把送给殷通判那些银子多少补点回来再说。就算要用黄冬瓜这枚闲子，再抓进去不迟。

正要去饭堂里用饭，徐姐已将几样菜并一壶热酒及杯盘碗筷送来，往小桌上摆。王存儒见徐姐竟然扑了点脂粉，仿佛一棵刚开花的春树，心里一暖，小声道，就在饭堂吃罢，端来端去，又不怕麻烦。

徐姐头也不抬地说，这里暖和。说着便要出去，王存儒上前两步，一把拉住她手说，收拾了，去卧房里等我。

徐姐一脸娇羞，轻轻一挣，赶紧走了。

刚吃过饭，林夫子带着秦豁子来了。王存儒开门见山地问，秦老板真想为黄冬瓜作保？

秦豁子忙道，当然、当然，望大人开恩。

王存儒点了点头说，为了这件公案，我专程去阆中走了一趟，偏偏殷通判的外甥也在死鬼中间，这就不是浑水，是洪水了。你想好了，这趟洪水你还去踩吗？

秦豁子眨了眨眼道，不是说，凶手是那个叫童瘪嘴儿的伙计么，说他因为跟赛西施有奸情，想做长久夫妻，所以杀了董二娃，也顺便杀了住客。

王存儒冷笑道，你说是就是？我且问你，哪个看见童瘪嘴儿杀人了？又有哪个看见童瘪嘴儿带上赛西施跑了？

秦豁子又说，那也不可能是黄冬瓜嘛。

王存儒一脸冰霜，盯住秦豁子说，实话跟你说，目下最有嫌疑的就两个人，一是童瘪嘴儿，二是黄冬瓜。童瘪嘴儿不知所踪，但黄冬瓜没能走脱。

秦豁子顿时出不了声，暗自叫苦，未必那一百两银子白花了？关键这银子是黄冬瓜姑姑出的，如果不能把人弄出去，如何给她交代？

忽听王存儒说，当然，再难的事总有办法解决。幸好我与殷通判好歹有些交情，人家答应给八百两银子，聊作他外甥父母的养老送终之资。至于凶手是谁，或者能否找到凶手，倒也不是那么要紧。

一听这话，秦豁子又喜又忧，喜的是王存儒已经松了口，忧的是那八百两银子，黄冬瓜姑姑未必拿得出来，也未必肯出。想了想，便说，八百两银子不是小数，请大人容小人回去商量商量，最迟明天回话。

言毕，作了个长揖，告辞去了。王存儒心里挂记徐姐，稍坐片刻，便往睡房里去。徐姐已经上了床，但灭了灯。王存儒摸去床前，把手伸进被窝，摸到了那具柔如温春的身子，心里早已激荡不安，脱衣上床，却摸出火石，把灯点燃，徐姐却噗一口吹灭。王存儒又点，又被徐姐吹灭；再点，还是被吹灭。王存儒说，就不能点上灯，让我看看？

徐姐不言。王存儒也不点了，丢下火石，一把搂过。徐姐不出声，任王存儒费尽周折，横竖不吱声。王存儒小声说，小别胜新婚呢，你就不哼一声！

徐姐却一如既往，咬紧牙关，坚决不出声。

他们不知道，隔着一层窗户纸，有一双眼睛正盯着他们，不是别人，是已经有所觉察的林夫子。

秦豁子并未回家，也没回江春楼，自北门出城，往黄冬瓜姑姑肖黄氏家去。

黄冬瓜爹是个布客，往返川陕之间贩布，又极节俭，积了一笔钱。黄冬瓜五岁那年，他娘害黄疸肝炎，两口子舍不得花钱吃药，听说猪肝吃了好，好歹买回一块，每天切两片熬汤喝，喝了不到十天，死了。半年后，他爹又害黄疸肝炎，也叫黄冬瓜去买回一块猪肝，天天熬汤，不到十天，也死了。

奄奄一息之际，他爹央求邻居去把嫁到城外的肖黄氏请来，叫关上房门，指着床底下说，下面是个地窖，藏了两千两银子，正打算买点好田好地，他娘就病了。我也活不出来了，银子和儿子只好托你这亲姑姑了。

兄妹二人手拉手哭了一场。他爹让黄冬瓜给姑姑磕了几个头，交代说，这娃儿生得闷头闷脑，除了吃苦下力，恐怕没啥出息。这笔钱你替他存着，你当姑姑的要是送他念几句书，将来能写能算，那是最好，就怕先生嫌他蠢，不肯收。唉，等他成了人，替他娶妻安家，好歹把黄家的香火续上，就是大功德了。

话一落，人也绝了气。肖黄氏将亡兄安葬，把银子起出来，连不到六岁的黄冬瓜一起带去肖家。黄冬瓜姑夫跟许多乡人一样，忙时种庄稼，闲时贩粮谷，见有这么大一笔银子，不顾肖黄氏哭诉，强行挪作本钱，生意做得大了。肖黄氏把黄冬瓜送入就近一家私塾，念了整整一年，连个黄字都写不全，先生忍无可忍，一怒之下将他逐出学堂。

不觉，十年过去，黄冬瓜长到了十六岁，高高大大，一身蛮力。姑夫嫌他比一头猪还吃得，时常辱骂。肖黄氏见容不下他，便带他回城，把几间房子收拾出来，四处托媒，替他说亲。一晃好些年过去，竟没任何人愿把女儿嫁给他。黄冬瓜却找了条活路，给几家客栈、酒楼挑水过日子。这之间，姑夫贩粮时跌入河里淹死了。好在本钱没亏，肖黄氏便把那笔银子存入钱庄，再不敢动用。

忽然传来消息，说黄冬瓜涉嫌杀人，被关入大牢。肖黄氏遂去江春楼，找远房亲戚秦豁子作保，好歹把人放出来。秦豁子早听人言，黄冬瓜爹留下一大笔银子，都在肖黄氏手里，不免想借机揩油，让肖黄氏等候，假装出去打听。

秦豁子去城里溜了一转，回江春楼对肖黄氏说，刚去见了县太爷，人家要二百两银子，保金另算。肖黄氏心想，反正他爹留下的银子，牛毛出在牛身上，赶紧回家，拿出二百两来，让秦豁子去送礼。秦豁子给王存儒送了一百两，自己落了一百两，又给肖黄氏回话，说事情就在这几天。

今夜，秦豁子来到肖家，肖黄氏已经上床，听见狗吠，赶紧掌灯起来，见是秦豁子，立忙请进屋去说话。秦豁子说，县里有黄冬瓜与赛西施通奸的铁证，所以有谋夫夺妻的嫌疑。

肖黄氏哭道，这是何等冤枉，且不说通不通奸，他哪有本事一气杀那么多人？

秦豁子道，话虽这么说，但由不得你，也由不得我。最麻烦的是，保宁府一个大老爷的外甥也在死鬼当中，必须得有个人顶罪。

肖黄氏一愣，直接瘫软下去，放声大哭。秦豁子一把将她拉起说，你听我把话说完嘛！幸好我把那笔银子亲手送到知县大人手里，得人钱财，替人消灾嘛。知县大人专门去了一趟阆中，好说歹说，大老爷总算答应下来，叫拿一千两银子，替他姐姐、姐夫养老，黄冬瓜就没事了。

肖黄氏听了这话，瞪眼望着秦豁子问，你的意思是，这一千两银子要我这里出？

秦豁子有些生气，反问，那你说，该哪个出？

肖黄氏又哭，哭得如丧考妣。秦豁子不耐烦，把肖黄氏叫住，冷冷地说，事情就这么个事情，你不愿出算了，我还要给知县大人回话。

说完，转身就走。肖黄氏赶紧上去，将他拦住说，唉，事到如今，反正钱也是他爹留下的，花在他身上，我心里也无愧。你等等，我出。

片刻，肖黄氏拿出一张一千两银子的银票，递给秦豁子说，好兄弟，我一个妇道人家，实在走投无路，就全靠你了。

秦豁子接过银票，不免说了番信誓旦旦的好话，作辞去了。

第二天，秦豁子去钱庄兑出一千两银子，自己留下二百两，将八百两送去王存儒的官邸，并替黄冬瓜写下保书，还替他交了十两银子保金。

王存儒收了这笔银子，立即写了手令，命李四去大牢，释放黄冬瓜。林夫子得知此话，赶紧来见王存儒，问，老爷为何把这枚闲子弃了？

王存儒说，就定在童瘪嘴儿身上吧，应该没什么麻烦。

林夫子一惊，没想到一向深谋远虑的王存儒，去了趟阆中，竟变得有些冒失了。

王存儒研墨裁纸，给殷通判写了封信，说案子已经有了眉目，破案之期指日可待，等等。写毕，拿出四百两银子封好，等李四回来，叫他立刻动身去阆中，送与殷通判。

殷通判又接到外甥的来信，说连日大雪，道路封阻，未能成行，只好明年再来给娘舅祝寿了。但殷通判收到王存儒送来的四百两银子，哪里舍得还他，不仅不说破，还写了回信催问到底何时破案。

李四前往阆中的那个下午，王存儒请林夫子把舒猴子叫来，问审讯情况。二人你一句我一句，说得十分详尽。王存儒听完后说，这事不用急躁，殷通判那里已经被我稳住，如果他不再催问，还是做成糊涂案最好，毕竟童瘪嘴儿生死未卜，还是稳重些好。如果他硬要找出凶手，再把案卷递上去不迟；不到最后，黄冬瓜不能用。

舒猴子问，关于童瘪嘴儿和赛西施的海捕公文，还发不发？

王存儒道，暂时不发，反正看看风向，年后再说吧。

十三

腊月初，以绸庄老板唐学诗为首的几个大户，各自出了一笔钱，早早备下龙灯狮舞，等等，一场五花八门的社火将自腊月二十五始，直至正月十五，花灯映月，芳春入夜，这年才算过完。

城里人当然不会因为风雨客栈那桩凶案，影响过年的兴致。一过腊月二十，除开那个老死不与官僚往来的钱庄老板莫怀仁，城里的士绅，包括唐学诗、秦豁子等商户，相继来官邸拜谒，照例都有一份相当可观的货礼。唐学诗同时下了一张请阑，请王存儒腊月二十五中午，去江春楼饮宴，并为即将开始的社火剪彩致辞，以示官民同乐，共祝新春；并且早早铸了一把纯金剪刀，剪彩之后，当然是王存儒的。

此外，不免有人向王存儒求春联，润格都是每幅二十两银子，都由林夫子登记在册，共二十二户人家。王存儒当然不屑亲自动手，把林夫子叫入书房，都由他代笔。

王存儒摇着头，叹息说，大清官俸微薄，一个七品县令，年俸不过区区四十余两白银，不要说养家糊口，连请你林夫子做师爷恐怕都不够。至于这类勾当，我也觉得不耻，但没办法呀，这就叫逼良为娼。

林夫子不答，似乎充耳不闻，笔下如飞。不需半日，二十二副春联已全部写就。王存儒赞叹一回，叫徐姐把酒菜送来书房，二人对饮。林夫子问，风雨客栈封了好些日子了，不知老爷有何打算？

王存儒心里一动，反问，你有啥主意，说来听听？

林夫子道，董二娃父母双亡，又无继嗣，只有一个堂兄，听说打算年前来给老爷贺岁，要把客栈接过去。

王存儒冷笑道，哼哼，他说接过去就接过去？你有啥话就直说吧，不用转弯抹角。

林夫子道，老爷何不发下通告，只说董二娃尚有两年税赋未曾缴纳，故将客栈充公变卖，以抵税金、赋钱。

王存儒连说了几个好，赞道，不愧号称夫子，总有过人之处。于是请林夫子立即起草公告，盖上官印，贴出去。

林夫子铺纸运笔，一挥而就，交王存儒审看。王存儒见林夫子为董二娃罗列了两年未曾缴纳的税款，共二百四十两白银；兵马赋、漕运赋、保安赋、丁口赋、汲饮赋、饮爨赋、春耕赋、秋收赋等，凡三十余种，共五百七十三两白银；助学捐、修桥捐、补路捐、植树捐、维修亭台庙宇捐、补缮河堤防洪捐、打更报时捐、晨钟暮鼓捐，等等，凡七十余项，共六百六十两白银。各项共计一千四百七十三两，外加滞纳金及罚金，总计二千九百四十六两白银。

王存儒想了想说，这么高的价，又是个凶宅，恐怕没人愿意认购。

林夫子笑道，老爷放心，学生已经听到传言，这城里的有钱人，无不觊觎风雨客栈，毕竟生意红火，最多一年半载，本钱就能回手。

果然如其所说，告示一出，唐学诗、秦豁子等，包括卖麻油的戚瞎子，纷纷前来求购，出价一个比一个高。最终，戚瞎子以高出两倍的价将其买下。

城里人无不惊讶，何曾想到，一个榨油、卖油的家伙，手里竟有这么多钱。但仔细一想，也属正常，南江毕竟是古道北来第一城，各色人等，往来不息，当然容易赚钱。前些年，一个当街打烧饼的老太婆得急病死了，两个儿子争遗产，先动了刀子，尔后去县衙里打官司，城里人才知道，那个看上去低声下气的老太婆，竟然存了九千多两白花花的银子。

南江城依山临水，层层叠叠，风雨客栈背向城墙，墙外便是河岸，正面对着一道缓坡。戚瞎子的油坊背后是个相当突兀的土台，台上是一座小瓦房，住着个姓孟的孤人，靠刻章制印为生，人称孟一刀。舒猴子曾找孟一刀刻过几回章，偶尔还去那里坐坐，深知那是个居高临下的地方，能把风雨客栈里里外外一览无遗。但他别有用心，故意不拘审可能真正有所目睹的孟一刀。

此外，舒猴子布了一条神鬼不知的暗线，这条暗线与城里唯一的钱庄有关。风雨客栈里找不到现钱，更不见银票，他由此断定，觊觎董二娃家财，可能才是行凶杀人的主因。

案发当天夜里，舒猴子从县衙出来，冒着漫天大雪，来找钱庄老板莫怀仁。莫怀仁怕出乱子，一般都在钱庄过夜，毕竟钱庄底下就是一个偌大的银库，一城人的银子，大多藏在银库里，实在不敢大意。

除莫怀仁外，还有一个值夜的伙计和两条体型巨大的狼狗。莫怀仁为人谨慎，骨子里藏着股傲气，绝少与人往来，只老老实实子承父业，开自己的钱庄。因年幼时，曾与舒猴子、冯老二等拜玉台观的道长习过武，故而基本只与舒猴子和冯老二交往。

钱庄被一道高过楼宇的围墙环绕，墙头上嵌着密密麻麻的铁蒺藜，以防盗贼。据说除此之外，尚有许多机关，都能取人性命。因防范严密，钱庄开办近百年以来，未曾丢失分文。

舒猴子还未接近钱庄，两条狼狗早已狂吠起来。片刻，听见莫怀仁喝问，哪个？

舒猴子远远地答，是我。

莫怀仁似乎松了口气，到紧闭的门口，又问，这么大的雪，你来做啥？

舒猴子道，麻烦你出来，有几句话要向你讨教。

听得莫怀仁向伙计作了番交代，那门总算开了。莫怀仁挤出来，门随即关上。舒猴子要把莫怀仁拉去江春楼喝酒，莫怀仁打死不去，叫他有话就说。舒猴子道，你肯定听说了，董二娃被杀了，那个婆娘也无影无踪。你告诉我，董二娃存了多少银子？

莫怀仁忙摇头说，这不能说，这是钱庄的规矩。

舒猴子骂道，人都死了，还屎的个规矩！实话告诉你，董二娃的钱和银票毛都不见一根。老子只要个大概，看看是不是谋财害命。

莫怀仁犹豫了好一阵，缓缓伸出两根手指。

两万？舒猴子问。

莫怀仁摇头。舒猴子又问，二十万？莫怀仁又摇头。舒猴子圆睁两眼，二百万？

莫怀仁这才把两根指头收回，但不言是否。舒猴子急了，又骂，你给老子吭个声嘛，未必有二百万？

莫怀仁这才说，差不多吧，几代人的积蓄嘛。

说完，转身往门里去。舒猴子一把将他拽住说，狗日的董二娃，居然攒了这么多钱，一定是谋财害命！你听好，只要有人拿银票来兑董二娃的钱，你马上来告诉我！

莫怀仁道，这恐怕不行，钱庄只认银票不认人。再说了，银票都一个样式，只有多少之分，哪个分得清是董二娃的银票？还有，我这只是个分号，总号在汉中，川陕两地共有几十家分号，他可以去任何一家兑取。

舒猴子仍抓住莫怀仁不放，想了想又说，我管不了那么多，只管得了你这里。这样吧，从此刻起，凡是来你这里兑银子的，只要可疑，你把他稳住，马上派人来给我说。

莫怀仁无奈，答应下来，又说，只要是我这里发出的银票，都有本号的印鉴，若有人去别的分号兑钱，最终会通过总号，把账顺过来。

舒猴子说，那是马后炮，等账到你这里，鬼都老了！我只能赌他来你这里兑取！

莫怀仁道，还有，如果是大宗兑取，比如一次超过一千两，还是原号方便，如去其他号，需调取原号存根对比，以免受骗；这一来二去至少需五天左右，要是相隔较远，或需十天半月。实不相瞒，我记得很清楚，董二娃手里的银票大多是五千两一张，因他有个习惯，凑足五千两，便将原票退回，换成这个数。

舒猴子大喜，一拍莫怀仁肩说，这事全靠你了，兄弟等你的回音！

于是一揖告辞，回家耐心等候。等到年关已临，还不见莫怀仁派人来放信，便有些焦急，又找莫怀仁询问。莫怀仁说，这段日子来兑钱的，主要是城里的士绅，要结算各家商号的欠账；此外就是银子到手的商户，拿银子来换成银票，都有根有底，无一人可疑。

舒猴子深怕有失，遂以团年为名，好说歹说，把莫怀仁、冯老二请到江春楼，要了间小包房，点了一桌好酒好菜。尚未开始，舒猴子朝二人各施一礼说，实不相瞒，兄弟因为种种顾忌，不能派人去钱庄做眼线，但心里又放不下，所以想委屈冯兄，去莫兄那里做一段时间伙计，只要擒住疑犯，必当重谢！

言毕，要跪下磕头。二人赶紧把他拉住，自然不好推谢，都答应下来。

有冯老二出面，舒猴子安心了许多。何况二人都是练家子，对付十来个人不成问题。他断定，凶手主要是谋财，至于赛西施，或许是顺手牵羊。既然如此，不管凶手是谁，一定会去钱庄兑银子。

当然，他担心那个神出鬼没的紫衣人，若是遇上他，冯老二他们根本不是对手。但他故意不说，怕二人恐惧。

十四

社火已经耍过了几日，城里锣鼓喧天，丝管纷纭。最忙的当数春倌，挨家逐户说春，讨几个赏钱。有点头面的男人，无不忙于应酬，整天都在酒桌上。各家主妇却最忙，一边要准备年货，一边还要忙酒菜迎客。商铺大多关张，包括莫怀仁的钱庄，也在祭灶那天歇了业，需待正月十五之后才会复开。

县衙也自腊月二十三那天封了印，不再问事，亦需过了正月十五才开印。

举城忙碌欢庆之下，最闲散的当属有家无口的舒猴子，他自然会想起孟一刀，便提上一壶酒、一只板鸭、一条足有两尺长的干鱼，绕过戚瞎子的油坊，往那个酷如高台的土堆上去。

孟一刀也无妻室，也不必像别的人家那样，认真置办年货，反正酒肉皆有，无须另备。但有一件必须一丝不苟——亲手做三个大炮仗，等到正月初一凌晨，拿到院子边上，一字排开，逐一点燃，三声巨响将盖过一城的鞭炮，颇有天摇地动的气势，似乎南江城的新年，只能在孟一刀的炮仗声里开始。

其实，三个炮仗颇有讲究，代表天地人三才。对于孟一刀来说，年的意义只在三个炮仗上，别的概不必论。

舒猴子来时，孟一刀刚好把最后一个炮仗做完，正要捧到一条木凳子上，由太阳来晒。舒猴子笑道，难怪能把满城的炮声压住，原来这么大！

孟一刀颇为得意，把炮仗放上凳子，笑吟吟地说，一斤火药做一个，当然肯响。

说笑几句，孟一刀指着舒猴子提在手里的酒菜问，你我非亲非戚，拿这些东西来做啥？

舒猴子道，两条光棍嘛，喝一台酒总行嘛。于是提到厨房去，亲自动手，把板鸭、干鱼砍成块，冲洗一遍，放锅里去蒸。孟一刀一边烧火一边说，我晓得你的意思，这酒肉不好吃。

舒猴子不急着把话挑开，等板鸭、干鱼蒸熟，酒也煨热，见满院子明晃晃一片日光，便把一张小方桌弄到院坝里，拎两个小凳子出来，对面搭下。

很快，酒菜上来，二人举杯互邀。饮过几杯，舒猴子往下望去，风雨客栈前前后后尽在眼底，那块挂了上百年的招牌，已被摘下，内外的门也被锁上，封条自然也被撕去。

片刻，舒猴子指着客栈后面那条隐隐约约的小径说，我只请教一宗，一般来说，走那条小路的都有哪些人？

孟一刀看也不往那边看，淡淡一笑说，当然是董二娃两口子。住客和外人，肯定走大门里进出。除非心怀鬼胎，走那里干啥？

舒猴子想了想，又说，我也去那里看过，那条小路下去是一面陡坡，陡坡下完便是城墙，城墙内很狭窄。客栈大门外就是正街，董二娃两口子何必走那条小路？

孟一刀把筷子放下，这才去看那条小路，片刻后才说，路都是人走出来的，那条路虽然极小，也是人走出来的。走这条路的人，一定因为不便走正门；既然小到几乎看不见，证明走的人极少。

舒猴子看着孟一刀说，那场凶案，或许与走这条小路的人有关。你刚才说了，走这条路的人极少，给我说说，都有哪些人走过？

孟一刀顿时一脸惶惑，忙摇手说，要不得、要不得，你这是把我往火坑里推。我白天刻印，夜里睡觉，哪有闲心去看哪个走那条小路？我刚才只是酒后胡说，当不得真！

于是再不出声，任舒猴子如何问，都不接话，只是摇头。

舒猴子断定他一定知道某种内情，偏不放过，每天都提上酒肉来找他。

正月十五上午，舒猴子提上一壶酒、一块熟肉、一丛风干的猪肝走来。孟一刀赶紧将他往外推，说你不要来了，就算你来一年，我也没啥可说的。

舒猴子笑道，你还说对了，你不开口，我真的天天来，一直来。但这些天，家里的酒肉已经空了，从明天起，我只带上一张嘴，只有吃你喝你了。

孟一刀急得满屋里乱走，说自己要去会客，又说要去看花灯。舒猴子反而一言不发，只顾埋头弄酒菜。

晚间，下起一场细雨，但并不影响过节，城里花灯如海，游人如织，一座平凡的小城，在风风雨雨里忽然变得流光溢彩，忽然有些不着边际。那一河水也格外幽柔，至少有一半亮澄澄的城阁映在水底，更不知何真何假。

每逢此时，舒猴子都在灯火之间，未曾如今夜一般置身于外，俯看过这座深深浅浅的小城，故而有些惊诧，有些陌生。他站在阶沿上，几乎一动不动，也不理愈显急躁的孟一刀，只认认真真看这座仿佛燃透了的城。

一盏孔明灯从河岸飘了起来，轻轻盈盈，扶摇而上；又一盏孔明灯飘起来，去追那盏越飞越高的灯；更多的孔明灯飘起来，渐渐缀满夜空，像一朵朵开在天上的花，山山水水随之一片柔亮。恰此时，一处处烟花怒放而起，漫空炸开，那些被夺去空间的孔明灯只好退让，只好浮得更高，并在一声声炸响里逃逸，逃向远处，逃向山水之间。

这场狂欢直到夜半才渐渐平静，除了那些挂满每一棵树和每一座门楼的灯，仍在风雨里燃烧，游人们已经散去，只留下一座更加通明的空城。

舒猴子并无离开的意思，折进屋去，把那些剩菜拿出来，热了热，把剩下的半壶酒提来，请孟一刀喝酒。孟一刀歪着头问，这到底是你的家，还是我的家？

舒猴子笑道，你不喝算了，我喝！

揭开酒壶，也不用杯子，仰头便喝。孟一刀气得脸色发青，一把将酒壶夺过，"砰"一声扔在地上。那是个蒙了几层麻布，又上了几层生漆的葫芦，特别坚韧，竟然完好无损。舒猴子一把捡起，又喝。

孟一刀一跺脚，骂道，好好好，老子惹不起你，你不走算了，老子走！

骂毕，几个大步便出了门。舒猴子全不在意，拈起一块腊肉，大嚼。良久，孟一刀快步回来，盯着舒猴子说，你到底想晓得啥，你说！

舒猴子说，你心里明白，我都说了好多遍了，不想再说了。

孟一刀坐下，伸手把那个酒壶拿过，咕噜噜喝了几口，揩了揩嘴说，只怕我敢说，你不敢听。

舒猴子淡淡一笑说，有啥不敢听的，大不了走那条路的是王存儒。

孟一刀大惊失色，过了许久才说，既然你都知道了，还来逼我做啥？

舒猴子仍然轻描淡写地说，但我没看见，不算数。

过了片刻，孟一刀说，他走那条小路，不能说明他与凶案有关，这是其一；其二，他通过那条小路往客栈里去，但他到底为啥去，我不知道。

舒猴子说，我只想你把看见的告诉我就够了。

孟一刀盯住舒猴子问，你一个小小的典史，你敢动他？

舒猴子说，正因为我是个典史，而且是个干了十多年的典史，所以我才这么计较。这与敢不敢动他无关，更与动不动得了无关。我只想找出凶手，给典史这个职业一个交代。比如你是个刻匠，人家拿一方石头来找你，但你却找不到地方下刀，你会放弃不刻？你不会觉得耻辱？

孟一刀沉默良久，终于说了出来。原本客栈后面没有路，只是一片杂木野草。某个夜里，孟一刀坐在窗前给岳秀才制一方闲章，连刻了好几次，都不满意，只好磨去再刻，耽搁了许多时间。抬头之间，忽见一盏小灯笼从坡上浮起来，照着个人影，一晃一晃去了客栈。他颇为奇怪，何人大路不走，去走那里？

翌日，孟一刀有意看向客栈背后，竟然不知不觉间有了一条若隐若现的路，不知已被人走过了多少回。他本来不在夜间刻章，竟一改往常，每夜都坐在窗前刻，只想看那盏灯笼还来不来。

没过多久，孟一刀看出了门道，那人每隔三天来一回，若有月亮，则不点灯笼；时间掐得也很准，都在客栈里彻底安静之后才来；只要一进客栈，很快，董二娃总会从正门里出来，去街上溜达，等那人从原路退走，才会回去，似乎有约在先。孟一刀明白，这可能与董二娃那个被称为盖面菜的婆娘赛西施有关。

孟一刀想不通，风雨客栈开了几代人，生意红红火火，董二娃有的是钱，怎会如此忍气吞声？那个人到底何种来历，竟使董二娃心甘情愿当上乌龟王八？

孟一刀忍不住好奇，终于有个夜里，他像那个人一样掐准了时间，伏在城墙下一片杂草里，等那人出现。那恰是一个月圆之夜，遍地明灿灿的月华，用不上那盏灯笼。很快，那人来了，走得不急不慢。孟一刀渐渐看清，竟是知县大人王存儒！

停了片刻，舒猴子又问了孟一刀两个问题，第一，除了王存儒，还有人走过那条小路没有？

孟一刀说，没有，绝对没有，那盏灯笼，那个人影，我不会看错。

第二，发案当夜，你是否看见了啥，比如王存儒去过客栈没有？

孟一刀说，他前一天晚上刚去过，所以我没在意，也不在窗口坐，老早就睡了。

那你听见啥了吗？

听见了啊，先是听见赛西施唱山歌，后来又听见戚瞎子榨油，听着听着，就去外婆家了。

说到这里，孟一刀把身子向舒猴子那边倾过去，又说，你听好，你要是把这话当真，或者当证词，那我啥也没说，打死我都不会承认。一个七品县大老爷，我姓孟的不敢惹，劝你也莫多事，他就是阎王，想叫哪个死，都是他一句话，你也跳不出他的手掌心。

舒猴子一拱手道，放心，绝不会叫你为难。实不相瞒，之所以没把你当人证拘去审讯，就是不想给你惹麻烦。

孟一刀顿时寒毛直竖，似觉那场风雨下到了屋里。

十五

一夜风雨过尽，正月十六一早，天已晴明。男男女女分从四门出城，沿山越岭，远远绕城一周，走出一身大汗。这是个老风俗，叫走百病。

将近午间，人又纷纷回城，各自忙碌。到此，年已彻底过完，商铺已经开张，衙门也该开印。

午饭后，王存儒拿出那身年前洗过的官服，认认真真穿戴整齐，便往县衙去。蒋皮蛋、红胡子老张、舒猴子及所有衙役，已先到一步，人人一身光鲜。见王存儒来了，纷纷作揖道贺。

王存儒率同僚走入大堂，请出那方印来，亲手开封，顿时目瞪口呆，这哪是官印，是一块方方正正的顽石！

年前，那方官印由自己亲手封存，锁在官文柜里，上了一把大锁，钥匙一直挂在自己腰里，一切完好如初，怎会被人调包？

王存儒内心风起云涌，表面却平静如常，立即决定不予声张。

王存儒坐上公堂，问红胡子老张案卷是否就绪。红胡子老张忙道，年前已将所有证人审结，一应文书完备，且已归卷，只等知县大人审验，然后封卷盖印，即可移送保宁府。

王存儒令红胡子老张稍后将案卷送来官邸，即命退堂。好在作为掌印主官，只要自己不说，没人知道官印被换，但某种不祥已经如挥不去的噩梦，将他紧紧攫住。

舒猴子一心挂念钱庄，莫怀仁亦将于今日午后复业，深恐有失，于是径来水巷子，拜见冯老二。冯老二正拿着一条抹布，抹药架上的灰，见舒猴子来了，赶紧停下，将抹布扔到条桌上。彼此相交多年，无须客气。舒猴子一进门便问，这样子，准备开业了？

冯老二笑道，依你的主意，年前去钱庄当了一阵伙计，耽搁了不少生意，不早点开张，吃啥、喝啥？如今有家有口了，不比从前了。

说着，便朝里屋喊，舒哥子来了，备点酒菜！

年前，冯老二将那个哑女人接了过来，终于成了夫妻。舒猴子一把拉起冯老二，跨出门来。冯老二忙道，你啥意思，未必还要我给莫怀仁当伙计？

两人停在巷子里，舒猴子见四处无人，小声道，我有个预感，就在这几天，那人一定会去钱庄。你也知道，那些衙役一个都靠不住。你我兄弟一场，好歹再帮我盯几天。

冯老二不好推辞，只好答应。舒猴子把冯老二送去钱庄，给莫怀仁交代一番，去街上买了些米和油，送到冯老二家里。

几乎与此同时，秦豁子去黄冬瓜那里，叫他下午去给自己挑二十挑水，说年前就接了好几单筵席，都在明天上午，晚了来不及。

待秦豁子离去，黄冬瓜赶紧拿过扁担，挂上两只水桶，下河去挑水。

这条河于城外绕了个大弯，到水巷子那里形成一个又宽又长的潭，水格外清澈，茶肆、酒家、客栈，包括讲究的人家，一般都去那里取水，所以这条小巷被称为水巷子。

黄冬瓜走下那挂陡峻的石级，把一只木桶取下，另一只仍挂在扁担上，往水里一抛，砸出一片水花，顿时惊飞两只水鸟，扑楞楞绕着圈子，不肯远去。

那是两只毛色鲜亮的大鸟，似乎不曾见过，黄冬瓜竟然忘了那只沉入河里的水桶，痴痴地追着两只鸟儿看。

忽然，一根钓丝当空飞下，"噗"一声坠入河里，溅起儿星水花。黄冬瓜不禁回头，顺着钓丝望上去，只见刽子手杨婆娘顶着一头白花花的头发，伏在窗口，正朝自己看。杨婆娘咧嘴骂道，狗日的黄冬瓜，老子把刀磨得风快，等着杀你呢！

黄冬瓜一惊,赶紧回头,这才记起河里的水桶,便握紧扁担,往上拉,感觉很沉,远远沉过以往。黄冬瓜以为许久没打过水了,木桶又比别人的大了许多,所以才这么吃力。但他毕竟一身憨劲,还是把桶拉出来了,却立即满面惊愕,那个挂住水桶的铁钩,不仅挂了满满一桶水,还挂了个沉甸甸的死人!

黄冬瓜骇得一声惊叫,转身沿着陡峻的石级便跑,却忘了松开扁担,直把那桶和死人拉上了河岸。

伏在窗口的杨婆娘也惊得魂飞魄散,见黄冬瓜想跑,厉声骂道,你狗日的,往哪里跑?

骂毕,便出屋来,要把黄冬瓜拦在巷子里。

黄冬瓜总算醒过神来,撂下扁担,发疯般冲上来,恰与杨婆娘在那棵老槐树下相遇。杨婆娘一把抓住黄冬瓜衣襟,黄冬瓜用力一挣,把衣襟直接扯烂,将杨婆娘撞了个趔趄,撒开脚丫子,几步便出了水巷子。

舒猴子回到家里,拿出仅剩的一块腊肉,打算煮熟切片,带上一壶酒,夜里去钱庄陪冯老二和莫怀仁。正忙碌,杨婆娘拖着那条稻草似的辫子,惊诧诧闯进门来,嘴里连呼,死人了,死人了,又死人了!

舒猴子问了好一阵,才勉强问明白,便扔下那块肉,随杨婆娘出来,径往河边去。

那个死人不是别人,是童瘪嘴儿,颈子上同样有个小小的刀口,身上密密麻麻捆了一条麻绳,麻绳末端缀着个铁丝网,铁丝网里有块石头。

舒猴子顿时想起,那个同样被沉入水底的老叫花子!

他立即明白,劫走三百多万两税银的案犯,与血洗风雨客栈的是同一个人!

他盯住杨婆娘问,黄冬瓜把死尸弄出来,还有人看见吗?

杨婆娘四处望了望说,面河的几家人都有铺子,都是今天午后开张,照以往,老老少少都帮忙收拾、打扫去了,家里都关门闭户,应该没人看见。

舒猴子似乎松过一口气来,说,来,搭把手,先弄到你那里。

杨婆娘两眼圆瞪，啥，弄到我那里？

舒猴子骂道，你个杀人不眨眼的刽子手，未必还怕死人？

杨婆娘苦苦一笑说，是是是，我只怕活人，不怕死人；死人不是鬼，活人才是鬼。

两人费了好一番劲，把尸体弄进杨婆娘屋里。舒猴子说，你给我听好，不准向任何人吐半个字，烂到你心里！

杨婆娘赶紧点头，却说，我不往外说，就怕黄冬瓜要说。

舒猴子道，放心，他为了那些死人，差点死在牢里，他不敢说。

于是舒猴子找来谭拐子，给童瘪嘴儿验尸；自去买来些酒菜，待验尸完毕，做好文书，把酒菜摆上，要款待二人。

舒猴子倒了一碗酒，取下那把剐过王新楼的小刀，先把自己的手指割破，把血往酒碗里滴，同时把刀递给杨婆娘。杨婆娘有些疑惑地问，这，这是啥意思？

舒猴子说，舒某不才，愿与二位义结金兰。

二人都属舒猴子手下，听见这话，不免受宠若惊，各自割破手指，滴血入碗。按年齿，杨婆娘最长，谭拐子次之，舒猴子再次之。喝过血酒，磕过头之后，舒猴子说，此事关系重大，请二位兄长守口如瓶。

二人指天立誓，满口答应。

天已黑定，舒猴子叫上两人，把童瘪嘴儿的尸体仍然沉入水底，嘱咐杨婆娘多多留心，千万不要漏出任何迹象。临别时，杨婆娘忽然叫住舒猴子，拉回屋里说，舒典史，我想起了一件事……

舒猴子将他打断说，应该叫兄弟。

杨婆娘几乎有些害羞地改了口，好好好，该叫兄弟。

于是把年前那晚在俞二姐那里撞见林夫子的事，一五一十给舒猴子说了。舒猴子呆了许久，说不出话来。杨婆娘说，我敢肯定，除了那个姓林的，没有人杀得了那么多人！

舒猴子想了想，告诫杨婆娘，还是那句话，这事也不能对任何人说。

杨婆娘赶紧点头。舒猴子告辞，走出水巷子，径直去找黄冬瓜。

直到夜里，不见黄冬瓜挑水来，秦豁子忍不住，又去找黄冬瓜，门关得死紧，秦豁子喊了许久，都不见出声，只好骂骂咧咧去了。

秦豁子刚走，舒猴子又来喊，也不见开门，只好把嘴对上门缝说，你狗日的，躲得了初五，还躲得了十五？把门开了，老子不是来抓你的，是来救你的！

这才听见黄冬瓜惶惶地问，你，你真的不抓我？

舒猴子说，你给老子听好，姓舒的从来不说半句假话。

黄冬瓜还是不开门，要舒猴子发誓。舒猴子无奈，只好隔着门发了个毒誓，黄冬瓜这才把门开了。舒猴子说，赶紧给我跑，跑得越远越好！

黄冬瓜一头雾水地问，你又不抓我，我为啥要跑？

舒猴子骂道，你个傻尿日的，你不跑，就要拿你顶罪！

黄冬瓜更加不解，不是说，人是童瘪嘴儿杀的吗，凭啥拿我顶罪？

舒猴子一把揪住黄冬瓜耳朵，又骂，你个闷猪，你都把童瘪嘴儿的尸体拉出来了，他还杀你妈个啥人？

黄冬瓜两眼发呆，说不出话来。舒猴子一跺脚，再骂，你不跑算了，老子这就把你抓进去！

黄冬瓜这才回过神来，忙说，我跑，我跑！

说完便跑，跑两步又停下，问舒猴子，我往哪里跑？

舒猴子忽觉有些可怜，掏出剩下的一点银子，塞进他手里，指着城后说，不要走大路，沿小路上山，不要停，直到把路走完，走完了已经不该南江管了，那里照样可以挑水卖钱。

黄冬瓜总算走了，舒猴子缓过一口气来，赶紧回家，把肉煮熟，切成片，用一张高丽纸包好，提上一壶酒，往钱庄去。

十六

天上浮着一层淡云，透过云层的月亮，被滤去了许多光华，格外暗淡，县城仿佛浸在一杯泡过了头的隔夜茶里。

钱庄在城西尽头，依山面水，被围在城墙里。或因春寒正浓，夜未深，城里已不见人影，刚刚过去的那个花灯如沸的上元夜，恍若一场春梦。

舒猴子看看已近钱庄，竟不见两条狼狗吠叫，颇觉有些异常。快走几步，依稀望见那道大门完全敞开，立即一身发冷，未必钱庄出事了？

舒猴子紧张不已，一仄身，躲进一片阴影里，朝那边张望。敞开的大门，犹如一张合不拢的大嘴，似有缕缕寒气不断涌出。他定了定神，壮着胆子朝那边靠近。门里寂然无声，也不见一丝灯火。

他一步步接近大门，把身子隐在门框外，想了想，把提在手里的那壶酒扔进门去。酒壶砸在地上，溅起一串咕噜噜的闷响，此外再无动静。他犹豫片刻，走进大门。大门里是一条甬道，两侧都是花木，隐隐可见几树海棠已经初绽，犹如一盏盏尚未亮开的灯。两条狼狗直挺挺躺在甬道上，一动不动。舒猴子一惊，伏下身去，伸手摸一摸就近这条狗，浑身冰冷，看来早已死了。

甬道尽头便是钱庄前厅，门同样大开，里面黑沉沉一片。舒猴子停在门口，喊冯老二和莫怀仁，无人回应。便摸出火石，跨进门去，不停撞击火石，借这一闪一亮，看见一张小方桌上有一盏灯，便将其点燃，擎在手上，四处察看。

冯老二倒在距柜台不远的一张椅子下，看样子尚未完全起身，已遭重击。舒猴子暂不管他，先去找莫怀仁。前厅里有好几张桌椅，供顾客小憩，但再不见人。柜台设在一道结结实实的铁栅栏里，栅门开着。自柜台往后，是一道铁门，铁门也大开着，门里是一条过道，曲折向下，两边都是厚厚的石墙；沿一道石级下来，拐两道弯，便是银库。

莫怀仁与一个伙计倒在银库门前，银库钥匙还在莫怀仁手里，几把大锁胡乱扔在地上。舒猴子摸了摸二人，已经凉透。银库已空，只地上散落几锭银子。

舒猴子愣了许久，方才退出，忽听有个微弱的声音响起。舒猴子一惊，赶紧去看冯老二，一摸鼻尖，竟然一息尚存，立即忙着施救。

良久，冯老二终于睁开眼来，但不能动。舒猴子要把他扶起，冯老二龇牙咧嘴呻吟道，完了，老子颈子断了，快把我弄回家去，好敷药。

舒猴子却问，先说说，到底咋回事？

冯老二一边呻唤，一边把事情经过大致说了一遍。

黄昏时分，莫怀仁儿子送来饭菜，几个人吃了，天已黑定，待儿子提着食盒离去，便叫值夜的伙计将内外门都锁上，又叫把那些防备盗贼的石灰包都打开看看，要是石灰熟了，就换上生石灰。恰此时，忽见一个人鬼一样进来，冯老二一惊，正要站起，那人闪电一般已到跟前，只一掠，冯老二便失去知觉，连痛都没来得及。

舒猴子愣了许久，又问，你确定，当时门已经上了锁？

冯老二说，锁了，里外都锁了。

那，这人是咋进来的？

我哪里晓得，要是晓得，也不至于这么窝囊！

没听见狗叫？

没有，简直无声无息；但那个人我还是认出来了，是王存儒的仆人李四！

李四？舒猴子惊呼起来。

是他，虽然只一眼，但我不会认错。只没想到，他狗日的不声不响，原来这等了得，真是高人不露相！

舒猴子似乎明白了一切，也不再问，叫冯老二暂不外泄，只说摔了一跤。于是把冯老二弄出大门，将门关上，从外面上了一把锁，看上去一如寻常。费了老大的劲，总算把冯老二弄回家里，照他的吩咐，调了一剂药敷上，又熬了一服汤药，让他吃下一碗。

给那个哑女人交代几句，告辞出来，先去莫怀仁家，不敢告诉实情，只叫他们这几天千万不要去钱庄，否则后果自负。

家人一听这话，死死拦住舒猴子，横竖要问个究竟。舒猴子无奈，只好以实相告。莫怀仁婆娘叫了一声，我的天哪，几千万两银子啊，向后便倒；儿子也要瘫下去。舒猴子把他们相继扶住，跌足道，哭不得，也叫不得！

说了许多话，总算把一家人勉强稳住，嘱咐他们切勿声张，只当啥事没有；要哭，只能悄悄哭，绝对不能让人听见；若有人来找莫怀仁存银、取银，就说去外地走亲戚了。最后，说自己马上去保宁府，一定要把凶犯绳之以法，追还失银。

舒猴子一路急行，到达阆中时，已是翌日夜间，保宁府衙大门紧闭，内外寂然无声。望见衙门外当街竖着一面路鼓，遂上前去，摸下两根鼓槌，拼命击鼓。鼓声骤起，扬起缕缕积尘，将一城近乎病态的沉寂顿时击碎。

直至衙门吱吱嘎嘎拉开，还不住手。很快，舒猴子被几个衙役捉入大堂。堂上已经坐着那个睡眼惺忪的知府，不容分说，先是一顿痛打。舒猴子不顾皮开肉绽，亮明身份，将始末一一禀报。

知府大惊失色，不敢懈怠，即刻召集僚属，紧急商议。

翌日一早，知府大人一面派人飞报川督，一面亲率殷通判及刑房主事等，共四十余人，并舒猴子一起，直赴南江，首欲捉拿王存儒、李四等嫌犯。

不料官邸已空，王存儒、林夫子、李四等俱不知所踪；徐姐和两个于本地雇请的下人，分别被一条绳子吊在梁上，早已僵硬。县衙里，负责当值的红胡子老张及一众衙役，竟一无所知。

清点县衙物资时，才发现那枚官印也不知去向，自然会怀疑被王存儒带走了。

知府大人坐镇县衙，命府、县官吏及衙役，锁住每一条道路，捉拿王存儒等。

很快，四川总督也派出按察使并所有属吏，飞赴南江。数日后，朝廷派出三法司各十数人，亦来南江。一时官僚云集，各施手段。

此案早已惊动南江一县，人人无不错愕，谁能想到，堂堂知县，竟是江洋大盗!

钱庄被洗劫一空，几乎殃及所有的商户，唐学诗、秦豁子等几个大富人家损失尤其惨重。他们不约而同去莫怀仁家，堵住大门，不准发丧，必须给个说法。人越聚越多，把一条街挤得水泄不通，先是怒吼、谩骂，继而向莫家门里、房上怒投砖头、瓦石，如一场下不尽的大雨，几乎把莫家那座大宅淹没。最终，莫怀仁妻在惊恐绝望中上吊死了。

唐学诗、秦豁子等人深知无果，经商议，决定去县衙请愿，要官府给个说法。理由很简单也很直接，王存儒是堂堂知县，朝廷竟然派一个大盗来南江任职，其责不可推卸，应由官府赔偿所有损失。

上千人纷纷响应，都拥去县衙请愿。自县衙门口，一直到大街，密密麻麻，喊声动天。保宁知府与按察使、三法司官员紧急磋商，决定由知府出面，劝告唐学诗等不可聚众闹事，先各自还家，耐心等候，官府正加紧捉拿嫌犯，一定追回失银。

众人哪里肯听，毕竟多是几代人苦苦攒下的银子，岂能善罢甘休。有人脱了鞋子，朝知府怒砸过去。这一来，鞋子如同雪片儿般飞向知府。知府惊惶无比，赶紧缩回衙门，命将大门死死关上。

怒火已被那些鞋子点燃，有人开始撞门，有人怒吼，目标渐渐变化，已经从被劫的银子开始向多方面转移，包括横征暴敛、贪赃枉法、草菅人命、官匪一家，等等。有人声称，打进县衙去，捉拿所有狗官，为民除害，替天行道。

于是怒火越烧越旺，县衙已经风雨飘摇。

官员们魂飞胆丧，命所有衙役堵住门口，严防暴民入内。

南江境内当然有驻兵，但因上下皆吃空饷，兵员严重不足，加之主要扼守各处关口，以防匪患，留驻县城的从来不足二十人，勉能看守四门。听见有人闹事，兵卒们自知力薄，早早躲了起来。

彼此僵持到深夜，唐学诗、秦豁子等决定暂时散去，明日再来。官员们瞅准时机，立即派衙役飞赴巴中，请驻防此地的绿营提标，火速派兵平叛。

翌日，众人复来，吆喝声中，有人打算放火，把狗官们逼出来。恰此时，官兵骤至，一场血雨腥风之后，十多人被杀，上百人被捕。带头闹事的唐学诗、秦豁子等人却趁乱走了，躲在家里不敢出门。

唐学诗年过七旬，不仅丢了几百万两存银，还遭此惊吓，竟一病不起，不到十日，一命呜呼。

秦豁子害怕官府追究，把家藏多年的一尊金佛带上，提了两百个上好的皮蛋，连夜拜访蒋皮蛋，请求从中斡旋。蒋皮蛋照单全收，叫秦豁子先出城去，避避风头，答应慢慢替他开脱。秦豁子不敢怠慢，深夜从水巷子下河，赁了一条打鱼船，逃去巴中，直到风平浪静才回南江。

风波平息，各路官吏认真办案，分别抓了数百人，包括守门兵卒，上下南江的几个驿丞，加上王存儒的厨娘徐姐婆家及娘家父母兄弟，并两个本地仆人家小，等等，严刑拷问，但毫无王存儒等人的消息。朝廷早已发下海捕公文，举国缉拿，亦如石沉大海。

不觉，早一月有余，王存儒等人犹如黄鹤远去，杳无音信，各级官吏束手无策，只好相继撤离。朝廷随即发下一道旨令，由蒋皮蛋权知县事，继续察访。

蒋皮蛋深知，案子事实上已经到此为止，眼下第一要务，并非其他，而是需另铸一方官印。

过了些日子，蒋皮蛋命那些牵涉此案、关入大牢的人，设法告知家属，各自缴纳释金，具保领人。

那些因闹事被抓的人，却被判了几个斩立决，几十人被判充军，其余各自具保获释。最大的受益人是杨婆娘，总算有人可杀了。

舒猴子一身是伤，幸好冯老二的草药相当灵验，不十日，已经结痂。但他以养伤为由，没去凑那份热闹，整天躺在床上，把几件大案联系起来，思来想去。

有几个问题，他始终想不明白，一是那块古碑。虽然价值连城，但毕竟难以变成钱，王存儒何必费那么大的功夫？

二是风雨客栈的血案。既然李四如此了得，并且根本没用上董二娃手里的银票，直接把银库里四千多万白银洗劫一空，何必多此一举，杀死那么多人？

此外，赛西施活不见人，死不见尸，她到底去了哪里？是否跟王存儒在一起？

还有，那个如同鬼影的紫衣人到底是谁？除了古碑，他是否参与了洗劫税银和钱庄？

他怎么也想不明白，作为典史，他为此深感耻辱。

第四章　谷　神

一

堂堂南江知县王存儒忽然失踪，并且涉及几宗惊天大案，使一县草民惊愕至极。毫无疑问，整整一个春天，王存儒包括同来南江的师爷林夫子、下人李四等，都是所有人的谈资。

花开了，又谢了，天暖了，又热了。虽然那件大案，几乎关系所有南江人，但日子还是要过，恰如本地人时常挂在嘴边的那句老话，墙上的皇历——总要翻过这一篇。

古道早已繁忙起来，南来北往的客商，仍然会驻足南江城，诗酒流连，楼台歌管，熙熙攘攘，纷纷扰扰，一切并不因为内心的惊愕与挫败而有所改变。

唯独舒猴子除外，作为典史，连续出现的大案并未真正破获，足以击溃所有的自信。虽然，所有的案件都可以归结到王存儒身上，但上天入地，不见姓王的踪迹，无论如何都是一个典史的耻辱。

但他没有忘记仍然泡在河水里的童瘪嘴儿的尸体，一月以前，拿出碎银子，叫杨婆娘夜里捞出来，找个地方悄悄埋了。

舒猴子的心始终在案子上，王存儒、林夫子、李四等人负案逃走，无论水陆两路，都该留下痕迹，除非他们可以土遁，可以凌虚而飞。

舒猴子几乎无力去县衙点卯应差，整天关在家里，或一壶酒，或一壶茶，自斟自饮。权知县事的蒋皮蛋曾几次派衙役来，叫他去县衙议事，舒猴子一概称病回绝。他甚至怀疑，自己到底还有没有资格吃这碗官饭。

舒猴子不知道，王存儒一案，已经通过朝廷邸抄，传遍天下，在所有官员眼里，南江已经是个令人惧怕的是非之地。皇帝令吏部遴选南江知县，吏部曾数举那些颇有上进之心，又每每无望的六部属员履任该职。天恩忽降，谁料那些渴求进取的家伙，竟以各种理由辞谢。即使平常呕呕奔走、四处投靠、久望升迁、游离在宦海边缘的地方小官，也不愿去南江蹚这股浑水。

偏偏就在此时，城里又出了一件令人惊绝的怪事。某日一早，看守西门的兵卒准备开城门，忽见门上贴了一张告示，俨然官府做派，直指权知县事的蒋皮蛋，诸如狡诈阴险、欺男霸女、暗通匪盗、贪赃枉法等等，共列出十大罪状，最后一条竟然是蓄意谋反。十条都是死罪，足够死几十回。末尾，竟然端端正正押着那方南江知县的官印！

消息迅速传开，所有人一头雾水。那方官印不是在蒋皮蛋自己手里么，难道他别出心裁，要学那些帝王，发罪己诏？就算如此，也不至于给自己大泼污水，甚至把自己往死里做啊。

真是怪得让人难以置信。消息传到蒋皮蛋那里，蒋皮蛋惊得半天说不出话，当然不愿去看，叫衙役张三赶紧去揭了。张三把告示揭下，也不交给蒋皮蛋，当场撕得粉碎，把众人赶走。

蒋皮蛋自然会想起被王存儒带走的那方官印，心里很不踏实，或许那家伙并未远走，躲在某个神鬼不知的地方，用手里那枚官印，跟自己过不去？

正不知如何是好，仅过了两天，北门上又有一张同样押着官印的告示，说鉴于蒋皮蛋罪大恶极，兹定于明日午后，于城东将其斩首正法，欢迎全县父老前去围观。

蒋皮蛋愤怒无比，又无奈至极，立即书写告示，押上官印，贴出去辟谣。一时之间，两种完全相反的告示你来我往，令人眼花缭乱。

城里人看不懂，更不知何真何假，顿时闹得满城风雨。有人说，南江现今有两个衙门，一个以蒋皮蛋为首，分管白天，一个仍以王存儒为首，分管夜里，真是千古奇观。

蒋皮蛋立誓，必须抓住张贴告示的人，收缴那枚官印。于是亲自拜访舒猴子，求他无论如何破了这桩混淆是非、令人憋气的怪案。

遇上案件便如同打了鸡血，这大约是典史的秉性。舒猴子毫不推辞，一口答应。静下心一想，依王存儒的气度，不会干这种事，这事明显有些鸡鸣狗盗，更像一场不伦不类的玩笑，有点飞贼的意思。

舒猴子立即想起了一个人，这人名叫蔡九成，外号蔡神手，曾是个飞贼。十年前，舒猴子曾将他捉拿，判了个充军，三年前还籍，住在城隍庙，加上过了六十岁，已经洗手，靠补皮货为生。

舒猴子到城隍庙拜见蔡九成，表明来意。蔡九成一口答应，说最多三日，必有消息。

当天晚上，蔡九成来敲舒猴子的门，请他马上去城隍庙见一个人。原来是离开南江许久的李二麻子！

李二麻子带上小桃花母子径往陕西，在宁羌山里找了个地方安家。不想小桃花母子相继病故，李二麻子大为绝望，本想重操旧业，仍入米仓山为匪，又不愿再去刀口上舔血，加之同伙四散，不知所踪，于是拜一个惯偷为师，学了一身穿墙过壁的本事。去年腊月，潜回南江，本想偷王存儒官邸，但怕失手。恰逢官府封印过年，县衙里空无一人，李二麻子灵机一动，便翻墙而入，偷了那方官印，找了个石头包上。本想使王存儒出丑，哪知这家伙神不知鬼不觉失踪了。

李二麻子认为蒋皮蛋也不是个东西，于是来了这一出，想使蒋皮蛋下不了台。

舒猴子只把那枚官印收了，叫李二麻子离开南江，免得彼此尴尬。舒猴子于己有救命之恩，李二麻子只好答应。

舒猴子决定把那枚官印留下，不给蒋皮蛋，心里有个近乎疯狂的想法，如果蒋皮蛋作恶，自己就用这枚官印发布告示，代替李二麻子，跟蒋皮蛋唱对台戏。翌日，舒猴子去县衙对蒋皮蛋说，事情了结了，再不会有告示了。

蒋皮蛋忙问，那颗官印呢？

舒猴子笑眯眯地说，官印被毁了，人也跑了。

蒋皮蛋虽满腹狐疑，但见舒猴子一副拒人千里的样子，也不便多问。

接下来，果然不再有告示，一场风波总算过去，蒋皮蛋勉强安下心来。

这之间，朝廷多次选派南江县令无果，转而决定在因罪夺职的犯官中选用。谁知犯官们宁愿戴罪终身，也不愿去南江履职。

无奈之下，经吏部再次推举，最终决定擢升县丞蒋皮蛋为南江知县，迁红胡子老张为县丞，仍兼主簿。告身文书到手，蒋皮蛋忽然变了个人，传下令去，命所有僚属，包括就近驿站的驿丞，马上来县衙听命。

这是一个春夏相交、时冷时热、彼此模糊的午后，舒猴子泡了一壶茶，坐在窗前，看那树开得犹如瑞雪似的槐花。不知何处飞来许多蜜蜂，在白馥馥的花里穿梭往来，聚散不息，既像一场狂欢，又像一场有声有色的、对春日将尽的追祭。

正看得入神，忽然响起了敲门声。舒猴子转向门口，没好气地问，哪个？

那人答道，蒋知县命舒典史马上去县衙。

是衙役张三，舒猴子一听便知。

老子病了！舒猴子紧握茶壶，骂道，似乎要把这东西砸过去。张三竟不管，仍然敲门，边敲边说，蒋知县说了，舒典史要不去，就不准我离开。

舒猴子忽然想起了啥，便问，他蒋皮蛋只是权知县事，啥时成了知县了？

张三说，上午呢，朝廷的告身文书来了呢，蒋知县已经是知县了呢。

舒猴子一愣，似见蒋皮蛋已经换上七品顶戴，端坐大堂之上，那个一直藏在蛋壳里的家伙，已经横空出世，每根汗毛都是官威。

他飞步过去，一把拉开大门；蹲在门口的张三赶紧站起。舒猴子破口骂道，老子偏不去，你想咋的？他想咋的？

张三笑得更像哭，忙拱手说，小人就是一条狗，他叫我往东，我不敢往西，求典史大人可怜可怜我。

舒猴子盯住张三说，去告诉你那蒋皮蛋大人，老子不干了，这总可以吧？

张三一惊，随即回过神来，更加可怜地说，这话小人哪里敢说，典史大人自己去说吧。

舒猴子正要再骂，忽然有了冲动，不如去看看，这个彻底磕破外壳的蒋皮蛋，到底何等成色。于是冲张三说，去给蒋皮蛋蒋知县回话，就说老子换一身行头，马上就去拜贺！

说完，"砰"一声把门关上，将茶壶搁下，草草洗了脸，换了身皂衣，开门一看，张三居然还蹲在门口。舒猴子又骂，老子日你先人，简直是你妈条看门狗！

骂毕，锁上门，往巷子里走去。张三一脸嬉笑，紧紧跟在身后。

二

远远听见县衙里一片恭贺之声。舒猴子不由暗骂，狗日的蒋皮蛋，祖坟上总算冒青烟了，总算捞了个知县了，恐怕每个汗毛里都是官威！

进门一看，红胡子老张、南江驿驿丞黄玉峰等，仍如百鸟朝凤一般，围住蒋皮蛋，大肆恭维。于是远远站下，朝蒋皮蛋一拱手说，刚才听张三说，蒋大人荣升知县，恭贺来迟，恕罪、恕罪！

蒋皮蛋撇开众人，几步过来，拉住舒猴子手说，舒典史何必客气，你我同一座城里长大，彼此知根知底，实在不比旁人。往后，这捕匪缉盗、刑讼典律等，还望舒典史多多费心。

客气一番，众人随蒋皮蛋走入大堂，各依尊卑分站两旁。蒋皮蛋仍然穿着那身正八品顶戴，想必七品顶戴尚未来得及缝制，往正堂上一坐，环顾众人一眼，咳嗽一声说，本来，依照大清官制，凡本地仕宦，不得于本邑任主官。然南江位处巴山深处，乃偏乡僻壤，自古匪盗不息，民风凶悍，加之古道横穿全境，山高水险、林深路陡，历来不乏劫财害命之徒；故而朝廷委任再三，竟无人愿来此是非之地履职。蒋某不才，且久无进取之心，奈何桑梓之地需行教化，天子之命不可违拗，只好勉为其难。

说到此处，蒋皮蛋话锋一转，显得格外亲切，又说：张县丞移居南江已过十载，已经是本地人；黄驿丞虽籍贯陕西，但也曾在蒋某手里考选为驿丞，至少也算半个本地人。至于舒典史等，无不土生土长，更是地地道道的乡党。如今合衙上下，都是南江人，关起门来就是一家。相比那些犹如飞鸿过境的外地官员，我等更知人情风物。假使我等同心同德，合舟共济，所谓路不拾遗、夜不闭户，想必并非传说。不知诸位以为如何？

红胡子老张及黄玉峰等，纷纷表示，唯以蒋大人之命是从。舒猴子不能沉默，只好说了些套话，类如尽心尽力，不辱职守，等等。

一番表白之后，蒋皮蛋喜形于色，不无慷慨地宣称，请各位僚属一并去秦豁子的江春楼一聚。

红胡子老张忙道，不妥、不妥，蒋大人贵为知县，岂能破费，应由我等宴请大人，以示恭贺才对！

说着，看了眼众人，见舒猴子一脸冷笑，黄玉峰等相互张望，似有难色；赶紧改口，这样吧，请蒋大人及各位同僚给张某个面子，由张某做东，还是去江春楼筵聚，一来恭贺蒋大人荣升知县，二来以彰同僚之谊。万望不辞，万望不辞！

舒猴子笑道，张大人何必画蛇添足，依舒某所见，还是蒋大人做东好。蒋大人荣升知县了，去秦豁子那里请客吃饭，他姓秦的蓬荜生辉，好意思伸手要钱？换作你，你好意思么？

蒋皮蛋略显尴尬地一笑，指着舒猴子说，好你个舒典史，难怪都叫你舒猴子，我都没想到的，你偏偏想到了。不过，蒋某喜欢，快人快语嘛！

说着已经离座，走下来，一扬袍袖又说，收不收钱不要紧，只要大家高兴就行。

于是一行人随蒋皮蛋出来，走下那面坡，进入城里，径往江春楼去。南江城小，蒋皮蛋荣升知县的消息早已传遍每一条街巷。有人见蒋皮蛋过来，赶紧让道，不免恭喜道贺。更有人走出门来，要行跪拜大礼，被蒋皮蛋叫住，说都是街坊邻居，不必如此。

于是这路便走得有些招摇过市。秦豁子当然也知道蒋皮蛋荣升的消息，望见蒋皮蛋一行正朝这边走来，赶紧迎上去，说了许多在舒猴子看来极其肉麻的话。

这一切，无不使舒猴子暗暗惊讶，真假告示的尴尬，不仅蒋皮蛋已经忘尽，城里人似乎也通不记得了。

很快，秦豁子将一行人请进一间十分宽敞，且正对河水的包房。众人依尊卑坐下，秦豁子赶紧领着两个伙计忙着泡茶。蒋皮蛋看向窗外，见满满一河碧水，映带青山城阁，恰似一幅涸涸漫漫的青绿山水，不禁赞道，其实啊，南江处处奇山秀水，哪里是个不毛之地！

众人也望向窗外，纷纷附和。正值春夏相混，河岸芳菲未尽，但草色已深，那些老柳更是泛起一片绿烟，举眼一看，往往令人柔肠暗结，似有许多幽怀，都只能付与那些软弱的柳丝。

虽柳絮早已飞过，但南江城内有许多古槐，此时正当怒放，一座城几乎淹没在槐花里。风总是将那些碎玉般的小花吹起，吹上房檐，吹过街衢，最终都吹到河里，水面上总有点点柔白，随波逐流，似能惹起一片更加宽广的清愁。

秦豁子精心安排了一席上等好菜，水陆杂陈，更不乏山珍海味。秦豁子拿着菜单进来，双手递给蒋皮蛋。蒋皮蛋轻轻瞟了一眼，笑道，就这样吧。

秦豁子将菜单接回来，认认真真地说，恕小人有言在先，今天这桌便饭，不准各位大人说钱，否则，休怪小人大胆，要是说出半个钱字，小人就不做了，请各位大人另择宝号。

蒋皮蛋哈哈笑道，你这一上来，就把人口封住，哪里好说钱？好好，暂不说那个字！

秦豁子表现得受宠若惊，亲自去厨下忙碌。不一时，一桌色彩丰富的好菜摆了上来。酒，当然是余胖子酿的，秦豁子特意加了几块橙皮，并许多新鲜的槐花，一起熬过，再将橙皮、槐花滤去，其芳烈醇厚，几可令人叹为观止。

秦豁子拿起酒壶，正要斟酒，舒猴子一敲桌沿说，皮蛋！

秦豁子一拍脑门，不无自责地说，哎呀，罪过、罪过，咋就忘了这道好菜！

于是赶紧给每人斟上一杯酒，匆匆去了厨房，拿出十个上好的皮蛋，一一去壳，切成块，装进一只大瓷盘里，码成一朵怒放的菊花，再往花心里加上一团烧熟、剁碎的青椒，浇上一勺亮澄澄的红油，双手捧上席来。

舒猴子注意到，蒋皮蛋根本不去动那些皮蛋，甚至都不看一眼，正想拿话敲一敲他；蒋皮蛋似乎早已看穿他的心思，看着他说，其实啊，蒋某并非真正爱吃皮蛋。就算皮蛋是个好东西，这么多年吃下来，而且天天吃，哪个不烦？

众人无不大惊失色，都放下筷子，不出一声，等待蒋皮蛋说出有关皮蛋的高见。蒋皮蛋叹息一声说，唉，说句实话，蒋某恨死皮蛋了，但蒋某却一直吃，毫不懈怠地一直吃到今天早上。

这话简直近乎悲壮，听得人心惊肉跳。蒋皮蛋继续说，其实蒋某看重的，是皮蛋的特性，这东西不仅有一层蛋壳，还包了一层厚厚的皮蛋粉。只有把这些东西彻底剥开，你才明白它的成色和滋味。

说到这里，蒋皮蛋看一眼身旁的红胡子老张，笑得近乎温和地说，蒋某在南江做了好几任县丞，居然既不获转任，也未曾免除，恐怕在官宦史上，也算是个奇迹。多年来，蒋某先后送走了四任主官，早悟出一个道理。县丞嘛，相当于二把手，但世上最难当的，就是这二把手。上有主官，下有同僚，我就是夹在两堆火里的一块肉，稍不注意，两边都要烧你。蒋某不过通过皮蛋，时常提醒自己，让自己永远躲在蛋壳里，永远不要露出头来。幸好蒋某早已从皮蛋那里品出了滋味，把这县丞做得恰到好处，要是不小心把自己磕破了，那你就完了。

红胡子老张早已低下头去，似在品味话中的道理。片刻后，他夹起一块皮蛋，放进嘴里，认真咀嚼，似在咀嚼一个县丞的滋味。

舒猴子转而盯住红胡子老张，见他几乎不去动别的菜，只一块又一块吃皮蛋。忽然明白，蒋皮蛋真正要请的，只是红胡子老张，并通过这顿饭，把皮蛋的真滋味转让给他。

红胡子老张几乎有些颓废，几块皮蛋吃下去，那几缕红须似乎正在褪色。舒猴子不禁暗骂，狗日的蒋皮蛋，或许比王存儒更懂得为官之道。

三

酒宴散去，众人簇拥蒋皮蛋，直到把他送到家门口，才各自回去。

四月初，天上早早挂起一钩新月，像什么人刚刚磨过的一把弯刀，不小心飞了起来，高悬头顶，颇有取人性命的危险。但这片光华却格外清亮，照得满城透明。

舒猴子踏着深深浅浅的月光回来，仍去窗口坐下。那树槐花扬起一层幽梦似的白，无声无息。那些蜜蜂早已不知何去，恰如那场主客尽散的宴席。

舒猴子的心思仍在刚刚离开的酒桌上，各色人等仍在眼前浮现。经验早已告诉自己，真正的盗贼不在山野，也不在市井，而是那些端坐公堂之上的冠带君子。他们大权在握，掌人生死，可以无所不为，自然也可以无恶不作，更可以翻手为云、覆手为雨。

如今，已当上知县的蒋皮蛋，会是怎样一个盗贼？这个答案会在何时出现？自己该如何跟这个一定会成为盗贼的家伙相处？

他自然会想起王存儒。为了三百多万两不知去向的税银，自己用调包计，借刽子手杨婆娘的刀，剐了王存儒的儿子王新楼。以王存儒的精明和狡诈，一定明白是自己做的手脚，但他却一直假装糊涂，一直不曾寻机报复。这只能说明，王存儒可能有更大的目标，所以才如此隐忍。直到莫怀仁的钱庄被洗劫一空，他才彻底找到答案。幸好案发当夜，自己去了阆中，否则，王存儒一定会报杀子之仇，自己或已成刀下之鬼。

舒猴子差不多坐到半夜，才把那树槐花留给逐渐淡薄的月华，脱衣上床。

他不知道，就在这个看似寻常的夜晚，城里已经发生了一件十分离奇的失踪案。

一切需回到蒋皮蛋、红胡子老张同时接到告身文书的那一刻。驰送天子诏令及告身文书的，是一个年过三旬的内臣，加上随从，一行三人，一路换乘驿马，不到十日已至南江。

宣诏完毕，蒋皮蛋想把三人留在南江，好好款待，以便借机巴结、攀附。内臣却称，还需赶去阆中，亦有诏命要宣。蒋皮蛋赶紧叫红胡子老张，先去府库替自己借支五十两官银，馈赠钦差。红胡子老张也借了三十两官银，好说歹说，分赠三人。

府库一直由红胡子老张负责掌管，他要借钱，其实差不多是跟自己借。

蒋皮蛋恳求钦差回京过境时，一定在南江留上几天。钦差却说，自己当了这么多年差，从未去过西蜀，久闻那是个温柔富贵乡，想顺便去那里走走，然后自成都乘船东下，转运河回京。

蒋皮蛋好不遗憾，说自己当了这么多年穷县丞，年俸仅三十余两，实在不成敬意。

客气一番，两人把钦差送到十里外，直到望断身影、望尽芳草才回城。两人一拍即合，决定先去武裁缝那里，请他缝制官服。

毫无疑问，在南江一县，武裁缝的手艺绝对第一，即使放在保宁一府，也屈指可数。

武裁缝也是祖传的手艺，曾为许多县官制过官袍，深知种种要领，因有规制图案需刺绣，故而请二人一月之后取货。

蒋皮蛋哪里愿意等这么久，一口咬定，半月内必须完工。武裁缝不敢多说，只好答应，当即拿软尺量了两人身高、胸围。待送走二人，便取出两卷上等绸料，各剪几幅，开始裁衣。裁毕，分出前胸后襟，选出各色花线，动手刺绣。

傍晚，武裁缝妻武王氏，早早做好夜饭，等了许久，不见武裁缝回家吃饭，便叫刚满十岁的儿子毛狗子，去铺子里看看。不一时，毛狗子回来说，爹要给两个大人赶制官袍，日子定得紧，不敢耽搁，叫把饭送去。

武王氏听见这话，赶紧收拾好饭菜，亲自给武裁缝送去。武裁缝吃过饭说，你早些回去，收拾了早点睡，毛狗子上学走得早。不要管我，我要赶工，回来得晚，把后门留起就行了。

武王氏回来，收拾完毕，便早早催毛狗子上床睡了。翌日一早，武王氏起来，首先要给毛狗子收拾早饭，当然不会忘记看看武裁缝，后门仍未落闩，其他几间屋也不见人，以为他在铺子上忙了个通宵。

于是摸出几个鸡蛋，磕进一只大碗里，加了些豆粉，搅成浓汁，往油锅里烙成两张薄饼，再切成条，煮了两碗汤，撒上葱花，一碗端给毛狗子，一碗留在锅里，用热水温着，要给武裁缝。毛狗子不无惊喜，吃得一片唏嘘，恨不得连碗吞下。

待毛狗子上学堂去了，武王氏便用一块白布，把那碗热腾腾的汤食包上，提在手里，给武裁缝送去。裁缝铺大门洞开，却不见人影，一块绸布搁在裁衣台上，仅仅绣了两只蟒爪。

武王氏大为奇怪，把那碗上好的汤食放在一边，出来打听。两边都是商铺，也都差不多开了，问了几家，都说不在意。武王氏更觉不解，扯开喉咙当街高喊。

杀猪匠刁蛮子正把几扇猪肉往木架子上挂，几步过来，有些神秘地说，去余胖子家里看看吧。

武王氏一惊，便骂了起来，狗日的老东西，撒谎日白的，口说忙活路，原来找那条母狗去了，你狗日的这么猴急，好歹把铺子关上啊！

余胖子每年煮两次酒，春日煮酒谓之春酿，冬季则谓之冬酿，其余时节，差不多都守在当街那个小店里，卖烧腊和酒。余胖子婆娘早早死了，续了个以卖唱为生的小婆娘，姓杨，改为余杨氏。余杨氏再不抛头露面，整日窝在家里，就着一把弦子，自拉自唱。

武王氏也曾听见过风言风语，说武裁缝跟余杨氏不干不净，当时只将信将疑，此时听见这话，已经深信不疑，便往余胖子家去。

余胖子家在裁缝铺背后，只需上两道石梯，绕过几座小瓦房。很快已到大门外，见余杨氏恰在院子里那棵柳树下漱口，嘴里包了一口水，咕咕一片响。

武王氏径往院门里去，嘴里大骂，武裁缝你个杂种，你忙得好，忙到野婆娘家里来了！

余杨氏一脸惊愕，仍包住那口水，直愣愣盯着快步过来的武王氏，眼看到了面前，总算明白过来，便"噗"一声喷在武王氏脸上，骂道，你个疯婆娘，大清早的，你跑这里来发啥疯？

两个女人都不是省油的灯，不免一场对骂，一场撕打。惊动了左邻右舍，都过来劝。余杨氏不依不饶，抓住武王氏不放，大骂道，你给老娘进去搜，要有狗日武裁缝的影子，老娘当众脱了裤子，让你拔毛，一根不留；要没有武裁缝的影子，你也把裤子脱了，让老娘拔，拔你妈个干净！

武王氏见余杨氏口气这么硬，已知武裁缝不在这里，又急于脱身，只好道歉，说了许多好话，总算走了。

回到裁缝铺门口，刁蛮子端着一碗干饭过来，边嚼边说，我昨晚三更出门去收猪，走这门口过时，武裁缝还在绣花；我大约五更赶猪回来，灯已经熄了，门还开着，里面黑咕隆咚的，还觉得奇怪，这武裁缝搞的啥，咋不关门？

武王氏赶紧问，那你看见武裁缝没有？

刁蛮子赶紧摇头，说只看见铺子里一片黑，没见人。

武王氏便四处去问，问遍了街坊，也去几家青楼问过，都只摇头。回到裁缝铺这边，刁蛮子已把挂在木架子上的几扇猪肉卖完，只剩几块板油。见武王氏回来，刁蛮子凑过来说，都说恐怕凶多吉少呢，可能是山里的土匪拉了肉票，还不赶紧去报官！

武王氏听了这话，顿时骇得魂飞魄散，愣了好一阵才回过神来，哭喊着往县衙那边跑。

背后，几个铺子里的人都出来了，围在刁蛮子肉架子前，议论纷纷。有人说，不一定是山匪，也许武裁缝跟哪个相好的私奔了，故意把铺子开起，免得他婆娘咒骂，或者起疑，找人去追，典型的金蝉脱壳。

有人立即反驳，听说武裁缝的银子就窖在屋里，没往莫怀仁的钱庄里存，这城里的人，就他狗日的分文没少；土匪有眼线呢，一定也听说了，所以把他狗日的绑了！

都说这话有理，一准是山匪进城拉了他的肉票；他狗日的连钱庄都信不过，可见有多爱钱。就算他色迷心窍，哪里舍得丢下那么多银子，跟相好的私奔？

四

今天是蒋皮蛋正式成为知县的第二天，红胡子老张，包括一应衙役，都早早去县衙里点卯应差，生怕比蒋皮蛋晚一步。所谓新官上任三把火，蒋皮蛋不可能例外，总要拿人开刀立威。

但蒋皮蛋还是比任何人都来得早，虽然仍是那身八品顶戴，却亲自动手，连夜裁下一块方方正正的好布，笔染丹青，画了一幅鹨鹚图案，正正经经贴在前胸，乍一看几可乱真。

红胡子老张匆匆来时，蒋皮蛋已经威风凛凛站在门口，于是赶紧上前问候。很快，衙役张三等蜂拥而来，纷纷作揖请安。

唯独不见舒猴子，蒋皮蛋有些恼怒，心里暗骂，既然你舒猴子不怕撞头七，蒋某也不必客气，拿你开刀又如何！

转身进去，登上大堂，先训示，后指分。

当蒋皮蛋端坐大堂，训谕僚属时，舒猴子还在床上。他并非故意跟蒋皮蛋过不去，而是觉得一身懒散，那股气势丢了，回不来了。

槐花的气息愈为浓厚，一阵阵涌进屋来，更加令人颓丧，像一场无边无际的宿醉，再也难以醒来，或者不愿醒来。

舒猴子几乎一夜未眠，王存儒、林夫子、李四、紫衣人等，像挥不去的噩梦，一直窝在他心里。他们到底去了哪里？如果带着四千多万两白银逃离南江，何故未留下任何踪迹？

他隐隐有种感觉，王存儒等并未逃走，仍在南江，躲在某个不为人知的地方。他们躲在哪里？高山之上？密林之间？

确乎有这可能。但问题是，他放着好好的知县不当，劫走那么多银子，躲进山里去，远离市井，又不便花销，银子有何用处，何苦来哉？

难道王存儒心有图谋，胸怀壮志，故而劫获巨款，躲进大山里，暗暗招兵买马，相机待时，然后揭竿而起？

南江处处皆山，又多在云端，且林木深茂，洞穴密布，确乎不乏藏身之地。何况自古以来，不乏南江人举旗造反的先例。王存儒步先民后尘，与这个异族王朝过不去，并非没有可能。

如此一想，舒猴子几乎认定王存儒等人就躲在山里，不禁有些兴奋，似乎曾经那个舒猴子已经回来了。

但很快又陷入新的迷茫，他们到底躲在何处？

南江一境，俱在大巴山极深处，东连渝楚，北通陕甘，幅员广大，十分利于辗转。即使举一国之力，也未必能搜获踪影；何况小小一个典史，能使唤的仅区区几十个衙役，除了望群山丛林而茫然，还能怎样？

舒猴子仍旧躺在床上，任槐花的气息如水一般将自己浸泡。但不得不说，他心里已经有了一丝儿可怕的期待，期待王存儒某一天忽然率领千军万马，杀将出来，搅他个风起云涌。

那将是一场怎样的大戏？但他很快将这个罪恶的期待掐灭，回到一个典史的本分里。

时间在槐花与太阳的况味里缓缓流逝，当窗纸上那层柔白渐渐硬朗起来，恰如其分地响起了敲门声。舒猴子不想问，更不想开门。敲门人大声说，舒典史，发案子了！

还是张三。舒猴子一惊，发案，对于已经坍塌的典史来说，相当于一根神针，颇有起死回生的功效。舒猴子果然忍不住，一翻身起来，匆匆裹上那件外衣，几步出来，扑向门口，抽去门闩，将门拉开。

张三站在门外，一脸急切，略一拱手说，武裁缝被人拉了肉票，他婆娘闯入县衙报案，蒋知县请你赶紧去裁缝铺勘验。

舒猴子返回里屋，匆匆换上那身皂衣，叫张三带上几个衙役立即到裁缝铺去。张三一路飞跑，很快便出了小巷。

舒猴子转入另一条小巷，一路紧走，不一时，已经到了裁缝铺所在的这条街。门口围了许多人，指指点点，议论不休；武王氏已经回来，坐在门槛上，哭得稀里哗啦，头发早已散开，如一蓬乱草。

见舒猴子过来，众人赶紧让开，都住了口。舒猴子正要问武王氏，忽听有人骂道，你妈个疯婆娘，老子又没惹你，你跑到我家里去发你妈的啥疯？

众人看时，余胖子一脸铁青，怒冲冲走来。舒猴子不知内情，正觉奇怪，武王氏忽然跃起，张开两手扑向余胖子，哭骂道，就是你狗日的余胖子，串通土匪，绑了我男人！老娘不活了，跟你狗日的去滚水！

余胖子一愣，见女人一脸狰狞快到跟前，转身便跑，跑得一身肥肉乱颤，如汩汩流淌的山泉一般。

张三等人正好走来，拦住武王氏，带进裁缝铺。余胖子惊魂未定，但并未远走，混在看热闹的人群里，往这边观望。

舒猴子站在门里，环顾一番，问武王氏，动过铺子里的东西没有？

没有、没有，大门一直开起的，我来送早饭，里面就不见人了。武王氏回答说。

舒猴子先看裁衣台，是差不多等于小半间屋那么大一张木板，木板上铺了一层蓝布，早已褪了色，留下许多或大或小、或深或浅的斑块。台面上堆了两叠已经裁下的绸子，一截绣着两只蟒爪，线头仍在，至少不下二尺，却不见绣花针。此外，剪刀、尺子、熨斗等，也码在台面上。紧靠台面是一条不高不矮的方凳子，放着一个棉垫子，垫子上泛着一层淡淡的光，仿佛一层油。此外还有一个海碗，盛着大半碗早已冷却的汤食。

台面上方，悬着一盏油灯，露出三条燃破了头的灯芯。舒猴子爬上方凳，见灯盏里尚有至少一半灯油，本欲取下来，想了想，还是算了。

靠墙有几架立柜，一架柜子里码着些已经做好的衣裳，另有一个账簿，记着雇主姓名及所选布料，包括尺寸、颜色、上衣、裤子，等等。上面自然有蒋皮蛋和红胡子老张的名字，都是官袍两套。

另几架立柜里都是布料，一卷一卷，整整齐齐竖着，想必便于取放。

舒猴子四处寻找，最终在门口一片散乱的线头里找到了那枚针，交给张三，算作物证。

张三有些不解，问舒猴子，就这么个东西，有啥用？

舒猴子冷笑道，线头还有两尺左右，针却掉在门口，说明武裁缝是被人拽走的。如果他主动离开，针应该还穿在线上，或者别在那片布里。

张三赶紧点头，有道理、有道理！

另几个衙役也跟着点头。舒猴子指着那个灯盏说，去把它取下来，也带回去。

张三望了望那盏灯，又有些不解。舒猴子说，还剩了半盏灯油，证明是被人吹熄了的，也是物证。

张三赶紧爬上那个凳子，小心翼翼把灯盏取下。恰此时，听见人喝道，让开、让开！

众人寻声望去，蒋皮蛋和红胡子老张在十几个衙役簇拥下，正朝这边走来。张三赶紧把灯盏交给身边一个衙役，朝二人迎过去。舒猴子怒骂道，回来，跑你妈的啥？

张三停在门口，有些尴尬，有些不知进退。舒猴子指着台面上裁好的两叠绸子和那块绣着蟒爪的布说，还有这，也是物证，都收起来！

张三只好返回，把几样一一收起，交给另一个衙役。蒋皮蛋与红胡子老张一前一后进来，都看着衙役手里的两叠布，知道那是已经裁剪，只待刺绣、缝纫的官袍。

蒋皮蛋看一眼舒猴子，忍不住问，这要拿到哪里去？

舒猴子淡淡一笑说，这是物证，要带回去。

红胡子老张赶紧把舒猴子拉去一边，小声说，这个、这个，那些布，是我与蒋大人定做的官袍，已经付了钱。蒋大人的意思是，把布取走，派人送到巴中去，好歹找个裁缝做出来。

舒猴子忍不住讥笑道，舒某以为，二位大人关心武裁缝生死呢，原来是看官袍。实在不好意思，依照大清条规，凡是物证，皆需提取归案。要不这样，舒某出钱，替二位大人另买一块好布？

红胡子老张正要再说，忽听蒋皮蛋道，算了，该归案就归案。言毕，转身朝外便走，到门口又停下，转头问舒猴子，多久能破案？

舒猴子不紧不慢地说，案子刚到手，尚未理出头绪，哪里知道啥时能破案？

蒋皮蛋环顾众人一眼，抬高声音说，人命关天哪，给你十天时间，必须按期破案！

丢下这几句话，大步而去。红胡子老张赶紧追上去。几个衙役前呼后拥，嘴里喝道，让开！

忽听一个小孩子远远地吼，让开让开，大老爷过街！

惹出一片隐忍的笑声。舒猴子不管这些，把武王氏叫到身边，问了些详情。得知杀猪匠刁蛮子去收猪时，曾见武裁缝还在铺子里刺绣，回来时灯却灭了，遂命衙役张三，把刁蛮子带去县衙。

最后，武王氏带着哭腔追上来问，要是绑匪来要银子，我该咋办？

舒猴子说，这个难说，或许没有人找你要银子。

武王氏顿时愣住，半天出不了声。待舒猴子已经远去，武王氏跌足哭道，天哪，到底咋回事嘛，他们不要银子，那他们究竟想要啥子嘛！

似乎要不要银子，只凭舒猴子这句话；或者武裁缝的死活，也由要不要银子来决定。

五

舒猴子回到县衙，直接去了属于自己的那间执事房，刚坐下，衙役已将刁蛮子带来。舒猴子先不审问，叫张三立即去把昨夜值守四门的兵卒带到班房里，等候讯问。

待张三去了，舒猴子又去另一间执事房见红胡子老张，请他过来录写供词。红胡子老张一反以往，说有更要紧的事要办。舒猴子当然明白，人家已经升任县丞了，不愿屈就了，于是笑道，你高升了，是不该委屈你，但县里没请书吏，衙役们又不怎么识字，实在没办法。这样吧，你马上雇一个书吏如何？或者你请蒋大人委屈委屈，来帮忙录供词，先把刁蛮子审了，再雇书吏？

红胡子老张知道舒猴子历来有些桀骜不驯，又把话说到这分上，只好不情不愿过来。刁蛮子有些不耐烦，打了个哈欠说，有啥话快问，我半夜去买猪，到这时还没眯过眼呢。

舒猴子正要说话，忽听红胡子老张厉声道，大胆无礼的东西，未必不知道这是哪里，还当是你那猪肉摊子？跪下！

刁蛮子一脸蒙，鼓着一双泛红的大眼盯住红胡子老张，既看不懂也想不通。二人都跟自己是街坊，时常还来买肉，因念他们吃官饭的，自然多有让手，咋突然这么不认人了？

这一想，那股蛮劲早已冲上来，咧嘴一笑道，跪下？我凭啥跪下？我给哪个跪下？我最多是个杀猪的，说到底，有我屎事？

红胡子老张勃然大怒，指着刁蛮子大喝道，大胆狂徒，跪下！！！

在刁蛮子眼里，怒形于色的红胡子老张，不过是一头不肯挨刀的猪。于是伸出一根粗壮的手指，几乎点到红胡子老张鼻子上，破口大骂道，老子偏不跪，你想咋的？

红胡子老张哪里吞得下这口恶气，何况当着舒猴子的面，于是大声吼道，来人!

几个衙役应声进来。红胡子老张指着刁蛮子说，给我打，把这畜生给我打服气!

衙役们都是本地人，素来知道刁蛮子脾性，况且力大如牛，竟不敢动手。刁蛮子一拍胸膛，呵呵冷笑道，来啊，打啊，不打是刁老子日的!

红胡子老张顿时被推到悬崖边上，进退无路，一把抓起那个足有三斤重的石砚，高高举起，看样子要向刁蛮子头上砸去。刁蛮子偏不退让，把头伸过来说，你打，最好把老子打死! 不然，老子只要还有一口气，你狗日一家老小，一个都休想活!

舒猴子这才把红胡子老张一把拉开，虎着脸，盯住刁蛮子说，够了、够了! 这是县衙，不是你撒横卖野的地方!

舒猴子知道，红胡子老张不过借鸡骂狗，想把刚才那股气出在刁蛮子身上，也知道刁蛮子不吃这一套，所以故意让他碰碰这颗钉子，但又怕惹出麻烦，不好收拾，所以不轻不重呵斥几句。

两人也知道舒猴子给了个台阶，故而也各自收敛。舒猴子又道，就是个小事，何必呢!

红胡子老张跌了面子，扔下砚台，拂袖而去。舒猴子笑了笑，拿出墨来，磨了半池，开始审问。刁蛮子也很配合，把对武王氏说的话，又说了一遍。

接下来，舒猴子问了他两个问题，第一，你去收猪，经过裁缝铺时，那门是关上的，还是敞开的?

刁蛮子说，没关严，开了大约两尺宽一条缝，我看见他坐在灯下绣花。

舒猴子又问，第二，你回来时灯已熄了，月亮也落山了，就算你走街中心，距街边至少一丈左右，何况还有一条将近一丈宽的街沿，加起来至少两丈，你又没提灯笼，如何看见那门完全开着?

刁蛮子说，是这样，我一共赶了两头肥猪，其中一头不老实，一路乱走，到了裁缝铺门口，就窜到街沿上去了，可能看见那门开着，要往门里钻。我赶紧过去，拿棒打了几棒，才把它打到街上来，所以看见了。

舒猴子点了点头，觉得合理，记录在案，从头至尾念了一遍，叫刁蛮子过来按指印画押。最后舒猴子说，你我虽是街坊，但情归情，法归法。照大清条律，本该把你拘进牢里，需待案子结了才能放你回家，还需缴纳保金，并找人作保。这样，我也不关你，你拿五两银子来作保金，再找个铺子担保，等案子结了还你。

刁蛮子道，你舒典史开口，我有啥话说？要换了姓张的那杂种，我才不卵他！

言毕，一揖告辞。舒猴子叫衙役先把北门值夜的兵卒甲带来，先问刁蛮子何时出城收猪，何时赶猪进城；兵卒甲回答与刁蛮子无差。又问，刁蛮子出城后，有没有人进城或出城；兵卒甲矢口否认。

舒猴子抓住这话问，刁蛮子出城后，城门上锁没有？

兵卒甲明显有些慌，赶紧回答，锁了的，有条律在嘛，哪敢违犯。

舒猴子冷笑道，刁蛮子已经招了，你们怕麻烦，根本没锁门，你敢抵赖？

兵卒甲一脸惶恐，支吾其词地说，我，我记得是锁了的。

舒猴子厉声道，还不老实，难道要逼我用刑？

兵卒甲只好供称，刁蛮子每天半夜出城收猪，五更天回城，都怕麻烦，所以都没锁过。有时一直没上锁，等刁蛮子进城了才去锁。

舒猴子已经明白，绑架武裁缝的人知道一切内情，正是利用刁蛮子夜夜出城收猪，悄悄潜入城里，赶在刁蛮子还未回城时把人带走了。

最后，他嘱咐兵卒甲，刚才那些话不准对任何人说起；刁蛮子出城收猪，还是照过去那样，不要锁门。兵卒甲有些不解，一脸犹疑地说，我等已经知错了，要不锁门，岂不还在知法犯法？

舒猴子冷笑道，少给我来这一套，你们是些啥货色，别人不知道，未必我还不知道？只要给钱，不要说小小毛贼，就是钦犯，你们也敢放！

兵卒甲一脸惶恐，不敢出声。

舒猴子缓了缓口气说，幸好没锁门，否则，只怕审你的不是舒某，而是阎王爷了！

兵卒甲恍然大悟，千恩万谢去了。

舒猴子把四门守卒都草草问过一遍，却不再涉及刁蛮子出城回城，只问是否看见有人把武裁缝绑出城去，得到的回答都一样，没看见。

舒猴子认定，是藏在某个地方的王存儒，支使爪牙绑走了武裁缝。如果他果然有心举事，军旗、军服之类，必须得有，当然需要裁缝。此外，应该还需铁匠打造兵器。那么，下一个目标，或许会是几个铁匠，尤其手艺精绝，善制刀枪和火铳的韩铁匠，肯定不会放过。

舒猴子心里有了主意，决定留下刁蛮子每夜出城收猪这个破绽，算是一个诱饵。他当然想弄清到底谁在作案，如果真是王存儒，那他一定还会再来；如果是山上的土匪，也需进城来索要赎金。这个诱饵两下里都适合，可谓两不偏废。

舒猴子承认，自己非常希望是王存儒，希望他真有干一番大事的雄心。舒猴子深有所感，这是满人的江山，已经两百来年了，满人永远高人一等。

南江没有满人，为了剿除白莲教，满人的镶黄旗曾有一支人马于此驻扎过，但不足半年。那时舒猴子还小，不到十五岁，没与满兵打过交道。但若干年后，一件发生在阆中的事远近传开，使舒猴子若有所悟。

有个在阆中安家的满族商人，养了一条金毛狮子狗，以为天下无敌，时常牵在手里，只要遇上别人家的狗，便松了绳子。那狗狂叫着扑上去，只几下便将其咬死。不知有多少人家的狗，死在了金毛狮子嘴下，但因主子是个满人，竟无人敢说半句话。久而久之，阆中一城，几乎无人养狗了。

某日，城郊一个猎户带着猎狗进城卖野物，挑了一担子烘干的麂子肉，恰好经满人门前过。金毛狮子立即狂躁起来，满人马上放了绳子，那家伙便扑上去，要叼那狗的脖子。那是只猎狗，猎人挑上的麂子都是它生擒的，而且还咬死过几头狼，实战经验与能力，远在金毛狮子之上。见金毛狮子来势凶猛，一闪躲过，没等它回头，猎狗早已咬住了它的脖子，只几下，不可一世的金毛狮子已倒在血泊中。等那个满人抄起一条顶门杠赶上来，金毛狮子已经气绝身亡。满人羞怒之下，要痛打猎人，又被猎狗护住，随时要朝他扑去。满人胆怯，不敢动手，只好闯入府衙，要给金毛狮子雪恨。知府大人竟派了一队衙役，把猎人抓去。

很快，一场奇特的审判开始。知府大人不由分说，完全依照满人的请求，判令猎人以葬父之礼，披麻戴孝，安葬金毛狮子，还需大祭三天；此外，还赔了二十两银子。

此事传遍川北一带，舒猴子大为感慨，当今天下，已是正不压邪，实在没什么指望，遂对满人以及满人王朝有些暗怀不满。

如果王存儒要跟这个早已堕落的清王朝过不去，舒猴子愿意暗助一臂之力。当然，他虽对武王氏说了，不会有人去找她要银子，但也不敢断定，还需不失稳妥为好。但手下这帮衙役实在蠢笨无能，个个不堪其用。

于是，他无可避免地再一次想起了冯老二。

六

冯老二自忖一身功夫，却在莫怀仁的钱庄里被人一举击昏，差点送了命，差点没弄清凶手是谁，不免丢了许多豪气。幸好自己精于跌打损伤，被打断的脖子总算复了原，但内心的恐惧与挫败却一直未消。

此时，冯老二刚给一个摔折腿的男人换了药，正在里屋洗手，忽听舒猴子在外面问，嘿，冯哥子躲起来了？

冯老二心里一凛，甩着手上的水珠出来。舒猴子已经站在柜台前，笑得近乎朦胧。冯老二明白没啥好事，偏着头问，我到底欠你啥了？

舒猴子把一条板凳挪了挪，一屁股坐下，直截了当地说，你肯定听说了，武裁缝被人绑了。

冯老二绕过那条板凳，往柜台里坐下，看一眼舒猴子说，从今天起，你我兄弟归兄弟，喝酒发疯，嫖娼打架都行，唯独衙门里那些破事，最好莫开口。

舒猴子笑道，没想到啊，一向胆大包天的冯老二，被人整怕了！

冯老二说，好不容易捡了条命，能不怕？俗话真是说得好，山外有山，人外有人，你我这两下子，连三脚猫都算不上。

舒猴子想了想说，你哥子也明白，我是来央你帮忙的。我手下虽然有一帮子衙役，但个个蠢得跟猪一样，跑个腿，吓唬吓唬老实人还将就，要办个正事，没一个指望得上。

冯老二连忙摇手道，算了算了，要是你的私事，冯某两肋插刀，在所不辞，除此之外，免开尊口。

舒猴子把屁股往柜台那边挪了挪，笑得近乎无耻地说，你哥子说说，既然衙役指望不上，这一城上下，我不找你哥子，我找哪个？

冯老二瞪大两眼，盯着舒猴子说，少给我抹蜂糖，我还没活够，还想有个亲生的儿子呢。我两个往日无冤，近日无仇，不要再把我往火坑里推，好歹饶了我吧，我儿子都会记你的好！

说着，要出柜台。舒猴子赶紧把板凳一横，拦住出路，拉住冯老二手说，这哪像你冯哥子的为人？未必有了婆娘，人就尿了？

冯老二把手挣脱，要从凳子一端跨过去。舒猴子屁股一挪，又将他挡住，哎呀，好歹听我把话说完嘛！

冯老二只好坐回去，把头扭向一边，好好，你说！

舒猴子道，哥子放心，兄弟这回不让你去冒险，只请你去王皮子那家小酒馆喝酒，别的啥事不用你做，酒菜钱都挂在我账上，这还不行？

冯老二扭头看了舒猴子一眼，冷冷一笑，没出声。王皮子的小酒馆既不当街，也不当路，恰在武裁缝家对面一道斜坡上，居高临下。因酒馆里常年拿卤过的猪皮下酒，所以都把老板叫王皮子，生意不怎么样，勉能糊口。冯老二也曾去过几回，酒不算好，比余胖子的差远了，但卤猪皮味道极佳，据说是上百年的老卤。

舒猴子见冯老二似有松动，又道，一边喝酒，一边帮兄弟盯着武裁缝家，若有陌生人往那里去，赶紧给兄弟放个信，绝不要哥子出面，更不需出手。

好说歹说，总算把冯老二拉到王皮子那里。王皮子见有客上门，乐得屁颠屁颠，赶紧温了一壶酒，切了一大盘刚卤好的猪皮。两人坐在窗前，一边看着武裁缝的家，一边喝酒。

过了一阵，舒猴子把王皮子叫来说，从今天起，冯哥子就在这里喝酒，除了白天，晚上也喝。要是困了，你给他弄一床被盖来，好让他打个盹儿。你也莫问为啥，反正把账挂在我头上，不用等年底，等冯哥子喝够了，我立即付钱。

王皮子求之不得，一口答应。舒猴子又对冯老二说，委屈哥子了，但不一定有人去找武裁缝婆娘，要找，也就在今明两天，多半在夜里。哥子多费点心，我还有要紧事，恕不久陪。

言毕，一揖告退。刚到门口，又折回来，凑近冯老二耳边说，哥子记住，若夜里有人去，就到韩铁匠那里找我，门口有棵大槐树，我就在树上，你朝树根上蹭一脚，我就知道是你。

冯老二大为惊讶，望着舒猴子问，韩铁匠，啥意思？

舒猴子依旧小声说，三言两语说不清，但哥子很快就会明白。天色还早，干脆好好眯上一觉。我也回去睡一觉，好熬夜。

舒猴子径直回家，刚刚躺下，又有人敲门，不禁怒问，哪个？

衙役张三在大门外说，蒋知县请舒典史马上去县衙，要你把案子禀报禀报。

舒猴子勃然大怒，几步冲到大门口，隔着门骂道，你告诉蒋皮蛋，就说舒老子死了，叫他狗日的问鬼去！

骂完，回到里屋，拿被子把头蒙住。在浓得几乎化不开的槐花香里，舒猴子竟很快便睡过去，一觉醒来，天早已黑定。

他推开这扇窗，往屋外望去，几树槐花从几片房顶伸出来，映着丝丝缕缕的月光，格外虚淡，仿佛当空扯开了几幅白绸。

约二更时分，舒猴子换上一身短衣，穿了一双软底布鞋，走出门来。城里尚浮着些灯火，但已显得安静。走过几条街巷，便到了风雨客栈门口，那块老牌匾早已取下，换了一块新扁，写着戚氏客栈几个字。大门两边分挂两盏灯笼，灯笼上也是这几个字。

舒猴子知道，风雨客栈到了戚瞎子手里，已是今非昔比，生意大不如从前。没有了曾经的老板娘赛西施的姿色和山歌，客商们便没有非此无它的理由。而这座小城，少了赛西施夜夜必唱的山歌，也似乎少了许多意味。舒猴子不免有些嗟叹，有些伤感。

韩铁匠的家在城东尽头，对面有棵老槐，一树槐花开得近于愤怒。铁匠铺子跟住房连在一起，临街是铺子，铺子后是三间老得有些破败的瓦房。

四下一片寂然，满地水汪汪的月光与槐花完全融合，几乎难分彼此。舒猴子绕到树后，手脚并用，很利索地爬上去，骑上一根粗壮的横枝，背靠主干。透过这些细碎的花，能把铁匠铺内外尽收眼底。

如果真有人来绑韩铁匠，我该咋办？呵呵，当然不管，也管不了。来者最大可能是李四或者紫衣人，照冯老二的说法，李四简直算得上独步天下，抓个人岂不跟笼中捉鸡样。至于紫衣人，或许不在李四之下。还有那个看上去斯斯文文的林夫子，照杨婆娘的话说，那也是个少见的硬茬儿，自己恐怕也不是对手。

我只想证明自己的猜测，证明王存儒果然有雄心壮志。若是如此，自己输给这号人也不算耻辱。

时间慢慢过去，月亮已经落下去了，铁匠铺内外毫无动静，槐花间却有一片轻响，似乎下雨了。

舒猴子不禁把手伸到花外，不见雨点，也不见风吹。未必是花在笑，或者是花在说话？

正疑惑间，忽觉这棵老槐轻轻抖动了一下。舒猴子一惊，探头往下望，一个人站在树下，正往树上看。一定是冯老二，居然没见他走来，未必真有人去了武裁缝那里？

舒猴子赶紧沿着树身下来，果然是冯老二。冯老二说，真的去了个人，到大门口晃了一晃，往门缝里塞了个啥东西，可能是张纸条，转身就走了。

舒猴子忙问，往哪里去了？

冯老二说，你自己说的，不需我出面，我当然不管，只到这里来告诉你一声。

舒猴子点了点头，心里有些失望，没想到真是绑匪。冯老二望了望铁匠铺，问舒猴子，你守在这里，啥意思？

舒猴子觉得没必要隐瞒，就把自己的猜测说了。冯老二笑道，你这叫自作多情，太把王存儒当个人物了，依我看，他狗日的就是为了银子。你想想，一个知县，年俸不过几十两银子；莫怀仁的钱库却存着一城人的银子，好几千万两哪，抵得上多少个县令，他未必不眼红？好了，消息传给你了，你自己看着办，我也不跟着搅和了。

说完，冯老二往街巷里走了。舒猴子想了想，还是爬到树上。

很快，城里城外鸡声四起，这夜已快过尽，舒猴子没有等到自己想要的结果。

看来，重点还是应该放在武裁缝家，必须尽早拿到那张纸条。第二遍鸡声过后，舒猴子下来，径往武裁缝家去。那一定是张约定赎金数额及交钱地点和时间的纸条。远远一看，武裁缝家还黑灯瞎火，武王氏还没起来，想必还没看见那张纸条。

略一犹豫，便走上对面这道缓坡，往王皮子的小酒馆去，正要敲门，见门只虚掩着，并未落闩，一定是冯老二离开时，并未叫醒王皮子。推门进来，店里一片昏黑，看不清门道，便摸出火石撞击，借这一闪一亮，来到冯老二喝酒的那个窗口，坐下，一双筷子和两个碟子、一个酒壶和一只杯子还在桌上。盘子里不余一物，抓起酒壶摇了摇，也不剩一点，只好放下，望向对面。

舒猴子忽然想起，那个靠给店铺担水为生的黄冬瓜要是不跑，这时候应该已经下河打水了。他去了哪里，是否远在异乡？还是靠为人担水过活么？

舒猴子不免有些愧疚，一个笨头笨脑的老实人，差点做了王存儒的替死鬼，而自己竟是王存儒的帮凶。

又一遍鸡声过后，阁楼上有了响动。舒猴子知道，是王皮子起来了。不一时，王皮子拿着油灯下楼，见舒猴子坐在窗前，微微一惊，笑道，是舒典史啊，冯哥子走了？

舒猴子点了点头，算是回应。王皮子过来，举着灯看了看桌上，笑问，要不要点肉皮子，正好昨天还剩了两块。

舒猴子正觉饥饿，叫他都切上来。王皮子答应一声，快步去了厨房，几下把肉皮子切了，往灶里烧起一把火，蒸热，端上来，问要不要酒。舒猴子说，大清早的，喝啥酒，忙你的去。

王皮子嘻嘻一笑说，恕我多嘴，舒典史和冯老二在这里看，是为武裁缝那件案子吧？

舒猴子点了点头，嗯了一声。王皮子不再问，往厨房去了。窗外，天色正渐渐稀薄，一切正渐渐明朗，城里也渐渐有了声息。想必那些人在旅次、借宿在各个客栈的客商，正忙着起床、洗漱；有些性急的，或者有要紧事的，可能已经启程。

当舒猴子正把最后一块猪皮喂进嘴里，武裁缝家的大门"吱"一声开了。武王氏把头探出门外，两下里看了看，转身要走，忽又回来，往地上看，并立刻俯下身子，抓起一件东西，又把头伸出来，到处看了看，只一晃，便不见了。

舒猴子立即起身，快步出来。忽听王皮子在背后喊，你说的给现钱呢！

舒猴子不理他，走下缓坡，一口气便到了武裁缝家，直接闯进门去。

七

灶里冒着烟，武王氏立在灶台前，毛狗子拿着纸条，坐在灶门口，忽见舒猴子闯进来，两人一脸惊惶，毛狗子赶紧把手缩去背后。舒猴子伸出手说，给我。

武王氏愣了愣，忽然跪下，哭泣说，求求你了，莫问这件事了……

舒猴子冷冷一笑说，一定叫你不要报官，否则撕票。

武王氏又是一愣，脱口问道，你、你咋晓得？

舒猴子说，我吃啥饭的，你不知道？你昨天不是已经报官了么，还怕啥？

武王氏忙说，不一样、不一样，人家说了，这个绝不能报官，不然武裁缝就死定了！

舒猴子把手伸向毛狗子，给我。

毛狗子看了看武王氏，武王氏大哭道，给不得呀，那是你爹一条命啊！

舒猴子猛一跺脚，厉声道，绑匪的话你也信？你不给，咋救你男人？

停了停，见武王氏不松口，又问，一边是救你男人的官府，一边是敲诈你的土匪，你自己说，你该信哪个？

武王氏一脸为难，躲躲闪闪地说，若要说实话，我哪个都不敢信，两边都不是善茬儿，都差不多……

舒猴子不跟她计较，再把手伸向毛狗子，给我，听话。毛狗子一脸犹豫，总算把手从背后拿出来，把那张纸条递给舒猴子。

纸条上的内容很简单，要武王氏今日夜间，带上一百两银子，出南门过河，有一条小路，沿小路上山，走上一段，有座土地庙，把银子放在土地爷像前，马上离开，不准回头，武裁缝会自己回家。最后是些诸如不得报官，否则撕票之类威胁的话。

舒猴子暗想，费这么大劲，只要一百两银子，绑匪下手堪称温柔，看来是个没见过世面的新手，或者这是第一票。

于是告诫武王氏，只管照纸条上说的做，别的不要管，保证你男人毫发不损，也不会丢了那一百两银子。

舒猴子出来，径直回家，倒头便睡。纸条上说的那地方自己很熟，不用去察看地形。以自己的分析，绑匪最多只有一两个帮凶，最大可能只是单枪匹马，费不了多大事，自己一人足够了。

睡到下午，舒猴子又被衙役张三吵醒，说蒋皮蛋请他去县衙议事。舒猴子慢慢起来，把门拉开，问张三道，不是要老子禀报案情么，咋又改成议事了？

张三挠了挠头皮说，大人之间的事，我们这些跑腿的搞不懂，只配原封原样传个话，不敢少一字，更不敢加一字。

舒猴子不再理他，洗漱一番，换上那套皂衣。张三还候在门前，舒猴子说，你先回去禀报，说舒老子去吃个午饭，马上就来。

张三只好一拱手去了。舒猴子穿街过巷，来到余胖子的小店里，要了一碟卤猪肝、一截卤藕、一碗汤面，正吃着，余胖子把一勺烫熟的小白菜倒在装藕片的那个盘子里。舒猴子只好道谢。余胖子随口问道，武裁缝有消息没有？

舒猴子摇了摇头，算是回答。余胖子也不再问，拿着勺子去了厨房。舒猴子本想问余胖子，昨天跑到裁缝铺骂武王氏，到底为啥，想了想，大不了是些狗扯腿的屁事，也不必问了。

舒猴子匆匆吃过，径来县衙，进了自己那间执事房。刚坐下，蒋皮蛋笑吟吟进来，拱手道，舒典史辛苦！

舒猴子只好站起，拱手还礼，说了些言不由衷的客气话。蒋皮蛋一直彬彬有礼，先说，官印那件事，蒋某一直记在心里，日后一定报答。

接下来，当然会问及破案进展。舒猴子只说已经有了些头绪，并不告以实情。

其实，他心里没底，虽然有那张字条，但似乎过于简单，简单得近乎狗血，需到了今夜才有分晓。最后，蒋皮蛋问，以舒典史看来，这件案子是否需向保宁府呈报。舒猴子说，这该蒋大人做主，恕舒某不便多言。

蒋皮蛋打了几个哈哈，走了。舒猴子坐了一阵，并无别的事，遂回家去，找出那个许久不用的铁鹰爪，见已经生锈，绳子也差不多朽了，便磨了磨，另换了条麻绳。

飞鹰铁爪是当年玉台观那个老道的独门绝技，能在数十步外抓住目标，亦可取人性命。舒猴子、冯老二、莫怀仁拜在老道门下，主要想学这一手，舒猴子又尽得真传。

天色尚早，舒猴子将铁鹰爪缠在腰间，藏在外衣下，走出门来，决定赶在绑匪之前，不走南门，自北门出城，另道绕去那座土地庙，以免被绑匪看见。

土地庙在一道山梁上，除偶有人到此焚香求告，一般少有人来。与土地庙相隔十来丈，有个岩洞，被许多草木遮蔽。舒猴子认定，那个绑匪一定会来岩洞里躺藏，以察动静。

岩洞很浅，但藏个人没任何问题。舒猴子年少时曾与冯老二一起钻进去过，见不远处有道光溜溜的石壁，想必就是尽头，正要过去，忽见一条大蛇盘在石壁下，正抬起头来，吐出一条长长的信子，顿时骇得屁滚尿流，赶紧跑了。

他绕了几个大弯，悄悄来到岩洞后，伏在一片杂草里。太阳渐渐落山，暮色四合，并不见有人出现。不禁有些疑惑，难道绑匪早一步来了？

不觉，天已黑定，一抹月光清幽幽洒在地上，恰能看清土地庙前后左右。不到一顿饭工夫，一个人提着个包袱，沿山梁一路上来，显得慌慌张张。肯定是武王氏。

不一刻，武王氏来到土地庙，将那个包袱往土地爷跟前一搁，转身便跑，果然不敢回头。舒猴子将铁鹰爪解下，挽在手里，只等绑匪现身。上下却静悄悄一片，不见丝毫动静。

舒猴子有些奇怪，这个绑匪招式有些与众不同，一般说来，会提前到指定地点埋伏，只要钱送来，会立即取走，以免有失。至于人质，撕票或者释放，全凭感觉，要是觉得行藏已露，多半会撕票，然后远走他乡。这家伙却久不露面，实在有些看不懂。

难道那家伙看见了自己？舒猴子仔细想了一遍，觉得不太可能，自己提前出来，绕走北门，绕了很远，绝不会有失。

未必自己预见错了，这家伙其实是个经验丰富的老手？恰此时，忽然瞥见山梁上来了个人，正一张一望，往土地庙上来。舒猴子又是一惊，狗日的真是不走寻常路，竟沿武王氏上山那条路来了！

那人走几步停一停，似在试探。渐渐距土地庙不足十丈，忽往草丛里一蹲，摸起个石头，往土地庙扔过去。石头打在土地庙瓦顶上，溅起一片相当不堪的破裂声。过了片刻，又出来，一步一停，往土地庙走去。看看接近时，忽然快起来，发疯般扑上去，往神相底下一摸，摸起那个口袋，都来不及看是真是假，转身沿来路疯跑。

舒猴子来不及多想，将铁鹰爪闪电般朝那人掷去。铁鹰爪呼啸着飞去，只一瞬，抓住那人一条腿。那人大叫一声，跌入草丛里。舒猴子几步跳下来，一边收紧麻绳，一边飞步上去，一脚踩住那人后背。

那人早已瘫软，没丝毫力气。舒猴子一把将那人的头翻过来，见一层黑布蒙住半张脸，一把扯下，顿时目瞪口呆，躺在地上的竟是余胖子！

余胖子也醒过神来，不顾腿被铁鹰爪抓着，只顾胡说，哎哟，我我我我，我只是路过，没我啥事啊……

舒猴子把手里的麻绳轻轻一提，余胖子叫得跟杀猪一样。舒猴子冷笑道，没想到是你狗日的！说，武裁缝在哪里？

余胖子忙道，不是我，真的不是我，我哪有这个胆子嘛！

于是在舒猴子的逼问下，结结巴巴说出了原因。早上，武王氏到余胖子家里去找武裁缝，跟余胖子婆娘余杨氏大闹了一架。余杨氏就跑到店里去哭骂，骂余胖子窝囊废，连武裁缝的婆娘都敢上门欺负。

余胖子宠惯了余杨氏，听见这话，就去找武王氏，想给自己婆娘出了这口气，没想到反被武王氏赶跑了。但余胖子并未走远，躲在人群里往裁缝铺那边张望。最后，舒猴子离开时，与武王氏那几句对话提醒了他，决定利用武裁缝被绑这事，诈她一百两银子，让自己婆娘高兴高兴。

这话虽然有些哭笑不得，但舒猴子明白，前前后后严丝合缝，并无一句是假，遂把铁鹰爪取下来，要带余胖子去大牢。余胖子听见这话，赶紧磕头，求舒猴子千万饶了自己，不然婆娘要改嫁，娃儿要改姓，家里还有个又聋又瞎的老娘，就只有等死了。

说到这里，伏在舒猴子脚下，哭得伤心欲绝。舒猴子早已动了恻隐之心，叹了口气说，你给老子听好，不准给任何人说起，包括你婆娘，要走漏半点风声，这敲诈勒索的罪名你狗日的坐实了，至少判个充军，永世不得还籍！

言毕，提上那一百两银子，沿山梁下去，绕回城里。

第二天一早，舒猴子带上银子去武王氏家。武王氏一夜未眠，眼巴巴等武裁缝消息。舒猴子把一百两银子扔给她说，骗你的，我带上人藏在山洞里，守了一夜，连人毛都没看见。

说完赶紧走了，生怕武王氏拉住自己东问西问。

八

送纸条的并非绑匪，舒猴子反而放下心来，他希望绑走武裁缝的是王存儒，更希望王存儒绑走韩铁匠。

说不定就在昨夜，韩铁匠已经被绑走了。翌日早上，舒猴子带着这个荒唐的指望，往县衙去时，故意拐到韩铁匠那里，想看看动静。远远就听见一片此起彼伏的打铁声，似乎一下下锤在自己身上，不用看，韩铁匠还在。便不无失望地转回街上，往县衙里去。

刚到衙门口，忽听一个女人哭喊，不得了啊，绑匪绑人啦！

舒猴子一个激灵，回头一看，秦豁子婆娘披头散发、跌跌撞撞跑来，嘴里一连声哭喊，不得了啊，绑匪又绑人啦！

女人还没到衙门口，先到一步的蒋皮蛋、红胡子老张等已纷纷出来，一齐望着飞奔而来的女人。

于是，秦豁子婆娘被带上大堂，把经过哭诉了一遍。

昨天是秦豁子生日，来了几个亲戚，在江春楼摆了一桌酒席，吃到一更左右，亲戚们各自告辞走了。秦豁子也回了家，倒头便睡。今天早上，婆娘一觉醒来，枕边已不见秦豁子，以为他像往常一样，到酒楼收拾去了，于是又睡了个回笼觉。起床时，见秦豁子的鞋还摆在床前，昨晚脱下的外衣也搭在床边椅子上，便觉奇怪，拉开衣柜看了看，几件外衣都在，不见动过。忽想起被人绑走的武裁缝，顿时急得要命，跑到江春楼那边一看，门上挂着锁，认定秦豁子也被绑了，遂一路哭喊，来县衙报案。

舒猴子暗想，绑秦豁子也算合理，虽不一定用作伙夫，但王存儒看重秦豁子的手艺也有可能，毕竟是南江城最好的大厨，不管成败如何，先把饭吃好，这也说得通。

蒋皮蛋客客气气地请舒猴子带上衙役，跟秦豁子婆娘去秦家，勘察发案现场。

婆娘一路呼叫往县衙里去时，早已惊动街坊，许多人都出来，三个一群，五个一堆，不免说东说西。

舒猴子内外看了一遍，见门窗全部完好，无任何损坏，除了秦豁子留下的鞋子和衣裤，也无任何痕迹。

便问秦豁子婆娘，往江春楼去找秦豁子时，里外的门是否落闩。秦豁子婆娘想了想说，没闩，闩子都是抽了的。

舒猴子点了点头，不由暗自叹服，弄走那么大个活人，连根毛都没留下，不愧是绝顶高手，干得漂亮。于是叫衙役把秦豁子的衣裤和鞋带上，以作物证，把婆娘带回县衙，好歹需录下口供。

刚出门，忽见住在水巷子的俞二姐跑来，喊道，舒典史，快去看看，杨婆娘多半凶多吉少，也被人绑了！

杨婆娘？一个刽子手，绑他做啥？舒猴子一愣，又马上若有所悟，举事需有令，行令需有法，有功者赏，有罪者诛，刽子手当然用得上。

杨婆娘家极其简陋，仅有三间木板房，极小。正中一间算是堂屋，摆着一张方桌，两条板凳，外加一张缺了一条腿的竹椅子，一侧有一口棺材，用一张破席子盖着，搁在两条半人高的板凳上，板凳底下塞着一块磨刀石，嵌在一截松木上。

棺材想必是为自己准备的，那块磨刀石眼看跟松木一般高低了。

两边各一间耳房，一间是灶房，另一间是睡房，床底下码着几口硕大的木箱子，都上了锁。

俞二姐领着舒猴子等人进了堂屋，指着窗棂上说，你看，窗户上还绑着两根钓丝呢。

舒猴子走近窗户，记得曾有一把小刀插在木板缝里，已不见了；两根钓丝斜斜落进河里，似乎都在轻轻颤动，便伸手去拉，感觉都有鱼上钩，于是松开。

俞二姐又说，那把鬼头大刀也不见了。

舒猴子转过头来，俞二姐手指墙角说，刀一直靠在那里。

舒猴子看了看那边，问俞二姐，你咋知道杨婆娘不见了？

俞二姐说，我今早去河边洗衣裳，见杨婆娘没关门，心想，杨婆娘咋起得这么早，未必要杀人了，没见他把辫子盘上头顶啊。这一街人都晓得，除了杀人，杨婆娘就没早起过。等我洗完衣裳回来，见门还是那么开着，便喊他，不见答应。我也没在意，把衣裳拿回去，晾在阁楼上。想起十天前叫他帮我劈了一堆柴，也快烧完了，便又去请他来劈柴，里外都不见人，以为他转街去了。正要帮他把门拉上，忽见墙角没有了那把鬼头大刀，心里一惊，他去转街，带那么大把刀干啥？很快，听说秦豁子被人绑走了，官府正在秦家察看，这才回过神来，杨婆娘肯定也被人绑了！

舒猴子点了点头，为了慎重，还是仔细找了一遍，确实不见了那把鬼头刀。俞二姐一脸疑惑地问，我就想不明白，杨婆娘存的那点钱，都在床底下那几口箱子里，他何必绑人，直接把箱子扛走不就行了？还有，那把鬼头刀有啥用，未必有人要跟杨婆娘争这碗饭？

舒猴子不跟她多说，命衙役把几口箱子起了，把俞二姐跟秦豁子婆娘一起，带回县衙，盘问一番，录好供词。

连发三起绑架案，新任知县蒋皮蛋当然坐不住，得知舒猴子已经问了两个女人，即命升堂。

蒋皮蛋说了一气诸如人命关天、限期破案等套话，几乎没有内容，便命其他人退堂，留下舒猴子，一脸苦相地问，舒典史，你好歹给我交个底，这案子到底有没有影信？

舒猴子不愿说出对王存儒的怀疑，故意把案子说得云里雾里。他知道，如蒋皮蛋之流，虽然精明，但平生心机都在如何处世、如何自保、如何以最小代价投机钻营上，至于正经事，一般得靠僚属。

他说，如果绑架武裁缝与秦豁子，可以怀疑是为了勒索，但杨本朴只是个刽子手，存在箱子里的钱不到两千贯，况且分文不取，这就有些奇怪了。

蒋皮蛋轻轻点头。舒猴子故意停下，却不见蒋皮蛋吱声，于是又说，武裁缝的婆娘倒是收到一张字条，叫她夜里拿一百两银子，去对岸的土地庙赎人。我叫她照字条上说的做，便提前去那里埋伏，守了整整一夜，却无人现身。

蒋皮蛋一脸惊愕，看着舒猴子问，是不是这样，你去那里埋伏，被歹徒望见了？

舒猴子淡淡一笑，反问，看来蒋大人怀疑舒某是个莽汉？

蒋皮蛋忙说，不不不，我哪有那意思！我只是奇怪，既然都下了字条，武裁缝的婆娘也把银子拿了去，绑匪为何不去取？

舒猴子道，这很简单，人在世上，免不了与人生怨，一定是某个对武裁缝有恨的人，借机戏弄。

蒋皮蛋点了点头，又说，有理、有理，不然说不过去。只是绑匪既不为钱，何必冒这么大的险干这事？不是有句老话，来来往往皆为利么？

舒猴子道，现在断言，为时尚早，只有等等看，是否还有人下字条。如果有，便是案子告破的机会。

蒋皮蛋还是点头，忽又想起了啥，又问，那杨婆娘被绑如何解释？

舒猴子道，杨本朴是刽子手，死在他刀下的人不计其数，难免有人怀恨。虽然杨本朴只是奉命杀人，真正要人命的是官府，但官府犹如泰山在顶，没人敢动，也动不了；拿杨本朴出出恶气，总是可以的。

蒋皮蛋忙说，有理、有理！那依舒典史看来，绑架武裁缝、秦豁子与绑架杨本朴的是不是一伙人？

舒猴子道，是一伙的可能性极大，杨本朴虽然没多少钱，但不免与人有仇，或许绑匪的亲人或同伙，说不定就死在他刀下。

一席话说得蒋皮蛋恍然大悟，不禁有些亲切地对舒猴子说，案子上的事，还望舒典史多多费心，争取早日有个结果。

最后又问舒猴子，绑架案连发，是否应该上报保宁府。舒猴子还是那句话，应该由蒋皮蛋自行做主。

城里人却全不这么看，一连几起绑架案，肯定与鬼门有关。于是关于鬼门的传说，再次沸沸扬扬。

九

接连几个夜晚，舒猴子仍然去韩铁匠那里蹲守。几乎每夜都有人被绑走，包括刻印为生的孟一刀、极擅酿酒的余胖子，以及住在城外的一个骟猪匠，但韩铁匠却并不在内。

孟一刀会制印，而且技法一流，如果王存儒要聚众起事，当然用得上；余胖子酒酿得好，可用其所酿为出征壮行，或设宴庆功；但一个骟猪的有啥用？

舒猴子实在想不通，也有些看不懂了。

一直放着手艺精湛的韩铁匠不绑，难道自己猜错了，王存儒并无干一番大事的想法？或者，鬼门之说，并非虚构？

城里一片哗然，人人惊恐不安，有钱的商户们各自出钱，雇了一帮身强力壮、天不怕地不怕的年轻人，手执刀枪，实行联保。蒋皮蛋再也坐不住，即派红胡子老张带上五百两库银去保宁府，报告案情，同时拜会驻节于此的守备大人，请特派一队兵丁驻防南江城。

守备大人将五百两银子如数笑纳，派了五十个老兵，由一个百长率领。正好十两银子一个，像一场买卖。蒋皮蛋岂敢挑三拣四，聊胜于无嘛，又叫红胡子老张封了十两银子，亲手交给那个百长。百长把五十个老兵分布城内，昼夜巡逻，又于四门设卡，盘问过往客商。

这一来，果然不再有人被绑，城里人总算缓过一口气来。

但谁也没想到，一件极具爆炸性的绑架案正悄然逼近。

此时，城里那些槐花已经开始飘谢，整日里，一片片细碎的花瓣四处飞扬，犹如一段悠然而起的离愁。

不料，一场骤来的夜雨，使每一树槐花一夜间全部摇落殆尽，房顶、街巷，到处一层败絮般的白，那段绵绵不绝的清愁终于到了尽头。

每天早上，第一个起床的总是仆人老眭。在南江，眭是孤姓，几乎不知来历。老眭也跟他的姓氏一样，既老实又孤单，住在城东头，两间小瓦房，靠打米花糖卖钱度日。庚子那年春，一个从陕西那边来的女人，来到老眭门口，要讨碗剩饭吃。老眭正忙着打米花糖，见女人一身褴褛，一脸菜色，赶紧丢下家伙，拿了一大块刚打出的糖递过去。

女人千恩万谢，却不离开，求老眭再给碗水喝。老眭一边把砂糖往锅里放，一边指着门后的水缸说，你自己舀吧。

女人舀了半瓢水喝下去，还是不走，见老眭既要炒糖汁，又要烧火，忙得跑来跑去，便扔下水瓢去灶门口坐下，帮老眭烧火。

就这样，女人留下来，跟老眭一起过日子。翌年秋天，女人要生娃儿，结果整整一夜生不下来，血流不住。老眭毫无经验，怕出意外，赶紧去找谭拐子的爹来接生，赶回来时，女人已经死了，娃儿也没生下来。

从此以后，老眭变得比他这姓氏更孤独，连米花糖也不打了。

那时蒋皮蛋还小，家里由他爹主事。因蒋皮蛋娘特别爱吃老眭的米花糖，他爹常去那里买，跟老眭成了朋友，听见消息，便把老眭叫去府上劝解，不让回去，陪他说话，陪他喝酒。老眭不过意，就留在蒋家，只为蒋家打米花糖。久而久之，便主动揽些杂活，渐渐便成了仆人。

今日一早，老眭如往常一样，先把院子前后扫了一遍，把那些风吹进来的槐花和夜雨留下的积水扫净，便去开院门，却见院门并未落闩，有些惊讶，记得昨夜自己亲手闩的门，未必蒋皮蛋已经出门了？

也没多想，又去忙别的。很快，该用早餐了，老眭正在后院里修剪那片已经长得参差不齐的小叶女贞。蒋皮蛋婆娘到后院里问老眭，看见蒋皮蛋没有。老眭说，院门早就开了，可能出门吃东西去了。婆娘觉得奇怪，说蒋皮蛋昨夜吩咐，今早要吃臊子蒸鸭蛋，咋跑外面吃去了？

一家人也没在意，婆娘把那碗臊子蒸鸭蛋吃了。过了近两个时辰，衙役张三来拜见蒋皮蛋，说保宁府批文下来了，张县丞请蒋知县去做主。

蒋家人听见这话，才慌乱起来，赶紧派人四处去找，找遍了蒋皮蛋可能去的每个地方，哪有个人影。糟了，一定被绑架了！

很快，蒋皮蛋被绑架的消息传开，城里人的震惊、慌乱可想而知，除了鬼门，还有什么人能绑走县令蒋皮蛋？

舒猴子听见消息，自然会去蒋家勘验。一家人哭得稀里哗啦，围住舒猴子，要他赶紧把蒋皮蛋救回来。舒猴子胡乱答应，草草看了一遍，赶紧走了。

这使他更看不懂，如果是王存儒，或者王存儒真要举事，一个勉强上任，还没来得及做好七品官服的庸官，远不如一个铁匠有用啊。

所谓唇亡齿寒，蒋皮蛋被绑，最受震动的当然是红胡子老张。他赶紧去拜会暂住南江的官军百长，塞了十两银子，请其拨十个兵卒，去自家府上守卫。还是不放心，又叫了几个衙役，与兵卒一起，分布内外，昼夜把守。

虽然如此，当天夜里，红胡子老张还是未能幸免，依旧神不知鬼不觉被人绑走了。那十个老兵和衙役，全部毙命，无一幸存。

百长听见这话，也相信了那些关于鬼门的传说，骇得魂不附体，不敢再留，生怕下一个是自己，赶紧带上兵丁惶惶而去。

知县、县丞相继被绑，南江顿时成了皇权真空，吃官饭且排得上号的仅剩舒猴子一人。城里人忽觉无依无靠，都有被猝然抽空的危惧。

衙役们也人心惶惶，正吵嚷着要散去。舒猴子忽来，把衙役们叫入大堂，再也不顾忌讳，一屁股坐上正位，把李二麻子偷走的那枚官印掏出来，拍在案上，近于信口雌黄地说，照大清规制，知县、县丞不在任，由典史权知县事。官印在此，所谓民凭文书官凭印，你们有何话说？

说这话时，舒猴子差点忍不住笑起来，他何曾想到，这枚本来为蒋皮蛋准备的官印，竟会派上如此用场。

衙役们面面相觑，不知是否有此一说，更不知那枚官印到底怎么回事。

舒猴子指着张三说，去，把张县丞的执事房弄开，把府库的钥匙拿来！

张三一脸犹豫说，执事房上了锁的，弄不开。

舒猴子骂道，你妈的，你就不晓得砸开！

张三似乎兴奋起来，找了个钉枷锁的铁锤，几下将锁砸开，把一串钥匙捧给舒猴子。

舒猴子早把官印挂回腰间，提着那串钥匙，径往府库去。衙役们满怀疑惑，也远远跟去。

府库设在县衙背后，外面是一圈厚厚的围墙，里面又是三匝石墙，且需经过五道铁门，每道门上都有一把大锁，堪称固若金汤。府库一直由红胡子老张掌管，虽做了县丞，还是由他负责。一般情况下，由两个上了年纪的衙役看守。

二人见舒猴子提着钥匙走来，后面跟着一帮衙役，大惊，赶紧上来拦住舒猴子说，这是禁地，擅闯府库是大罪！

舒猴子一把将二人推开，骂道，没你们啥事，天大的罪由老子承担！

于是带上张三及两个看守，把几道门次第打开。几个巨大的银柜差不多都是空的，草草清点下来，仅有不到五万两银子。

以舒猴子所知，每年入库的赋税，至少在三十万两以上，除去一年一度逐级上解的数目，再减去用度，历年下来，至少应该有上百万两官银！

舒猴子有些惊愕，盯住两个看守骂道，日你先人，银子呢，到哪里去了？

二人一脸惶遽，赶紧分辩，说自己不过是个看门的狗，从来没进过门，哪里知道银子。

舒猴子也不多说，胡乱拿了几十锭官银，依旧把门一一锁好。让衙役们分成两排，站在县衙与府库之间这片空地里，包括两个看守，一人发了一锭沉甸甸的官银。

衙役们既惊喜又恐惶。大清官俸极薄，堂堂知县才四十余两年俸，舒猴子仅仅十五两；至于衙役，以当差年限为据，多少不等，类如两个看守及张三，也不过区区五两；其他人更少。

舒猴子道，放心揣进腰包里，就算日后追问，也没你们啥事，天塌下来有舒某顶着。

衙役们听见这话，似乎疑虑尽释，赶紧揣进怀里，生怕被人夺了去。舒猴子又说，知县、县丞相继失踪，在册官吏仅剩舒某一人。堂堂一县，岂能无官，舒某不才，自当挑起重任。你们也是吃官饭的，非常之时，不能当缩头乌龟。

张三赶紧表示，一切听从舒典史安排，其余衙役也纷纷表态。舒猴子又说，俗话说得好，拿人财钱，替人消灾，要是有人不服差遣，或阳奉阴违，当立即追回银子。

众人不免又表白一番。舒猴子最后说，从此刻起，必须准时到县衙点卯候差，若有迟到早退，不仅收回银子，还将视其轻重，予以惩罚。

训示完毕，舒猴子径往红胡子老张的执事房，研墨取纸，把蒋皮蛋、红胡子老张相继失踪一事，书一封条陈，端端正正押上官印，叫来一个相对机灵的衙役，立即驰送保宁府。

十

舒猴子把几架文柜打开，翻出一摞账簿，把近五年来的账选出来，翻看各种开支明细，却看得火冒三丈。

仅岁修一项，包括城墙、街石、官道、桥梁、渡口、县衙、庠学、官邸、文庙、武庙，等等，每年花费都在五万两以上。此外，包括迎送各级官员、举办种种祭祀和节庆、劳军、助学，察访案件，等等，又是好几万两。其中挂在舒猴子名下的，每年都在三千两至五千两之间。

舒猴子把账簿奋力一摔，破口大骂，日你先人，至少这几年以来，哪来的岁修，居然列了这么多银子！至于察访案件，满打满算，一年最多花费二三百两，竟然给老子头上栽了好几千两！狗日的，胆子太大了，喉咙太粗了！一定是红胡子老张这个杂毛，跟那几个知县一起私分了，难怪他狗日的修了

224

那么大个庄园！

骂了一气，还是把账本收起来，叫张三去叫了个锁匠和木匠，把门锁都修好，依旧锁上，钥匙也挂在自己腰里，以免有失。

他决定自今晚起，不再回家。他相信，王存儒不会放过自己，自己曾用调包计，让刽子手杨婆娘剐了他儿子，他一定会报复。当初所以忍了这么久，一是因为三百多万两税银，如果拿自己开刀，一定会惹火烧身，案子可能会由此露出破绽；二是还有更大的目标——莫怀仁的钱庄。既然目的已经达到，他没有理由不报杀子之仇。

既然决定不再夜里回家，就需找地方寄宿，首先想起的是俞二姐。那天，衙役把俞二姐领进执事房，舒猴子才第一次认真看了看这个以卖身为生的女人。必须承认，俞二姐不像那种常见的风尘女子，既不妖媚，也不艳俗，更不作态，几乎有些诚朴，更有些清爽，关键那身肌肤，水浸浸的，简直如脂如玉。

舒猴子暗自感慨，依俞二姐的模样和品性，要能嫁个好男人，应该是个有滋有味的良家妇女。

天一黑，舒猴子便早早去了俞二姐那里，一夜款款，不可言状。有时，舒猴子也去冯老二那里寄宿，或者干脆躲在杨婆娘留下的那座木板房里过夜。当然，他不会忘记韩铁匠，心里仍希望韩铁匠被王存儒绑走。但不仅韩铁匠安然无恙，即使城里城外其他几个铁匠也不见少了一人。

有时，他会回家去看看。为了证实自己的猜测，事先在好些地方留下暗记，如果有人进来，能从这些暗记上看出端倪。但一切如旧，似乎绑匪不会再来，或者蒋皮蛋与红胡子老张是最后一个目标。

保宁知府接到舒猴子的条陈，大惊失色，立即起草文书和奏章，分别驰送省城和京都，同时点选属官，去南江代行知县职务，以期朝廷选派。但一府上下，大小官员，宁可丢了饭碗，也无人愿去南江。

知府只好下发几道手令，先后命与南江相邻的巴中、平昌、通江数县县丞去南江代职，几个县丞亦以种种借口推脱。知府无奈，只好派人送了一道手令与舒猴子，命其暂时主持一县事务。

朝廷同样几经选派无果，大为棘手。内阁甚至动议，裁撤南江县，一分为三，并入巴中、通江、南郑等县；但南江虽户口不足三十万，却山川广阔，壑谷纵横，林木深幽，极易藏匿，若与三县合并，无不有远悬化外之忧，只好搁置，还是用权宜之计为上。

依大清官制，即使权知县事，亦需有孝廉以上功名，但舒猴子连秀才都不是。万般无奈之下，只好破格，由舒猴子权知县事。好在明年即礼部会试之期，可于新科进士中点选。

这一切，其实都在舒猴子预料之中。

城里总算安静下来，再无一人失踪。但因情况特殊，无论省、府，抑或朝廷，概不催问案件进程。在他们看来，一个身无功名的小小典史，能平安过渡，不再发大案、出大事，已属万幸，实在不敢指望其他。

舒猴子每日依照规矩，端坐大堂，差遣衙役。但却只能穿着那身无品无级的皂衣，于是市井中有了一句谚语，舒猴子坐公堂——品相不够。

但舒猴子不仅有朝廷文书，还有官印，也算名正言顺，故而并无多少非议。

舒猴子不管这些，把县事弄得一本正经，不禁每每感慨，难怪是个人都贪权，这东西在手，真是要风得风，要雨得雨，一县草民顿时都在脚下。但他明白，一切都是暂时的，说不准哪一天，就会有人来上任，自己只好马上做回典史。因此他有些害怕，怕自己习惯了随心所欲，再也回不去了。他在享受种种快感的同时，更指望正宗知县早点来，免得自己中毒太深，难以自拔。

今日早上，舒猴子如往常一样，来县衙问事。一番支分，几个衙役各自领命而去。所谓事务，其重中之重，主要是去大小商户那里催收各种税赋，此外便是察看城防和治安。

正要退堂，忽有一个人闯入县衙，远远疾呼道，大老爷，出大事了！

舒猴子一惊，以为城里又有人失踪，不禁有些兴奋，立即吩咐衙役传入大堂。

来者是个年约四十的汉子，一身麻布短褂，头上戴着一顶锅盖似的破竹笠，竹丝四散，如一只盘在头顶的刺猬，手里提着一张渔网，腰里缠着斗大一个竹篓子，并且有一股浓烈的腥气或山山水水的味道。乍一看，似乎错把县衙当作了鱼塘。

舒猴子几乎惊绝，混了十多年官饭，见过前来告状的各色人等，包括抬着尸体喊冤，光着身子叫屈等等，何曾见过以这副装扮闯入县衙的家伙。

衙役们也一时错愕，直愣愣看着这人，竟无人出声；这人到了大堂前，也不知所措。还是舒猴子反应快，不轻不重地说，放下渔网，揭下斗笠！

这人一怔，也回过神来，赶紧把斗笠揭下，同渔网一起放在地上。衙役们同样恢复正常，匆匆将刑杖拿到手里，一阵猛杵，同时吆喝起来。这人顿时惊慌，并四顾茫然，明显看不懂。张三恰到好处地吼道，跪下！

这人一愣，看着张三，眨了眨眼。张三又吼，跪下！！！

这人终于明白，是叫自己跪下，于是跪下来。舒猴子一阵强忍才没笑出声，正了正屁股问，所跪何人，姓甚名谁？

问了好一阵，费了许多力气，才渐渐上路。这人名叫谢元山，从桃园来，走了大半夜才进城，于是将一件目睹的怪事当堂禀报。

桃园在高山之间，官道穿境而过，那条自东向西的河里有许多细甲鱼，味鲜肉美，当地人称为洋鱼。因山高水寒，洋鱼一到深秋，便会躲进水中岩洞里蛰伏，直至春暖花开才出来。

那条河里偏偏有个不知深浅的大岩洞，一半淹没水里，一半露出水面。每到秋季，满河的洋鱼都往那个洞里去，山花开时，再从洞里陆续游出。当地人便纷纷去洞口等候，待洋鱼出入，争相举网，无不大有所获。

大约三十年前，桃园出了个有钱的善人，以为当地人滥捕杀生，遂来县衙求见时任知县，请求将洞口一带，划为养生潭，禁止任何人于春秋两季到此捕鱼。知县纳其说，当即发下公文，通告沿河住户，并亲书养生潭三个大字，命人刻于洞口。

自此以后，再无人敢于此处撒网垂钓。但沿河两岸有不少捕鱼为生的穷人，虽不敢明目张胆，却不乏夜间张网者，谢元山便是其中之一。

桃园山高，春天比别处来得迟。恰是洋鱼出洞时节，前天夜里，谢元山带上这张渔网和竹篓，悄悄来到洞口一侧，伏在草木间，打算等古道上行人绝迹，好歹撒上一网。

将近二更时分，路上再不见行人，谢元山投网时，却被树枝挂住，便去解，谁知另一面又被荆刺牵住，不仅解不开，还破了几个洞。眼看耽误了许多时间，正焦急不堪时，忽听上游有击水声，吓了一跳，赶紧蹲下。举眼望去，月色之下，竟有五六条船顺水漂来。

谢元山以为有人跟自己一样，也是来偷鱼的，便不在意，仍急着解网。几条船很快到了洞口，每条船都装得满满，根本不像打鱼船。惊讶之间，几条船一一驶入洞里去了。

谢元山当然不明白，这些船进洞去干啥？

于是决定不再撒网，也不离开，看那些船是否出来。直到天快亮，不见丝毫动静。谢元山回到家里，把网补好，到夜里，仍去洞口等。差不多时间相同，又有几条装得满满的船从上游漂来，一一驶入洞里。

谢元山更觉蹊跷，认定那个幽深的洞里可能有隐密，说不定那个洞就是传说中的鬼门，遂不顾山高路远，来县衙报案。

舒猴子曾从那个岩洞经过，见过养生潭三个大字，也听说过来历。他立即想起了王存儒，但又有些疑惑，如果王存儒去那里躲藏，又带着几千万两白银，从南江城出发，必须翻山涉水，岂能不露出踪迹？

但无论如何，谢元山的话还是令他兴奋不已，当即把县事权且委与张三，把那枚官印也暂时给他，点起几个衙役，各带利刃，准备出发。

临行前，舒猴子特意回家，把那个铁鹰爪带上，即随谢元山去桃园，要一探究竟。

十一

一行人紧走快赶，到桃园时早已天黑，先去一家野店吃饱喝足，再随谢元山走上一条远离官道的小路，绕了十多里，总算到了河边那个洞口。

舒猴子取出铁鹰爪，嘱咐谢元山和几个衙役，若有船来，自己就把这东西抛去，抓住一条船，一起用力，一旦拖到岸边，赶紧扑上去抓人。

几个人蹲伏草木间，耐心等候。不多时，一轮好月升上天空，照得山水一片明亮。河面上微风轻拂，波小浪细，像浮着一层闪闪烁烁的金沙，那些已从洞中游出的洋鱼，时而跃起，溅出一片水花，很快又被源源不断的流水抹去。

不知不觉，月亮从头上滑过，渐渐滑入对岸山里，河面已被重新涌起的黑一点点吞没，但不见有船。舒猴子问，是不是来晚了，错过了？

谢元山摇头说，不会吧，反正前两个夜里都比较晚，可能还要等等。

眼看夜晚将尽，舒猴子愈发疑惑，又问谢元山，你真的连续两夜都看见了？

谢元山指天发誓地说，神灵在上，我谢元山若有半句假话，天打雷劈。你想想，若是假的，我何苦花一个通宵，跑那么远去报案？

舒猴子觉得有理，又说，马上天亮了，肯定不会来了。先离开这里，去你家，再作商量。

走过一条林间小路，转过一道山湾，一座茅草房躺在一派稀薄的晨光里，恰如一张墨色虚淡的古画，有些失真，有些如临仙界，看得人心里软软的。

这是谢元山的家，婆娘早已起来，见了谢元山，也不顾舒猴子等人，不禁大骂，骂他一天一夜没见过人影，以为遭水淹死了。

一把扯下谢元山腰间那个篓子，见空无一物，气得脸色发青，狠狠摔在地上，再骂，河里的鱼未必都钻了土，几个晚上，连片鱼甲都不见，你说，你到底钻到哪里去了？

接下来是一片不绝口的抱怨，弄得舒猴子等人极其尴尬，只好勉强去劝。女人却越说越气，一边擤鼻子抹眼泪，一边叫起穷来。

谢元山的儿子在十里外一家私学念书，答应每年春秋两季给先生各送几十斤鱼，抵折束脩。但谢元山去了几个晚上，没打一条鱼回来。

谢元山见婆娘没完没了，只好把舒猴子抬出来，说这位是县太爷。婆娘不信，嘴一瘪说，少拿老娘开心，堂堂县太爷，会跟你到这狗窝里来，没睡醒吧？

舒猴子只好说，舒某是县里的典史，因暂缺知县，朝廷发下诏令，由舒某权知县事。

婆娘虽不懂权知县事，也不懂典史是个啥，但知道县里，也知道朝廷，并且听得格外明白，顿时恭敬起来，要下跪磕头，被舒猴子拦住。

那个读书的娃儿已经起来，见来了这么多陌生人，远远站着看。女人催他赶紧洗脸，匆匆拿了两个馍出来，在火塘里烤。等娃儿洗过脸，便把两个馍给他，催他赶紧去上学。

女人忙进忙出，要收拾饭菜，又自忖没啥东西拿得出手，便把谢元山叫去一边，要他到邻居那里借一方腊肉，既是县上来的官爷，又与朝廷沾边，至少该有酒有肉。

谢元山也觉得在理，请舒猴子稍坐，便去借了一方五斤多重的腊肉回来。舒猴子也不推谢，拿出一块纹银，死活叫两口子收下，说除了饭食钱，还请做十几个娃儿带走的那种馍。两口子把银子收了，忙得更加欢实。

舒猴子见婆娘忙着煮肉，想必吃饭还早，不禁困倦泛起，便坐在火塘边，背靠墙上打盹儿。婆娘见了，赶紧去把娃儿那间屋收拾收拾，请舒猴子去床上睡。

几个衙役只好在火塘边靠墙打盹儿，虽鼾声不绝，但都似睡非睡。

一觉醒来，饭菜正要上桌。舒猴子赶紧起来，往茅厕去，见太阳已经老高，明晃晃一片，显然已近中午。

谢元山又去另一家借了一壶酒，已在火塘里煨热，捧上桌来。山里人喝酒格外豪放，从来不用杯盏，只用土碗，一人满满一碗。舒猴子赶紧拦住谢元山，说吃了饭要办正事，绝不能喝酒。

听见这话，谢元山不敢劝，只好搁去一边。饭毕，舒猴子又拿出一块纹银，叫谢元山赁一条渔船，打一壶灯油，弄两盏带罩子的马灯。

谢元山赶紧去办，却老不见回来。等到太阳偏西，才提着马灯和油壶回家，说这里离乡街远，来去二十多里山路；船已经赁好，拴在河边。

舒猴子不好埋怨，问女人做好馍没有。女人赶紧提出个包袱，馍都在里面，每个馍里还夹了两片腊肉。舒猴子接过，带上几个衙役并谢元山，来到河边，几个人都上船去，划了一阵，眼看到了洞口。舒猴子嫌船太小，都坐上，河水几乎没到船沿，稍不小心就要吃水，于是让船靠岸，叫谢元山和另两个衙役上岸去等，只带两个衙役，点上两盏马灯，往洞里划去。

岩洞十分幽深，或宽或窄，水也格外平缓，黑幽幽一片，令人胆寒。划了约一个时辰，既不见尽头，也不见动静，估计天已快黑，再不敢向前，加上两个衙役不住打退堂鼓，遂掉转船头，退还洞口，果然已是傍晚。

舒猴子决定到谢元山家暂住，明日一早再进岩洞。女人忙着收拾夜饭，把那块剩下一半的腊肉切成片，与蒜苗一起，炒了两大盘。谢元山又把那壶酒煨热，正好每人一碗。

晚饭后，谢元山一家三口挤在一张床上，把娃儿那张床让给舒猴子；另用干草搭了个地铺，让几个衙役勉强睡一夜。

舒猴子躺在床上，却久久无眠，心里一直推测，王存儒真在那个洞里么？那个不知深浅的洞，真是传说中的鬼门么？

如果王存儒真在洞里，或者那个洞真是鬼门，王存儒是否欲借鬼门造反？

如果王存儒真的有心造反，自己是投身麾下，同举反旗，还是设法逃脱，禀报上司？

多年来，自己目睹了太多清王朝的罪恶，在满人治下，所有汉人，包括自己，不过是他们任意驱使的奴才，随便宰割的鱼肉。

但自己首先是个资深典史，破案不仅是自己的职责，也是多年养成的禀性，已经到了日久成瘾的地步。

虽然尚不知究竟，但自己似乎应该提前在对清王朝的痛恨与典史的秉性之间作出选择，以免届时不知所措。

左思右想，左右徘徊，到万籁无声时，典史的属性渐居上风，最终战胜了对清王朝的痛恨。这似乎有些遗憾，有些不堪。

他几乎有些看不起自己，但人就是如此，多面而复杂，每当两难之际，往往会服从于现实。

也罢，即使王存儒真要造反，恐怕也难以撼动这个宠大的王朝，反旗一举，不知会多少人丧命于旦夕，血流成河，尸骨成山；如果自己能灭大祸于未然，岂不是一件荫及一方的大功德？

所谓：兴，百姓苦，亡，百姓苦；在兴亡中得益的永远不会是百姓。这个理由足够强大，也足够正当。

舒猴子总算安下心来，于是坐起，点燃油灯。恰好那张破烂的条桌上，纸墨笔砚皆有，应该属于谢元山的娃儿。遂下床，到破桌边坐下，磨墨铺纸，给保宁知府写了一封短信，将谢元山所见，简要说了一遍。

回到床上，似乎已经心安理得，竟一觉睡去。

翌日凌晨，舒猴子早早起来，催促谢元山两口子做饭。饭毕，带上马灯、油壶，并十几个馍，再往岩洞去。几个衙役都说昨夜挤在地铺上，通宵没合眼，浑身瘫软，实在没力气进洞。

舒猴子知道他们的心思，骂了几句，掏出昨夜写好的那张字条，递给一个衙役说，老子晓得你们胆小，也不勉强，老子一个人去。要是老子两天内没出来，你们赶紧回城，立即去保宁府，把这东西送给知府。

说着，先把两盏马灯点燃，独自划上那条小船，飘悠悠进了岩洞。

岩洞似比昨日更宽敞，更幽深，曲曲折折，水流无声。舒猴子努力想辨清方向，但转来转去，却不知到底延向何处。

种种疑问，不断在舒猴子心里重复。岩洞尽头在哪里？或者尽头到底是何种情景？躲在洞里的真是王存儒？

如果是，作为外乡人，王存儒如何知道这个洞穴？或者，这洞真是传说中的鬼门？

不不不，王存儒是个无所不能的知县，一切都可能被他掌握，何况手下有李四和紫衣人两大高手。

在大清建制里，县虽然最小，但也最具独立性；作为知县，既远离皇命，又可直接作用于每个具体的人。也就是说，在这个庞大的官宦体系里，知县的权力最为具体。王存儒有条件弄清属地的一切，包括每一棵树、每一个人，只要他愿意，都逃不过他的掌控。要知道这个洞穴，也绝不是件难事。更何况总有那么多阿谀附从的人，供他利用或者驱使。

愈往深处，愈觉幽冥，两团灯光似被水和岩壁全部吸收，只能勉强看清船头。

估计已近两个时辰，渐渐望见前面一派光亮，映着缕缕水影。舒猴子大为紧张，以为洞穴快到尽头，但仍不见任何人迹。

作为本地人，舒猴子从未听说这个洞穴如此幽深，而且还能划船进洞。但走了这么久，却不见人影，谢元山所说到底是真是假？

小船已经进入这片光影，顿有恍然若梦的危惧。舒猴子抬眼望去，这片天光是从一线极其狭长的裂缝里漏下来的。洞穴延至此处，似乎已经破裂，岩壁也快挨在一起，水流也急促起来，船行如飞，不用划动船桨。

舒猴子知道，自己可能正飞速接近某种万劫不复的危险，但作为典史，相比生死，他更看重真相，即使真相可能比想象的更残忍、更可怕，但也不能阻止自己对真相的渴求。他不知道，这到底是一个典史的悲哀，还是与生俱来的天性。

这道狭长的天光将洞穴和自己倏然划破，又在飞流急下中将一切缝合。黑暗复归，水流愈急。舒猴子忽觉自己正远离那个形形色色的烟火人间，不可遏制地滑向另一个犹如地府的未知世界。

不知不觉，他再次看见了光，那片光源正在前面升起。而这条船和自己，恰如一只不可回头的灯蛾，正以近乎悲壮的方式，扑向那片空荡荡的光。

那片诡异的光里有王存儒么？

即将迎接自己的，到底是什么？

在那片光里，有自己苦苦追寻的真相么？

舒猴子紧张无比，也兴奋无比。

十二

当那片光逼近眼前时，水流却带着小船，沿着光的边缘向一侧偏离，与此同时，一片急切的水声汹涌而来。他立即明白，船正被水流牵引，不可遏止地扑向一道横在前面的险滩，或者干脆是一道悬崖，也许将随飞涌的瀑布坠入谷底，船毁人亡的结局就在下一刻！

完了！舒猴子魂飞魄散，难道这就是真相？难道那些深夜进来的船，或者逃离县城的王存儒，急于奔赴的就是这不可逆转的坠落？

他不可避免地再次想起了鬼门。

忽然，船似乎撞上了一堵厚实的软墙，一切静止下来，唯有愤怒的水声源源不断升起，撞击着自己。

舒猴子缓过一口气，那片光弥漫过来，像一只伸来的援手。他渐渐看清，在距悬崖数十步处，拦着几张叠在一起的巨网，织网的麻绳几乎粗若大腿，船和自己像闯入网中的鱼。

愣了片刻，他试着抓住网绳，带动小船，向那片光缓缓移去。

边缘处水流较缓，也相对宽阔，仿佛一道小小的港湾；那股激流恰到好处地走了。当小船靠过来，舒猴子看见，有十几条船泊在这里，原来真是个码头。

看来，这是个不知经营了多久的藏身之地，王存儒一定在这里！

带着强烈的紧张与亢奋，舒猴子下船，随着几步石阶，渐渐走过光的边缘，接近那片光的本身。

但他不敢肯定，自己一直渴求的真相就在这片疑窦丛生的光里。走完石阶，是一块形若门槛的石头。舒猴子止步于此，往那片光里看去。原来，这光是从又一道狭长的细若丝线的裂缝里泻入，像一道疏疏而下的悬泉，在洞底汇成一片光的湖泊。

这是个难以窥测边际的洞穴，洞中似有人影。舒猴子正待细看，忽遭重击，身子一软，顿时魂魄出窍，再无知觉。

不知何时，舒猴子缓缓醒来，忽不知身在何处。想爬起来，才知道手脚俱被捆绑，已经无法动弹。

他静了静，渐渐想起了一切。这里不见天光，黑得令人窒息，明显是在那片光以外。忽听有人问，是舒典史吧？

舒猴子大惊，似觉声音有些熟，心里一动，随即反问，你是谁？

那人似乎冷冷一笑，又问，你也是被抓来的？

舒猴子抓住这声音的尾腔，想了想，终于明白过来，再问，是林师爷吧？

对方忽然沉默，似乎已经悄悄走了。舒猴子有些慌乱，停了停，又道，你们不是一伙么，未必，你也被捆起来了？

对方仍不出声，静得令人惧怕。过了许久，那声音再次飘起，你听我说，要不了多久，他们会带你去骗猪匠那里，把你骗了。

骗猪匠？舒猴子失声惊问。他们，他们为啥要把我骗了？

你跟我不同，你只有愿意被骗才能活下来。

你也被骗了？

呵呵，我要是同意被骗，就不会关在这里。告诉你吧，蒋皮蛋、红胡子老张以及杨婆娘、余胖子、秦豁子、孟一刀、武裁缝等都被骗了。

都是那个骗猪匠的手艺？

当然。

骗猪匠本人呢？

当然也得骗。

那又是谁骗的他？

当然是他自己，自宫嘛。

天哪，太不可思议了！李四呢，未必也要骗？

当然，李四心甘情愿被骗。

为啥都要骗？

做太监啊，太监必须得骗。

做太监？难道，难道王存儒登基了？

差不多吧。你听我说，你只有接受被骗，才能活下去；活下去才有机会离开，也才有机会捉拿王存儒。

那你，为何不接受被骗？

呵呵，林某世代书香，可杀而不可骗。我与王存儒达成了一个协议，他既不骗我，也不杀我，但要把我当成玩物，高兴了拉我出去，供他取乐。当然，一切只能由他，由不了我。你不同，你是典史，有忍辱负重、擒获巨贼的义务。

我？我曾用调包计，让杨婆娘剐了王存儒的儿子王新楼，他不会骗我，只会杀了我。

呵呵，你放心，那要真是他儿子，恐怕都杀你十回了！

啥，王新楼不是他儿子？

只是个养子，绝非亲生，何况那家伙顽劣成性，王存儒恨铁不成钢；此外，王新楼已经做了他该做的，你杀了他，其实帮王存儒灭了口。

原来如此！那，既然蒋皮蛋、红胡子老张等人都是被掳来的，难道王存儒不担心他们找机会逃走？

他们不会逃走，就算赶他们出去，也不会走。一个被骗了的男人，已经不算男人了。他们都有妻室儿女，如果回去，他们如何面对？一个被骗了的人，只能把骗他的人当主子，只能永远守在主子身边。

舒猴子危惧不堪，似觉骗猪匠那把血淋淋的刀，正快速向自己逼近。于是赶紧转移话题——王存儒为何放着好好的县令不做，跑到这里来？

很简单，但凡做官，都须找到靠山，没有靠山便如无根之木。王存儒的靠山已经倒了，没有根基了，随便一场风雨，都会将他连根拔起，不可能再有机会。

靠山倒了？是不是税银失踪的那一年？

算你精明。正因为此，王存儒觉得前途黑暗，并且有随时翻船的危险，所以才动了打劫税银的心思。

舒猴子立即抛出一连串疑问，包括在何处劫银，何人下手，税银暂藏何处，如今在哪里，等等。

林夫子说，你必须首先明白，我只是王存儒的师爷，并非同伙。知道李四吧，他既是仆人，又是王存儒豢养的爪牙。李四跟王存儒是邻居，自小父母双亡，一直靠王家施舍活命。李四天性勇武，凡事都替王存儒出头。王存儒听说终南山有高手，遂叫李四去那里拜师学武。李四不止在终南山，前后花了十多年，几乎访遍天下各路名家，练就了一身惊世骇俗的功夫，出山时，王存儒刚好做了南郑知县，就一直跟在身边。有李四在，何处劫银根本不是问题。至于到底在何处下手，我不知道，也不可能知道，估计早已转运到这里了。还有莫家钱庄那些银子，也运到这里来了。

那块石碑呢，到底咋回事？

那是天师的笔墨，在道众那里一直有个说法，谁占有了那块碑，谁便是谷神，几乎可以等同天师重生，可号令天下道众。所以从明末以来，那块碑一直由截贤驿负责看守，怕心怀不轨者利用或者盗走。这里是个举世罕见的洞天福地，距南江城很近，洞口并不起眼，就在城对岸那个土地庙一侧。

舒猴子大惊，自己曾与冯老二去过那洞里，以为那面光溜溜的石壁就是尽头，没想到竟通到这里！

林夫子说，那个洞口已经被李四他们毁了，彻底塌了，没人进得来了。

至此，在舒猴子心里，那些有关鬼门的传说彻底瓦解。想了想又问，王存儒如何知道这里的？

林夫子道，二十多年前，李四经人引见，曾与一个师弟来洞里拜一个高人习武。那个高人本是个被逐出道门的道士，犯了教规，被挑断脚筋，躲在这里密修。他对李四和师弟提了个条件，若功夫修成，二人必须去截贤岭凿下那块石碑，带入洞来交给自己，让天下道众臣服在自己脚下。

舒猴子忙问，李四那个师弟可是紫衣人？

林夫子稍稍一愣说，是的，那人总是穿一件紫衣。

紫衣人也在这里，是否也被骗了？

紫衣人与李四，一个在明一个在暗，几件大案都是二人联手做的。紫衣人当然在这里，当然也要骗。

舒猴子已经明白了一切，接过话说，李四和紫衣人功夫修成，却并未兑现承诺，反而帮王存儒偷了那块碑，使王存儒成了谷神。

林夫子道，大致如此吧。在李四心里，世上唯一应该感恩的是王存儒。而紫衣人又事事听从李四，李四的主子便是他的主子。至于那个道士，虽有授业之恩，但不足与王存儒比。在此苦修三年，李四和紫衣人已经青出于蓝而胜于蓝，那个被除名的道士却非常适时地死了。而相比一个小小知县，谷神可使天下道众尽皆臣服，你说说，相比之下，你愿做一个知县，还是谷神？

舒猴子觉得有理，再问，既然你与王存儒并非同伙，如何知道这些？

林夫子说，我毕竟跟在王存儒身边，难免看出些端倪。王存儒不带家室，我至今不知就里，但怀疑王存儒跟徐姐关系暧昧，便暗中观察。有个夜晚，我隐隐听见王存儒卧室里有人说话，便潜去后窗，恰好遇上李四说起那块古碑与那个道士。没多久，古碑便失窃了。

舒猴子听到这里，忽想起杨婆娘的话，又问，听杨婆娘说，你林师爷也是高手，不知相比李四或紫衣人如何？

林夫子叹了口气说，相比二人，我那点三脚猫功夫简直上不了手。逃离官邸那晚，李四如同老鹰捉小鸡一般，把我抓了来。

风雨客栈的凶案呢，到底为了啥？

只是为了赛西施的姿色，王存儒其实是个淫棍，徐姐只是一碗临时解渴的凉水，赛西施才是最对胃口的那壶好酒。她没有死，早就到了这里。李四和紫衣人还在别处给王存儒掳了好些姿色上佳的女人，都养在这里，供王存儒享用，但以赛西施为尊，相当于皇后。

舒猴子正要再问，忽见一丝亮光正朝这边移来，只好住口。林夫子忙说，他们来了，我们可能再也见不了面。你记住，必须活下去，设法从这里逃走，否则，天下没人知道王存儒藏身何处！

舒猴子忙问，既然如此，你为何不早日揭露王存儒的罪行？

林夫子道，王存儒好歹是我的雇主，不卖主求荣，是读书人的本分。

那光已经近了，能听见杂乱的脚步声。舒猴子隐约看见，一条铁链穿过林夫子的锁骨，被紧紧系在嵌入岩壁上的一个铁环里。

他不禁想起那个曾被关在大牢的李二麻子。

十三

随灯光走来的，竟然是蒋皮蛋和两个小道，都穿着一身蓝袍，想必是武裁缝的手艺。蒋皮蛋头上那条辫子已经解开，头发纷纷披散，遮住了被剃过的前额，整体看上去，简直变了个人。

舒猴子惊愕不已，忍不住讥刺道，蒋大人，多日不见，没想到七品顶戴未来得及穿上，却换了一身道袍。

蒋皮蛋根本不理会他，指着林夫子说，解下来，押过去。

舒猴子顿觉浑身酥麻，仿佛被无数根针穿透了骨肉。这声音不阴不阳，不男不女，尖锐而怪异，还带着几分不可掩饰的凶残。

一阵叮叮当当响过，林夫子被带了出去。灯光渐渐消逝，舒猴子被遗弃在深深的黑暗里。他自然会想起林夫子那些话，一个被阉割的人，还是人么？

被阉了的蒋皮蛋，彻底变了，根本无法与那个刚刚升任知县、正春风得意的家伙产生任何联系。是的，他已经无法面对曾经熟识的所有人；他不理会自己，可能正是因为这种不可名状的心理。原以为阉割太监，只是出于杜绝可能发生的宫中丑闻，那么多的妃嫔媵嫱，岂能容忍未被阉割的男人日夜觊觎、想入非非；但更深的意义恐怕并非如此。一个被阉割的人，除了彻底坍塌，彻底崩溃，彻底臣服，实在别无选择。

从这个意义上说，作为君王，可能恨不得阉了天下所有的人。

这个念头实在有些可怕。舒猴子赶紧从这一近乎罪恶的闪念里挣扎出来，开始寻思，自己是否应该接受被骗。当然，正如林夫子所说，骗与不骗，其实自己无权选择，一切要看王存儒的意愿。

如果自己被骗，是否会像蒋皮蛋那样，做一个心悦诚服的奴才？

如果自己被骗，那个曾做过十几年典史，一直以捕匪缉盗为己任，并且视真相高于一切，早已超越生死或者一切意义的舒猴子，会随之死去吗？

一个被骗了的人，如何安放曾经的性情、禀赋以及长期养成的习气？

一个被骗了的典史，还会像往常那样，对待犯罪与罪犯吗？

也许只有被骗之后，才能找到答案。

他知道，自己所以不顾一切一路寻来，不仅为了真相，还因对王存儒一直存有那种充满矛盾的希望，希望他胸怀壮志，揭竿而起，哪怕只是一代枭雄，哪怕无所建树、朝兴夕亡，哪怕被他立即格杀，碎尸万段，哪怕累及无辜，使人枉自送命，但至少符合自己的期待。

唯有符合自己的猜测和想象，作为一个典史，才是可以接受的结局。但王存儒却只愿藏在地下，在不为人知的洞穴里，做一个近于荒谬的谷神！

这个结局，实在有点狗屁！

天下道众到底有多少，或者有多少道众愿意接受号令？藏身这个与世隔绝的洞穴，岂不等于苟延残喘，等于已经死去？

舒猴子忽觉看不起王存儒，看不起那个自以为是、故作高深的家伙！

正胡思乱想，灯光再次出现，像一片流速极缓的水，慢慢洇浸过来。被押回来的林夫子气喘吁吁，满脸苍白，想必被狠狠戏要了一番。

蒋皮蛋依旧站在原处，看着两个小道，将精疲力竭的林夫子锁回那个铁环里。蒋皮蛋转过身来，看着舒猴子，有些狰狞地笑道，该你了。

声音更加尖细，带着许多不可抑制的幸灾乐祸。两个小道过来，将捆住舒猴子两腿的麻绳松开。

舒猴子被带出来，经过一条狭长的岔洞。洞穴渐显宽敞，那片光流过来，几乎令人恐惧。舒猴子不禁问，要带我去哪里？

蒋皮蛋不出声，有些不耐烦地推了他一把，两个小道便牵着他快走。不一刻，已被带进这片光里。

舒猴子已经习惯了洞穴里的黑暗与光明，既不眩目，也不昏聩。这是个方圆近百丈的巨大洞穴，一缕缕日光从那条弯弯曲曲的裂缝里泻下，跌入洞底，悠然散开，确乎如一片日光荡漾的湖泊。有许多身着道袍的人，两腿高盘，齐刷刷坐在光里，人人两眼微闭，一动不动。舒猴子暗暗估计，坐在这里的道众，应该不下万人。

忽然，舒猴子的目光碰上了一个满头银发的道士，不禁一怔，这不是那个玉台观的道长么，自己曾与冯老二、莫怀仁拜他为师，习了几年武艺，飞鹰铁爪就是他传给自己的。

记得有一天，三人同去玉台观，却再不见道长。一个小道说，道长已经离开玉台观，云游天下去了，再不会回来了。

没错，就是他，虽多年过去，但神态面貌却深深嵌在舒猴子的记忆里，毕竟师恩如山，终身不可忘怀。

竟然遇上了他，这是多么微乎其微的可能，足见谷神之说极具感召。

舒猴子被挟持着，沿着洞壁绕行，不觉经过了好几个岔洞。其中一个岔洞里，散出缕缕厚实而熟悉的酒香，那是余胖子的酒，余胖子一定在这个岔洞里酿酒。另一个岔洞逸出的是饭菜的气息，舒猴子同样闻到了秦豁子的味道，想必秦豁子正在洞里忙碌。

不知武裁缝、孟一刀、杨婆娘以及骟猪匠等人在哪个洞里？

正这样想着，忽见一条倒垂而下的石钟乳竖在前面不远处，恰如一根砥柱；一个体形肥胖的人站在柱子前，正朝这边张望。舒猴子心中一紧，立刻想起了杨婆娘。

未必要杀了我？一定是吧，不知将用哪种杀法？

舒猴子反而轻松起来，杀就杀吧，事到如今，对于一个典史来说，或许这是最好的结局。

好在自己还有后手，给保宁知府写了一封密信，两天以后，那个衙役会送到阆中去，一定会有官军到来，将已经如同妖孽的王存儒等一网打尽。呵呵，你也不过是一条潜入洞中的鱼！

只是不知两天是否已经过去了？

知府接到信后会怎样？他会报往省城或朝廷吗？

一定会。

蒋皮蛋和两个小道带着自己走过去了，几乎毫不停留。杨婆娘手里握着一把尖刀，看都没看自己一眼，似乎根本不认识。很快，一个一身蓝袍的大汉，与另两个小道押着一个被五花大绑的道士过来了。舒猴子一惊，顿时明白，杨婆娘要杀的，一定是这个道士。

当两拨人迎面相遇时，舒猴子忽然认出了这个负责押解的人，竟是红胡子老张，虽然那三绺红须几乎已经落尽，显得相当怪诞，但毕竟相处十多年，当然能够认出。

蒋皮蛋忽问，这么快就用刑了？

红胡子老张答道，就是。

声音同样不阴不阳，犹如锅铲与锅沿摩擦出的那种噪声，令人不寒而栗。舒猴子不由打了个冷战，忍不住问身边小道，这个道士为啥？

小道轻声说，擅闯禁地，或者想窃走天师那块碑，取代谷神。

小道的声音同样尖细，显然也被骗过了。忽听蒋皮蛋喝道，闭上鸟嘴，活腻了！

小道赶紧闭嘴。很快，舒猴子被带到一个巨大的岔洞口，那块道祖的碑石，被牢牢嵌在洞口上方；守在这里的正是李四和紫衣人！

舒猴子想起二人甘愿被骗，差点笑出声来。站住！紫衣人喝道，同李四一起盯住舒猴子。舒猴子有些惊讶，紫衣人还是穿着紫衣。

蒋皮蛋赶紧上去通融，说谷神的旨意，带舒猴子去问话。紫衣人过来，开始搜身，把那个铁鹰爪和那串府库的钥匙都摸出来，顺手扔到一边，露出一脸不屑。舒猴子本想与紫衣人说几句话，但又觉得毫无意义，便不出声。

蒋皮蛋走入洞去，或许先要禀报。

舒猴子往洞里望去，见里面灯烛辉煌，似乎十分幽深，挂满重重帷帐，地面铺满五色缤纷的织毯，绣着各种图案；许多小道分列通道两旁，人人手执拂尘，想必都被骗过了。

等候良久，一个小道来到洞口，扯开喉咙喝道，谷神有旨，宣舒猴子觐见！

声腔之怪，仿佛塞了一嘴鸡毛。舒猴子仍被两个小道押着，随宣旨那个小道，走进重重叠叠的帷幔。

十四

舒猴子被挟持着，在帷幔构成的通道里前行。不知走了多远，前面渐有雾气，缭缭绕绕，氤氤氲氲，颇有云兴霞蔚的意味。

一派难以设想的洞府气象渐渐呈现——琳琅满目、形态各异的钟乳悬垂而下，或如琼枝，或如玉挂，或如飞天，或如群仙，不一而足。又有几缕悬泉，轻轻飞泻，如烟如云。缕缕薄雾泅泅漫漫，四处流散。一派当空而挂的帷幔组成一片高高在上的空间，恰如一座缥缈的宫殿。宫殿外，蒋皮蛋远远立在帐下，弓腰趴背，看向这边。宫殿里既有类如御座的巨椅，亦有一张巨榻。一个身着锦绣长袍的人，隐约偎在榻上，被一众全身赤裸的女子相依相偎，其中一个坐在那人怀里，似乎正是赛西施。

舒猴子已经忘记了是在一个洞穴密布的地下世界，颇有阆苑仙境的错觉。而帷帐内，一派软玉温香，简直令他心驰神荡，不由暗想，为人如此，夫复何求。

跪下！蒋皮蛋喝道。

舒猴子本想不跪，但似有一股神秘的力量将自己紧紧裹挟，根本不可抗拒。他居然并不犹豫地跪下了。那些事先想好的问题，竟然烟消云散。

他似乎瞥见，赛西施等所有的裸女已经退走，帷幔之中仅剩王存儒。

呵呵，舒典史，舒猴子，舒云飞，相违多日，可好？

是王存儒，大约是整个洞府里唯一未曾改变的声音；舒云飞是舒猴子的大名，听上去自己都觉得陌生。

舒猴子努力使自己镇静，回道，还是老样子。

王存儒笑道，那些无头公案，都明白了？

舒猴子又答，明白了。

在一问一答之间，舒猴子已经回复常态，也想起了那些问题，便问，既然抓走了那么多人，为何不抓我？

王存儒近乎温和地说，很简单，因为你是个自以为是的典史，你会找到这里，自投罗网，相当于自己把自己抓到这里来，难道不好？

舒猴子一凛，似觉有些悲哀；怔了怔，又问，那韩铁匠呢，为何不抓？

韩铁匠？抓韩铁匠干啥？

很显然，王存儒有些惊讶，有些不解。舒猴子忽然决定，以韩铁匠为由头，彻底激怒王存儒，让他杀了自己；但又想起了另一件事，于是再问，那么多道士，在那个巨洞里打坐，不知是何意思？

很简单，他们都在辟谷，有谷神护持，他们都会肋下生翼，羽化登仙。

他们也被骗了么？

本来，他们不必骗，但刚刚有人擅闯禁地，所以还是骗了稳妥。

舒猴子冷笑道，你就不怕将他们逼反？

王存儒哈哈大笑，反？他们敢么，生杀大权在我手里，他们除了依附，除了唯唯诺诺，除了俯首听命，还能怎样？这就是权力的秘密和魔力，难道你不懂？何况有李四，有紫衣人，听说过万夫不当之勇吧？

舒猴子顿觉浑身透凉，看来，这个精通权术的家伙，一切自信都源自权力本身。

王存儒又说，当然，你也有可能被骗。可惜一时局促，找不到骗人的，只有将就了，好歹交给骗猪匠。当然，你也不必委屈，其实，严格说来，人跟猪、牛相比，并无什么区别，很多时候，甚至不如猪、牛。

舒猴子已经浑身冰冷，赶紧把话拉到韩铁匠身上，他说，如果换作舒某，一定首先把韩铁匠绑来。韩铁匠手艺精绝，擅于制作刀枪，更能锻造火铳。既然张天师那块石碑在手，能号令天下道众，何不借此举事，将这个腐败透顶的异族王朝推翻，把狗皇帝拉下马来？就算不能如愿，或者无尺寸之功，但毕竟轰轰烈烈、惊天动地，总比躲在地下、苟且偷生强过千万倍！

王存儒并不恼怒，又放声大笑，似乎笑得帷幔俱动。

没想到，我一直当个人物的舒猴子，竟如此天真！什么轰轰烈烈？什么惊天动地？什么推翻王朝？简直笑话！这洞天福地之中，难道不是王朝？众人匍匐，美人如云，难道不是皇帝？

稍停，王存儒又道，我知道，你想激怒我，好一死了之。谁都知道，死比活容易，我不会这么便宜你。我不仅要让你活，还要让你像蒋皮蛋、红胡子老张他们一样，活得服服帖帖，活得自甘下贱。

你就不担心我会找机会逃走，禀报官府，来此提拿？

哈哈哈哈，没想到啊没想到，一向精明的舒猴子原来如此糊涂！人一旦被骗，你就不再是原来那个你，你会变成一个自己都不认识的你。你看看蒋皮蛋，他还是原来那个蒋皮蛋么？

舒猴子不由望去，蒋皮蛋一直弓着腰，似乎早被抽了脊梁。

舒猴子顿觉自己也在被抽去骨头，赶紧又说，你想让人臣服，这我理解，但何必把人骗了？常言道，以文诛心，方为王道。你何必借一个骗猪匠使人屈服？

你舒猴子真是白活了几十年，也白吃了多年官饭。你说的那些文，比如纲常道德，其实也是一把刀，一直在以另一种方式骗人。你自己说说，你被骗了这么多年，还是个真正的人么？

舒猴子顿觉无话可说，而王存儒的这番话，似乎确实回答了所有的疑问。忽又想起了另一个问题，便问，截贤岭死的那些驿卒和衙役，到底是因为野菌，还是投毒？

王存儒打了个呵欠，明显有些不耐烦，挥了挥手说，都这时了，有意义吗？不啰唆了，带下去吧，让骗猪匠把他骗了！

蒋皮蛋立即应命，把舒猴子带走。刚走几步，王存儒忽道，且慢！

蒋皮蛋赶紧将舒猴子拽住。王存儒笑道，忘了告诉你，这些天来，座下弟子已经完成了所有的采购，一切吃穿用度，足够所有人享用三十年。也就是说，三十年内，没有任何必要与那个俗世保持任何往来。你打下的那个伏笔，已经毫无意义。已经有人奉本座的命，把那几道拦船的网撤了。如此，就算百万雄师大举而来，也会被激流带入深渊，除了去阎王那里做鬼，实在没有办法。

舒猴子像一盏被猝然吹灭的灯，顿觉一片黑暗。他没想到，老奸巨猾的王存儒将一切安排得如此天衣无缝。

他心里一片迷惑，不知道被骗了的自己，是否真如蒋皮蛋他们一样，也将变得俯首听命，甘愿被奴役？

随着骗猪匠的手起刀落，那个一生都在追求真相的典史，是否会随之死去？

这个怪异而荒谬的地下王国，是否会成为永远的秘密，成为他人永远无法抵达的孤岛？

舒猴子陷入宽广无边的悲凉，紧紧闭上眼睛，泪水横流，再也迈不开步。蒋皮蛋叫两个小道过来，将舒猴子架住，一路拖拽，往骗猪匠那里去。

舒猴子觉得，自己正不由自主地走向绝境，走向深渊……

（舒猴子如何绝处逢生，如何重归人世？鬼门到底是真是假？敬请期待《鬼门》第二部。）